U0589245

陈行甲

——

著

在峡江的转弯处

陈行甲
人生笔记

人民日报出版社

北京

图书在版编目（CIP）数据

在峡江的转弯处：陈行甲人生笔记 / 陈行甲著.
北京：人民日报出版社，2025. 1. -- ISBN 978-7-5115-
8634-6

Ⅰ. Ⅰ267.1

中国国家版本馆CIP数据核字第2025B8P765号

书　　　名：在峡江的转弯处：陈行甲人生笔记
　　　　　　ZAI XIAJIANG DE ZHUANWANCHU: CHENXINGJIA RENSHENG BIJI
著　　　者：陈行甲

责任编辑：贾若莹　　张炜煜
封面设计：尚燕平

出版发行：人民日报出版社

社　　　址：北京金台西路2号
邮政编码：100733
发行热线：（010）65369527　65369846　65369509　65369512
邮购热线：（010）65369530　65363527
编辑热线：（010）65369514
网　　　址：www.peopledailypress.com
经　　　销：新华书店
印　　　刷：大厂回族自治县德诚印务有限公司
法律顾问：北京科宇律师事务所　010-83622312

开　　　本：880mm×1230mm　　　1/32
字　　　数：240千字
印　　　张：13
版次印次：2025年1月第1版　　2025年7月第2次印刷

书　　　号：ISBN 978-7-5115-8634-6
定　　　价：68.00元

再版说明

　　《在峡江的转弯处：陈行甲人生笔记》（以下简称《人生笔记》）自2021年出版发行，四年多来已累计销售超过100万册，成为近年来传记文学中引人瞩目的现象级作品。

　　四年多的时光转瞬即逝，这期间陈行甲先生经历了重要的人生跨越：他主导的公益项目从广东逐步拓展至青海、甘肃等多个省份；他的公益演讲也一步步从乡村、城市和机关、高校，迈向了联合国欧洲总部；他的一举一动都深受社会的关注；广大读者致信编辑部，对《人生笔记》写下充满感情的读后感以及多条再版建议。

　　鉴于《人生笔记》受到的持续关注，2024年底，我们邀请陈行甲先生重新审视过去几年的公益经历，并修订、增写，推出精装版，以回应读者对他的关心。他欣然接受了这一提议，并特别增补了全新的第八章，详述了近年来他的探索与实践。此外，精装版还收录了陶斯亮、詹国枢、徐贵祥等前辈名家撰写的精彩评论，增加内容逾三万字。

正如巴金先生所言，对读者最好的感情就是"掏出心来"。在精装版中，这四个字，也能形容陈行甲先生对读者朋友们的赤诚。

序一

青山遮不住

近年我读书越来越少，家里的书却越来越多。有一次清理书柜，我扔了一堆书，等清洁工收去卖废品。恰巧那天清洁工没来。第二天回家，我发现这堆书又回到门厅墙角里——这是我们家的一道风景，常常是我扔出去，夫人又捡回来，拉锯战往往要打两三个来回。

但是这次破例，我没有马上把那堆书再扔出去，而是顺手翻了翻，发现其中一本书的装帧风格有点儿特别，就揭开内封，先看作者简介，看了两三行就不想看了——一个县委书记，不好好造福一方，写什么书啊？这些年附庸风雅公费出书的人我见得太多了。我扬手就把那本书扔回墙角，并向夫人恳求，这些书我都检查过了，没有什么价值，统统扔掉，再也不要捡回来压楼板了。

夫人正在做饭，没有搭理我。

在等待开饭的当口，我坐在阳台上无所事事，脑子里倏忽闪了一下，那本书的作者，名字有点儿熟，好像是个研究棉虫的……反正饭没做好，等饭的时光很不好受，于是我又走到墙角，把那本书带回阳台。在躺椅上坐定，我将书拦腰打开，像数钞票一样地看了几页，这一看不打紧，我居然不着急催促开饭了。

最初，我是把这本书当作小说看的，故事精彩，文笔流畅，气息浪漫，画面感强。看着看着，我又觉得它像回忆录，里面的亲情故事、乡村生活、爱情经历、从政始末……我明白了，这是一本文学性很强的自传，甚至可以说，它是一本企图诗化的自传。

我这才回过头来重读，在百度上一搜，哈哈，陈行甲，原来是个"网红"县委书记。我一连看了数十个小时，从书名《在峡江的转弯处：陈行甲人生笔记》，到目录"人生的巴颜喀拉山"，再到正文里那些一波三折的情节，连版权页我都细看了，因为我要知道是哪个出版社、哪个编辑这么有眼光。

陈行甲毕业于湖北大学数学系，按说他的逻辑思维应该大于形象思维，而我从书里感觉到，这个人的形象思维同样发达。

关于这本书的内容，我不多说，只讲一件事情：陈行甲到某县当县委书记的时候，那个年长他8岁的县长，怂恿不明真相的群众上访发难，甚至有人暗中下手。书中将这个过程写得跌宕起伏、惊心动魄。类似的细节刻画、形象展示、氛围营造，书中随处可见。相反，那些做作的官话、套话、大话，书里则基本上没有。这很难得，因为作者曾经是一个经常做报告的人，而非专业作家。

我认真地看了他的一篇反腐讲话，那既是战斗檄文，又是抒情散文，壮怀激烈，气贯长虹。那是在一个什么样的场合发表的呢？是在一个有800人参加的大会上，"当时坐在主席台下的乡镇和县直单位的一把手中，后来我亲自签字抓了9个"——这还不包括他的左右手、县长和县委副书记，他们已经到监狱"打前站"去了。没有人总结过，彼时彼地，做报告的人和听报告的人，各自怀着怎样的心理，但是可以想象，那一定是暗流涌动、潮起潮落、惊涛拍岸。

后来我从网上看到一个跟帖，说陈行甲到某县工作不久，就有人扬言要暗杀他——我估计这不是空穴来风。

按照官场的某些"规则"，也包括我本人的认知，陈行甲此人，不太像一个成熟的当官人——书生意气，浪漫情怀，讲话不捏嗓子，走路不迈方步，做事一抓到底，反腐不留退路——在某些地方，这样的官员往往会被认为是一根筋、二杆子、三把火、四不像。但是出乎某些人的意料，像陈行甲这样个性鲜明、疾恶如仇的人，居然能够从一个普通的大学毕业生、基层团干部，当到县委书记。这一路上，有多少赏识、培养、爱护他的人啊。毕竟，共产党的干部，绝大多数践行全心全意为人民服务的宗旨，甘当公仆，俯首甘为孺子牛，变节分子终归是少数。

党的二十大报告指出："全面推进党的自我净化、自我完善、自我革新、自我提高，使我们党坚守初心使命，始终成为中国特色社会主义事业的坚强领导核心。"毋庸置疑，党在自我革命的进程中，造就了无数个陈行甲和潜在的陈行甲，他们如同冲在第一线的尖刀班、先遣排、突击队，迎着枪林弹雨，滚雷前进，撕破了敌人的封锁线，摧毁了偷袭者的明枪暗箭，让我们肃然起敬、热泪盈眶。

看了《在峡江的转弯处：陈行甲人生笔记》之后，我顺藤摸瓜，找到了陈行甲的联系方式。巧合的是，就在我们通话的那天上午，他正在前往北京的途中。

那个夏末秋初的中午，在人民日报出版社办公楼的过道里，我和陈行甲见面了。他的着装又让我意外——白布衫、牛仔裤、轻便鞋，还背着一个背囊，俨然是一副行者的装束。从一见如故，到肝胆相照，我们或许只用了几分钟的时间。

交谈中得知，他在2016年任期届满拟被提拔时，辞去公职，创立深圳恒晖公益基金会，致力于开展公益创新、大病救助、青少年心理健康和教育关怀、防灾减灾等方面的公益项目。那天参加见面的有人民日报海外版和人民日报出版社的有关同志，我们静静地听陈行甲讲述，讲那些在他最艰难的时候挺身而出支持他的领导和同事，讲那些喊他"甲哥"的乡亲，讲那些受他帮助的孩子们，讲他的公益事业计划和宏伟的远景……

这样的会面激动人心，即便隔桌相望，我们也要喝酒；即便没有酒，我们也要以茶代酒；即便不是酒，我们也要喝个大醉。

我没有问陈行甲，为什么用"在峡江的转弯处"作为书名，从中我悟出了自己的理解，转弯，或许就是一次转身。没有一条江河是一成不变的直线，哪条江河不转弯呢？与此同理，谁的人生不走一点儿弯路呢？走了那段弯路，是为了更好的聚合，形成更加宽阔的江面，青山遮不住，毕竟东流去。人类前进的历史，绝不会因为弯路而停滞不前。让我们毅然跨越前方的弯路，向着远方，向着大海，向着未来，众志成城，波涛滚滚。

告别之前，人民日报出版社的同志要我写几句话，我欣然接受，直抒胸臆——

并不是所有的人都想当官，并不是所有的人都有资格辞官。有些人不当官了，仍然在做大事；有些人虽然还在当官，却不知道明天会在哪里上班。反腐倡廉，不仅是打击败类，更是保护好人。

谨以此言献给《在峡江的转弯处：陈行甲人生笔记》，我与甲哥共勉之。

（徐贵祥，中国作家协会副主席，中国作家协会军事文学委员会主任，第十二届全国政协委员，享受国务院特殊津贴专家。著有小说《历史的天空》《老街书楼》等。获第 7、9、11 届全军文艺奖，第 4、9、11 届"五个一工程"奖，第 6 届茅盾文学奖。本文写于 2022 年 12 月 18 日。）

序二

我的"奇葩"同学陈行甲

肖　立

我第一次觉得行甲奇葩还是在我们认识15年以后。那时他刚刚从清华大学硕士毕业，匪夷所思地放弃进央企的机会，选择回到他的家乡，位于长江三峡边的湖北省兴山县。

从我们进入大学的第一次班会互相认识开始，他好几次改变了我对他的一些固有看法。比如说他一个大山里来的孩子，一进大学就加入学校诗社积极投入诗歌创作，比我这个来自省城武汉的文青还文青。另一个让我难以理解的就是他大学毕业后选择回到山里的故乡。那个时候正是改革开放初见成效的时候，大城市越来越成为机会的中心，大家都以留在武汉为目标。有些人还想去北上广，甚至出国去搏一把。他当时逐渐浮出水面的女朋友，也是我们的同班同学，就是去了广东。而他却出人意料地回到山里，似乎把机会和爱情都放弃了。

不过除时常让我大跌眼镜之外，他还是一个非常真诚、热情和阳光的人。虽然我们背景很不同，他来自贫困山区，我来自大城市，但我们的兴趣爱好很一致。毕业时我们已经是无话不说的朋友，在之后彼此天各一方的近30年里一直保持着密切的联系。

1992年大学毕业之后，时代的大潮带着机遇扑面而来。我很快离开了毕业分配的工厂，先是南下深圳，然后又北上去了北京，踩着机遇的大潮，以跨国公司雇员的身份在全国各地闯荡，并最终选择出国。从毕业到出国的近10年里，我不断地在体会"人生更加完整了"。而行甲，却似乎和时代大潮无关。他一直在兴山县做公务员，离机会的中心遥不可及。在弄潮儿的时代，他看起来像个孤独的隐士。

出国前，我去他那里和他告别。他那时去了更偏远的水月寺镇当镇长。大山为伴，青灯孤守，就是他当时的生活写照。他还是和当年一样真诚、热情和阳光，好像昨天才刚刚大学毕业。让我有点吃惊的是他宿舍里的一堆考研的书。我当时的反应是他似乎有点开窍了。

随后我们再次天各一方，不久我知道他顺利考上了清华研究生。然后就是前文所提到的两年后他从清华毕业，再次回到山里。现在回头看，这次在我看来奇葩的决定，其实只是后来他一系列奇葩行为的序幕。从那以后，他在我眼中简直是在奇葩的道路上一路狂奔。

在巴东县委书记任上，他实名在网上公开回复网友的犀利提问。为了推广巴东的旅游资源，他自告奋勇为巴东唱歌代言，不久后他还手持"秘境巴东"的旗帜从3000米高空跳伞，成为轰动一时的"网红书记"。这些大胆作为用"绝无仅有"来形容一点都不过分。在行政管理上，他将互联网引入山区贫困县的每个乡镇，使农民办事不出村，互联网赶集成为可能，大大提高了管理效率和增强了经济活力。他还通过"限时办结、超时默认"和让老百姓评估干部的举措来加强干部队伍素质的建设。这种完完全全站在老百姓立场上想问题的方式，曾经是大学一直当学生干部的我当年有过的从政理想，行甲简直是把我的理想过成了现实。我在想如果我是他所在的地方的老百姓，我该多么喜欢他。他对自己也毫不含糊，主动和最需要帮助的艾滋病孩子结穷亲，甚至公开提出"只要我还在，只要他还在"的无限承诺方式。这些做法让他赢得无数喝彩，也让他成为风口浪尖上的争议人物。

更轰动的是他在巴东的高调反腐，让他赢得"一身正气、一身杀气、一身朝气，难得的基层老百姓认可的好干部"的评价，进而帮助他日后获得"全国优秀县委书记"的殊荣。我惊诧于当年那个温润的谦谦君子竟然会有如此的担当和魄力，使出这等霹雳手段。和他有过更多交流之后，我才知道在这个结合了"张翼德喝断当阳桥"和"赵子龙七进七出长坂坡"的英雄故事背后，有那么多的压力、孤独和挣扎。

成为"全国优秀县委书记"无疑是行甲从政生涯的一个里程碑。他在这之后应该会是一个合情合理的高开高走、仕途前景光明的局面。但这个猜测一年多后就被他以奇葩的辞官从善的选择终结，让无数人赞之忧之憾之惑之。他的故事也成为一个时代的现象，引发了无数的疑问和思考。

其实作为行甲的好朋友，我也时常在想：行甲是如何慢慢地在30年的时间里，从一个和其他人没什么区别的年轻人，变成一个这个时代绝无仅有的奇葩的？是行甲变了，还是我们变了？或者是世界变了？抑或是人心变了？

行甲没有变。他一直都是那个真诚、热情和阳光的年轻人。他多次公开和私下说过不愿意戴着面具生活。该爱的时候爱，该唱的时候唱，想哭的时候哭，他纯粹和真实到了在这个现实的时代让人怀疑的程度。行甲是个传统的人。他的孝和廉，无一不反映出传统文化对他的影响。从未停止的学习，让他的视野和格局不断超越所处的现实环境，使得他把高远的目标和现实的操作水乳交融地结合在一起，非常接地气地实现着他的理想主义。他所做的一切都是在关爱他人，即使他的战斗也只是爱百姓的另一种形式。他用他的坚持和知行合一使自己成为这个时代不多见的一颗良心种子。

那么是我们变了吗？对大多数人来说可能是的。人活着就是含辛茹苦。世事艰难让我们很多人披上了心灵的铠甲，慢慢远离自己的内心，变得世故和冷漠。而经济快速增长往往又是一把"双刃剑"，它让我们快速地改变经济状况，让无数的梦想成为可能，但也常常让我们没有时间回望来处，在机遇面前保持清醒。不少人甚至迷失自己，走火入魔，堕落为行甲战斗的对象。我必须承认行甲慢慢成为我的一个参照系，让我通过对比和反思，更容易找到自己的方向和内心的平静。

这个世界变了吗？岂止是变了，简直就是一个日新月异的万花筒。每天都有新的事物、新的弄潮儿出现，挑战我们的视野、思维、习惯和极限。我们正在面对一个越来越复杂、越来越多元的社会。

那人心呢，我们对他人的态度呢，对周围新事物的态度呢？肯定是在逐渐适应快速变化的世界，但由于思维和传统的惯性，这种变化的速度远远赶不上时代的变化。解放思想会是一个需要长时间努力的目标。行甲辞职前后，在相对保守闭塞的恩施和更开放多元的深圳的不同际遇也证明了这一点。

这些力量的此消彼长造成了历史的"三峡",也造成了行甲和我们每个人的"人生三峡"。有意思的是,行甲的人生上半场始终围绕着三峡。他生在三峡边,长在三峡边,人生的遭遇也如他身边的三峡一般,曲折多变,艰难向前。我还清楚地记得他告诉我他得了重度焦虑症、需要住院治疗时的揪心感受。后来反腐的关键时刻,他有时候出车前公安部门要做特别的车况检查,以防不测。在巴东任期的最后一年,由于直接领导的打压,他经历了痛苦的事难做、苦难言的阶段,最终决定辞官从善,追随自己内心的声音。在决定作此惊险一跃之际,他第一次跟我提到谭嗣同。虽然没有谭嗣同当年的生命危险,但用终结政治生命的方式去坚守内心的原则,其中的悲壮可想而知。这惊险的一跃之后是冲出三峡、一马平川,还是撞上一块巨石、粉身碎骨,没人知道答案。

我曾经多次有过一个思考,我希望行甲的人生际遇给世人带来的不仅是个人悲喜剧层面上的美学价值,还有更多的社会价值。我不希望行甲成为谭嗣同或者海瑞,人人称赞或景仰,却无人追随。如果行甲果真成为一个无法复制、稍纵即逝的美学符号,那无疑是行甲个人的悲哀,也是这个时代的悲哀。

幸运的是，行甲人生下半场的慈善事业得到越来越多的理解和支持。转场四年来路越走越宽，在这个以利他为目标的领域里，他周围慢慢出现越来越多像他一样的奇葩朋友。希望终有一天，这种奇葩成为寻常。希望总是要有的，万一实现了呢？不是吗？

　　行甲下半场的成功开局让我对未来更加乐观。必须承认，即使行甲经历了艰难的"人生三峡"，他仍然是个幸运者。西谚云：养大一个孩子需要全村人的努力。行甲的成长和战斗从来就不是孤军奋战。早年妈妈对他的启蒙，后来妻子和家人给他的毫无保留的支持，尤其还有一路上没有收过他任何好处的领导们给他的指导和扶持，最后是时代的发展给他提供的多种选择，都是他成功必不可少的因素。他能幸运地走到现在，天时地利人和，真是一个都不能少。行甲这种奇葩能够出现，他不仅活得下去，而且还越活越好，其实正是让我们对未来更加乐观的理由。

　　我愿行甲不再成为世人眼里的奇葩，我愿世间有更多的"行甲"。我希望我们的孩子可以像行甲一样追随内心，历尽千帆，归来仍是少年。但我更希望的是我们的孩子能生活在一个宽容个性、鼓励纯粹与真实的环境里，不用经历行甲经历的那些被迫的义无反顾和沧桑变化。

写到这里，算是一段抛砖引玉。随后行甲在他的人生七记中将用大量鲜活的故事和细节讲述一个普通人的爱与成长，以及如何在世事变幻中守住内心和实践的知行合一。作为多年的挚友，我在阅读中仍时常被书中处处透着的真实和至情至性所打动。相信读者看完本书后定会有共鸣。

（肖立，陈行甲大学同学，大学毕业后在外企工作多年，后赴美留学，毕业后曾在美国多家保险和咨询公司工作，现为一家大型医疗保险公司精算师。）

再版前言

生于1月8日：命运里的楔子

陈行甲

2024.1.8

今天是我的53岁生日。三年前的今天，我的新书《在峡江的转弯处：陈行甲人生笔记》由人民日报出版社出版发行。这三年里，各平台的读者留言超过了20万条，我被读者朋友的温暖包围着，甚至是包裹着，有太多太多的感动，读每一篇留言都仿佛看到读者朋友坐在我的面前温酒谈心、秉烛夜话……这情景就如同我读书时的感受，当读书读到会心处，会感觉面前只有一个人，就是这本书的作者。我或者在端坐着听他神采飞扬地讲授，或者在席地而坐和他促膝交流，或者在旷野的偏僻小径和他相遇，彼此望见对方时会心一笑……那是一种很幸福的感觉。

首先要回答很多读者朋友关心的问题——这本书封面上的"在峡江的转弯处"7个手写体字是谁写的？是你

的爱人霞写的吗？

　　读过这本书的读者，都知道霞是书法爱好者。这本书的书名最开始我是想请霞题写的，事实上霞是这本书的女主角，由她来题写书名意味着某种意义上的完整。霞试着写了好几个字体的版本，但是后来她都觉得不理想，没有采用。霞最后拿着笔灵机一动，提议在书法字体库里去找苏东坡的字。霞酷爱苏东坡，她到北京去中国书法家协会考级的时候，写的两幅作品都是苏东坡的诗词。霞这个提议还有一个重要灵感来源，就是苏东坡的生日是1月8日——1037年1月8日，长我整整934岁。霞说，虽然我的文采顶多配给苏东坡提鞋，但是我们带给家人的纠结倒是挺像的。林语堂在《苏东坡传》中，写苏东坡的妻子王弗"不知应当因其大无畏的精神而敬爱他，抑或为了使他免于旁人的加害而劝阻他、保护他……"当霞看到这句话的时候，她深深地共情了。

　　我们马上动手，在书法字体库里分别找到苏东坡写的这7个字，然后发现它们组合在一起，竟有一种浑然天成的感觉。以前我从来没有幻想过有那么一瞬间，能够穿越千年，回去给同一天生日的"千古第一文人"提一次鞋，但是这一次意外的连接，让我突然有一点儿福至心灵。

　　苏东坡一生颠沛流离，他在《东坡志林》里曾写道：

"我生之辰，月宿直斗……乃以磨蝎为命，平生多得谤誉""吾无求于世矣，所须二顷田以足饘粥耳，而所至访问，终不可得"。他的命运多次经历风雨飘摇的境地，于常人而言早已摇摇欲坠，但是苏东坡似乎找到了合适的楔子，塞稳了命运之柱和立足之地之间的空隙，使其在风雨之中愈发稳固。在1082这一年苏东坡所作的一词两赋里，我们可以清晰地听到楔子被一点点敲进命运之柱的声音。从《念奴娇·赤壁怀古》里"故国神游，多情应笑我，早生华发。人生如梦，一樽还酹江月"的自我安慰，到《赤壁赋》里"江上之清风，与山间之明月……是造物者之无尽藏也"的超脱旷达，再到《后赤壁赋》里"适有孤鹤，横江东来……羽衣蹁跹"的光明空阔，他历大苦恼、尝大欢喜之后的满目青山、随遇而安的心量，也帮后世的我们拉开了自己人生的尺度，让我们有机会在人生逆境之时，和他一起，见自己，见天地，见众生。

想到这一层，我才察觉霞提议用苏东坡的字来为我这本书题名的深意。人生注定会遇到痛苦和磨难，只分程度的不同而已。因为命运之柱和它的立足之地不会永远严丝合缝，注定是会有空隙的，我们需要找到合适的楔子，去填充那些空隙。

在写这本书的过程中，往事历历浮现，我这半生见过美好、高贵、纯粹、勇敢，也见过肮脏、不堪、丑陋、邪恶，正如经历过严冬的人，会更加知道春天的美好，是后者让我更加知道了前者的可贵。当生命中遭遇的后者让我的命运之柱摇晃的时候，是许许多多的前者带给我的温暖和力量，成为塞进命运之柱脚跟空隙的楔子，让我有勇气坚持善良，哪怕善良会让我们在面对丑恶的时候感到脆弱；也让我有能量坚持热爱，去爱太多太多值得热爱的人和事物。正如罗曼·罗兰所说，世界上只有一种英雄主义，那就是看清生活的真相之后，依然热爱生活。我转场公益之后，曾经发表过一句公益人生宣言：社会并不完美，看清依然热爱，知难仍然行动，是我们公益人的使命。

我想起鲁迅先生《华盖集》里的那些话："而我所获得的，乃是我自己的灵魂的荒凉和粗糙。但是我并不惧惮这些，也不想遮盖这些，而且实在有些爱他们了，因为这是我辗转而生活于风沙中的瘢痕。凡有自己也觉得在风沙中辗转而生活着的，会知道这意思。"先生最终放下了"悲苦愤激"，选择去战斗、去改变。我们可以学习的是，放下小我的感受，面对弱势者的需求，选择去行动、去创造。

这也是看书的意义。如果有光，我就能看到你的眼睛。是书中那些灵魂之光，照亮了我们看世界、看人生的眼睛，让我们懂得如何去观照自己的命运甚至是厄运，如何与命运共舞、去体会幸福。

　　所以，我在这本书里把"我自己的灵魂的荒凉和粗糙"毫无保留地展现在亲爱的读者您面前。只愿您能从我们彼此相似的灵魂中感受到些许的温暖，从而在前行的路上打下一枚命运的楔子，更笃定地去寻找内心最真实的自己。

前言

我们那一代人都是草根

陈行甲

　　最初写这本书的动机来自出版界朋友的邀请。他们建议我把过往的人生经历写出来，或许对现在的年轻人有借鉴和启发的意义。起初我有些犹豫，因为我觉得写回忆录还早，而且写回忆录也有把自己当作名人的做作感，是明显的自不量力。和儿子深入讨论之后，儿子建议我不写成回忆录，而是写成类似于《浮生六记》那样的自传体随笔，从小的、真实的事着手写，记录而不是总结。不需要迎合，就是坦诚地记录，可以写脆弱的东西，迷茫的东西，不完美的东西，不知道答案的东西。写出真实的自己，这样的文字也会有意义。

　　我把这本书的主题定为"人生笔记"，整体按时间顺序写，共七记。第一记"我和我的母亲"，从童年岁月写起；第二记"关于我们的事，他们统统猜错"，主角是我的爱人，从大学生活写起；第三记"如果有光，我就能看到你的眼睛"，主要讲的是从大学毕业到基层工作9年多的生活经历；第四记"人生的巴颜喀拉山"，讲述的是我在清华的学习生活；第五记"密歇根湖上有一千种飞鸟"，记录了我在美国学习生活的点点滴滴；第六记"在峡江的转弯处"，算是整体上回顾了我在巴东任县委书记期间的工作和生活；第七记"你好，我的下半场"，讲述了我转场公益几年来的经历和感受。

动笔之后，才发觉写的意义。在灯光下平静地回忆，记忆深处的一些往事慢慢浮现。我很庆幸我在此时动笔了，在那些尘封于角落的记忆还没有彻底消逝之前，把它们记录下来，其最起码的意义是可以留给后代，告诉自己的儿孙，他们的长辈曾经怎样地爱过，曾经怎样地活过，又曾经怎样地释然。初稿写完之后，儿子是第一个读者。儿子说他看到了一代人的剪影。

是的，如果说这本书还有一点价值，我觉得那就在于我试着写出我们那一代人的酸甜苦辣。我出生于1971年，即将年满五十。我们那一代人可以说，正好见证了改革开放的历史变迁。在刚刚上学的年纪，"文革"结束，正常的教育秩序得以恢复；上中学和大学时，全社会的思想解放带着我们走进了诗与歌的年代；大学毕业时，正值改革开放深入，东方风来满眼春；参加工作这些年来，国家进入高速发展期，多元的社会让每个人都有发展的机会。我们这一代人很幸运，就如罗大佑早期的成名曲《野百合也有春天》，每次听到这首歌，我头脑里都会出现一朵在山谷里盼望春天的野百合。这个意象，像极了我的上半场人生，是改革开放的春风让我们这些偏远山村出生长大的孩子，也可以迎来人生的春天。

时代给我们那一代人最大的馈赠，就是我们那一代人都是草根。我们年轻的时候，没有"富二代""官二代"之说，我们每一个人都心怀理想，即使人生起点低到尘埃，也可以怀着"到中流击水"改变社会的梦想；也可以保持不妥协的少年气，和生活近身肉搏；也可以不富贵，但是要高贵，不因为生活的苦难把自己变成苟且的人，而是坚持选择自己相信的那些东西。

所以，我们那一代人最终留给后人的体会，将是我们不急着油腻，不急着摆出一副老子有钱了的样子，不急着做踩着万骨枯而功成的那个将，不急着成为成功后自己都不会喜欢的那个样子。

正在发生的事都会很快成为历史，但过去的历史又常常会出现在未来。我在想几十年、几百年以后的人们会如何看待我们这个时代。我觉得他们有可能说这段历史就像是草根的洪流冲击在峡江的转弯处。

目录

第一记

我和我的母亲

　　感谢我善良的母亲，因为您对我的爱，让我学会了爱别人。我明白每个人都是母亲的孩子，每个人都值得这样被爱。所以，我愿意带着母亲赋予我的这份初心，在公益路上走到人生的最后，带着付出了全部的爱之后的满足感去天堂拥抱我的母亲。

母亲一生中唯一的一张少女时代的照片。

1

　　母亲的名字叫吴治杰，出生于1943年阴历十月二十八日，是家里的第10个孩子。外公外婆生育了10个孩子，但是只有5个长大成年。这在那个年代的鄂西山区大约是一个平均数，我的爷爷奶奶生育了7个孩子，也只有3个长大成年。

　　母亲出生之前的一年，外公外婆刚从几十公里外的洛坪逃难到仙侣山村安家。那年月兵荒马乱，穷人家的孩子不好养，所以外婆在母亲出生前大约心里就有了决定，如果生下来是个男孩就养着，如果是个女孩就不捡起来了。不捡起来的意思是把孩子直接放进装满水的桶里，待孩子没气了就在后山上挖个小坑埋掉。孩子还没开始养，感情还没建立起来，大概那时候吃不饱穿不暖的父母这样选择也可以忍下心来。从姨妈后来讲起这件事的时候平静的语气，大约可以看出这在当时是比较普遍的事情。

　　但是外公在看到母亲的模样后改变了主意。外公在我只有几个月的时候就去世了，我对他没有任何记忆，从我记事起，母亲不管什么时候提起外公都会流泪，可以想见他们父女的感情。外公当时就和已经13岁的大女儿，我的姨妈，把母亲包裹好。但是因为实在是太穷了，想到养育的艰辛和逃难带来的种种不方便，外婆并没有马上改变主意，还是坚持不要这个孩子。外公于是让我的姨妈每天抱着母亲一起睡，防止某天半夜里外婆会把小女儿扔进桶里。但是姨妈每每抱着母亲去让外婆喂奶，外婆都是拒绝的。

后来听姨妈讲，外公面对这种局面唉声叹气、愁眉不展。母亲小时候长得极其标致（这个词是姨妈口中的话，"标致"在老家那一块山区农村是美丽漂亮的意思），乖得让人心疼，孩子每多养一天外公就多一天的不舍得，可是外婆似乎主意已定，并没打算回头。

这个局面终于在母亲满月后的第二天改变了。

外公从小跟着他的父亲学过一点农村"偃匠"的手艺，就是给附近的乡亲起房子、上梁等家庭大事看日子，所以有一点迷信。这天，一个盲人算命先生被一个少年牵着从村口经过，外公就把他们请到家里喝水歇脚。其间，外公让姨妈把母亲抱出来，请先生摸一下，又把母亲的生辰八字跟先生说了，请先生给母亲算个命。先生很认真地掰着手指念念有词了好一会儿，然后说："这个姑娘伢你好好养着，她将来是贵人之母……"从那一天开始，外婆大概也接受了命运的这种可能性，开始给母亲喂奶，母亲终于安全了。

从我记事起，印象中这句"她将来是贵人之母"在不同的时间和场合，母亲和我讲过不下十次，母亲讲这个时总是会说"甲儿，妈要谢谢你。因为你，我才活了下来"。

我还有一个姐姐，大我1岁零5个月。为什么母亲从小就认定算命先生说的这个贵人就是我呢？我小时候问过母亲这个问题。这大概又要从我和母亲之间特殊的连接说起。

我的父亲是下湾村的普通农户，读到初中毕业后在村里做过会计，因为打得一手好算盘，后来被幸运地招工，到离家200里开外的水月寺税务所做农税员。在那个没有公路的年代，这个距离就远得有点可怕，山重水复，回一次家单程路上至少要走两天，父亲大概每年过年的时候能回一次家，甚至有一年因为要过"革命化的春节"，过年也没有回来。所以母亲就成了那个年代山区农村最辛苦的半边户。母亲只有一米五几的身高，体重八十几斤，但是她背得起上百斤的东西。

母亲的第一个孩子没能保住，这件事母亲遗憾了很多年，记得小时候母亲说过，假如你那个丢掉的哥哥还在，现在是多少岁了。姐姐出生后，日子过得皮打嘴歪，母亲每天背着孩子到坡里出工，男劳动力一天挣11

个工分，女劳动力一天挣7个工分，母亲生怕生产队里的人认为她背着孩子是拖累，总是用尽全力。有一天傍晚放工时，村里人都聚在田头评工分，生产队长叫到每一个人的名字，然后唱分，村会计在一旁记录，唱到每一个人都是某某某11分，某某某7分，但是叫到母亲的名字时，生产队长犹豫了一下，这时旁边有个人说"吴治杰背着个娃子……"母亲当场放声大哭，手杵着挖锄指着地里对大家说哪块田垄哪几行是她锄的，"我是背着个娃子，但是我一刻没歇着，别人站着歇口气的时间我都在锄，我就是怕我背着娃做得比别人少，大家看看我锄的地，看看我比哪个女人锄得少……"那一天的工分母亲最终还是争取到了7分。

母亲怀着我的时候，孕期反应很厉害，但是她一直坚持每天去生产队出工，直到临盆那一天。那天晚上，母亲把1岁零5个月的姐姐喂饱后放在床上睡了，之后肚子开始疼痛。母亲知道大概是我要来了，她一边拖着疲惫的腿点亮油灯，一边哭着拿着剪刀在油灯上烤，这是她知道的消毒方式。在那一瞬间母亲原谅了外婆，因为那一刻她也想到了要不要准备一个桶……

凌晨的时候我落地了。当时母亲的身边只有一个人，就是我1岁零5个月的姐姐。

母亲扒开我的腿，发现是一个男孩。她痛哭着自己挣扎起身，用准备好的剪刀剪断我的脐带。把我大概包好的时候，屋顶仅有的一片亮瓦开始有一点发白。没有时钟，没有手表，母亲凭着外公说过的"寅卯不天光"推断我出生的时间，就是卯时。

我小时候身体不好，母亲后来说我好像5岁以前要把一辈子的病都害完了似的，三天两头地害病，山村里缺医少药，让她担惊受怕了好些年。有一次我夜里发高烧，母亲毫无办法，只能一整夜抱着我在屋里走来走去，不时用脸庞来感受我的体温和呼吸。天刚蒙蒙亮就抱着我翻山越岭到邻村找赤脚医生，走得太急又抱着我摔下了山坡。那一次我前后病了个把月，30岁的母亲急得几乎聋了耳朵。村里一直很怜惜母亲的五婆婆在隔得很近的地方喊她，她一点反应都没有，后来从五婆婆一边掉眼泪一边冲着她比画手的样子，母亲才反应过来五婆婆是在跟她说话。

除了生我养我的辛苦，我于母亲来说还有一个特殊之处，就是我出生的那天，正好是父亲的生日。在我童年的印象中，父亲仅仅是个概念，我对他的印象是不清晰的。每年见一次，短短的几天。所以每次父亲回来的时候我都会跟进跟出地黏着他，晚上睡觉都要抱着他睡，生怕自己在他走后这漫长的时间里忘记了他长什么样子。但是，小时候父亲在我心中又是一个好得不得了的样子，因为那就是母亲口中父亲的样子。

2

母亲有三个哥哥、一个姐姐活到成年。母亲只念过两年书，但是已经好于她的大姐，我的姨妈，因为姨妈一天的学堂门都没有进过。

姨妈嫁得很早，母亲从小就是家里做饭的主力。我的大舅妈死得很早，当时她和大舅舅的儿子，也就是我的大表哥还在襁褓中。在母亲很小的时候大表哥就成了她的"拖油瓶"，无论是在屋里做饭还是去野外放羊都必须带着。后来母亲到了可以上学的年纪就向外公外婆提出想上学堂，被断然拒绝的理由就是如果母亲上学堂的话我的这个大表哥就没有人带了。母亲在9岁那年再三坚持哭闹着想去学堂，最后以答应每天背着大表哥一起上学的条件，被外公外婆允许去邻村的学堂上了两年学。母亲跟我说她很喜欢念书的感觉，她说小时候背着大表哥爬5里的上坡山路到仙侣三队的学堂上学，是她人生中最快乐的时光之一。可是两年后最终还是因为家里的负担重没有念下去。

母亲认的字不算多，字写得也不算好，我上大学后母亲也给我写过信，信里有一些错别字，简写繁写分不清楚，会交叉使用。但是我现在回想起来有时还会惊叹她的表达。我读小学的时候，大概是二年级，学到"苦"这个字，母亲就教我说，苦这个字蛮像人的脸，草字头的两个竖像人的眼睛，中间的小十字架像人的鼻子，下面的口就是嘴巴，所以人生下来就是要吃苦的，你读书要学会吃苦才读得好。我走过半场人生，上过国内国外的学，读过中外的许多书，像这句一样有些哲学意味的话还真不多。现在回想起来仍然清晰地记得母亲微微笑着跟我说这句话的样子，我在想她读的那两年书究竟是什么先生在教她，让她能够跟她的儿子说出这样的一句话。

还有一次，是我一两岁的时候，母亲在我家屋后的山脚田坎边坡上种了两行南瓜和豌豆，这在当时是不被允许的，所以母亲很小心地把它们种在背人的地方，可还是被人发现并举报到生产队了。这可是"资本主义的苗"，社会主义集体生产队怎么能允许个人私自种自留地？生产队长要在大队部连夜开批斗会，要求母亲在生产队集体会上做检讨，母亲在惊吓之余并没有慌张，她把家里的《毛主席语录》红宝书翻出来带在身上，在当众做检讨时，她首先拿出《毛主席语录》读了几句"一个人犯了错误不要紧，改了就是好同志。要允许犯错误、允许改正错误"，然后说来开会之前已经把苗子都拔掉喂猪了，接着就喊："毛主席万岁！"居然把生产队长噎住了，批斗会最终没怎么批起来，生产队长也跟着喊了几句"毛主席万岁"就宣布散会了。

这情形大约也能解释母亲为何有胆量给我起这样一个名字了。我的前后几辈人的辈分是"惟此孝友、孔慎庸行、爱敬自守"，庸是父亲的辈分，行是我的辈分。村子里上下几辈人中乙丙丁戊都有人起过，但是"甲"这个字没人敢起。那个年代山区农村里有一个根深蒂固的观念是孩子名字越贱可能越好养，所以叫狗子、狗剩、狗娃的很多。母亲给我起的名字是"行甲"，小名就是"甲儿"。别说在我那个村里，后来我考上中学、大学、研究生，几乎每到一个新的地方都会被老师同学问到我这个名字有什么讲究，我才发现我这个名字还真的不是一般的大气。

还好我从读书起，就一直读得不错，算是没有辜负母亲给我起了这么一个大气的名字。

我5岁多就上学了，原因是姐姐满7岁要去上学，我一个人在家没有人带着玩了，于是母亲让我跟着姐姐去隔壁村的茅草坝小学上学。我们的老师多数是民办教师，老师不够，学生也不够，所以一、二年级是在一个教室里上课的。老师先给一年级的学生讲，布置作业让学生做，然后在黑板上画一条竖线，在另一边给二年级的孩子讲。从上学开始，我的学习成绩就一直不错，不知道从什么时候开始，我成了整个茅草坝小学好学生的代名词。

我很清楚地记得小学三年级的时候，一次期中考试我考了双百分。我的老师李道敏策划了一次送喜报，他把家里的锣鼓镲子带着，放学后让我走在前面，班上凡是和我家同方向的学生都一起跟着，一边敲着锣鼓一边热热闹闹地把我送回家。我在快到家的途中喊在地里劳作的母亲，说李老师和同学送奖状来了，母亲当时喜悦得把锄头扔在地里赶回家迎接。40多年过去了，母亲当时满脸的汗水、红扑扑的笑容仍然令我记忆犹新。

小学四年级的时候，我又生过一次重病。病快好了的时候我躺在床上，母亲一边给我喂饭，一边问我想不想上学，我说想去。于是，母亲背着我翻过两座山头，把我送到学校去上学。傍晚快放学了，母亲又等在教室外，等着背我走回来。那几乎是我记事后唯一一次要母亲背，我就那样趴在母亲的背上，母亲身上的汗味是香的，和着一点青草香气的感觉。

我小学毕业的时候，成绩是全高桥乡的第一名。这在高桥乡是空前绝后的。因为乡中心小学的老师都是公办老师，学生也多数是干部、老师的孩子或者乡集镇上人家的孩子，各方面的条件自然是比村办小学好很多。在我之前，这种情况没有出现过，在我离开高桥乡之后的十多年里也没有人重复过这个奇迹。再后来，村办教学点普遍撤销，这个纪录便很难再有人打破了。

在我记忆中，母亲跟我说我是她的贵人，多数时间就是在小时候。慢慢地，我也开始相信，我就是那个通过算命先生的口让母亲留在了人世间的贵人。

3
—

母亲一个人带着两个小孩子，家里没有男劳动力，在生产队集体劳动制的山村里是很弱势的人家，所以在我的童年印象中母亲对待他人都很谦卑。小时候跟着母亲出门，每次在山路上远远地看到一个人，只要是认识的，母亲就会跟我讲这个人姓什么叫什么，和父亲家族是什么关系，我应该叫某叔叔伯伯、某伯娘婶婶或者某哥哥姐姐，而且在大约对方能听见的时候就要我大声地喊。我从小学会了看别人的脸色，当然最重要的是看母亲的脸色。虽然母亲从来没打骂过我，但是母亲的脸上写着她的苦累，我知道要心疼她。

每年冬天来临之前，母亲都要请工帮忙打过冬的柴。母亲可以还工的就是她会缝纫，可以在劳动之余帮助村民缝补一些衣服。请工打柴时要一早给村里请的工做好饭，让他们到家里来吃，然后把中午要吃的饭装在背篓里带着，到对门山上去砍一天的柴，晚上天黑前背着砍好的柴回到我们家里，吃晚饭后再各自回去。

在我刚刚记事的时候，5岁多的样子，一个深秋的凌晨，母亲把睡眼蒙眬的我和姐姐叫起来，帮我们穿好衣服。我印象深刻的是我的衣服那时候是从后面系的，还是娃娃罩衣的感觉。原来母亲惦记着要给请的五六个工做早饭，而那天夜里月亮很明，母亲半夜惊醒看到屋顶亮瓦透过来的光，以为天快亮了，于是赶紧起来烧火做饭。可是等饭熟了菜炒好了，一等天不亮，二等天不亮，母亲才知道是搞错时辰了。母亲就那样坐到天快蒙蒙亮，决定到山边去喊工，就是稍微早点叫醒已经请好的工，请他们早点来我们家吃饭，也好早点启程去对门山上砍柴。母亲大概也是有点胆怯，于是把我和姐姐叫醒穿好衣服，让我们陪着她一起去喊工。

那一次请的工主要是在下湾村二组的蒋家河住着的蒋伯伯他们叔伯几兄弟。母亲右手拉着姐姐，左手拉着我，在基本上还黑着的山路上大约走了2里路，去到村边的山头。途中要经过路边不久前去世的二伯娘的新坟，我那时就开始有点怕了，要换母亲的右手拉着，因为这样就离二伯娘的坟稍微远一点。母亲看出了我的心思，捏着我的手说，甲儿不怕，二伯娘最喜欢甲儿了，她会保护我们甲儿！母亲说二伯娘最后治病时需要童子尿配药，每次都是来找的我。母亲这样一说我也记起了二伯娘的好，好像也就真的没那么怕了。

到村口山头时天就开始有一点点亮了，我们开始对着山谷里远远能看到的蒋伯伯他们叔伯几兄弟住的院子喊工。"蒋伯伯——起来吃早饭咯——"我们就这样对着山谷，母亲喊一句，姐姐跟着喊一句，我跟着喊一句，母亲总是夸奖我和姐姐喊的声音大，尤其夸我到底是个爷们家，就是不一样，声音好洪亮。果然，在喊了十几声后，山谷里有回音了，蒋伯伯他们叔伯几兄弟都起床了。

再后来等我长大一些了，母亲开始带着我和姐姐去对门山上打柴。用母亲的话说，在入冬之前多打几回，就像蚂蚁搬家，加在一起也能打不少。我每一次跟着母亲上对门山上，收工回来的时候都会走在前面把自己背的柴先送回家倒在柴垛里，到猪圈给猪加两瓢食，然后折返回去接母亲和姐姐，再从她们背上多少分一些来背。小时候母亲逢人便夸我懂事，这件事就是例子，她似乎讲100遍也不腻。

具体是几岁开始跟着母亲上对门山的，我已记不太清了。跟姐姐确认回忆，她也记不清具体是几岁时，只记得当时我们都上学了，想来是小学二三年级的样子。但是第一次上山的感觉，即便很多年过去记忆仍然很清晰。那天跟母亲爬上对门山顶的二墩岩的时候，母亲要我和姐姐回头认我们的家在什么地方。那时我们已经翻过了两个山梁，山脚下的山谷河流还有远方的村落在我们眼底下铺开，我们家的房子没有刷白，就是泥土色，掩在树林田野间并不好认。顺着母亲的手指，我终于看到了隔着山梁后面远远的山下的家，当时幼小的心里是很受触动的，否则我不会过去很多年仍记得那一刻。但是，此后很多年里我一直不太明白那是一种什么感觉，说喜悦似乎不是，说感动就更说不上，那个时候的我应该还不知道感动为何物。

后来我走过很多的地方，读了很多的书，经历了很多的事情。年近五十，在夜空里回忆起那年山顶上风在耳边刮过时俯瞰远处的家的情景，我明白了当初的感觉。

那种感觉是——这座山是我的。

我可能是从那一刻正式长大的。身边是辛劳的母亲，还有大我1岁零5个月的瘦弱的姐姐，而我是家里唯一的男子，我应该照顾她们。

印象深刻的还有童年时跟着母亲傍晚到生产队分

粮食，由于我们家是半边户、缺粮户，每次都只能留在最后分那些剩在角角落落的零散粮食。母亲背着大背篓，拉着背着小背篓的我和姐姐站在外围，小心翼翼地看着前面分粮食的人群热闹的背影，直到大家分得快结束了我们才敢走上前去。每次分完粮食我都要试图从母亲的背篓里多抢一点来背，母亲每次也都会象征性地给我背篓里多加两把粮食或者多加几个土豆几个红薯，那种卑微的慈爱和依赖，一直是我记忆深处最温暖踏实的东西。

4

小时候我们下湾村很穷。事实上40多年过去了，整个高桥乡仍然是大区域里相对最穷的地方。当时湖北省宜昌市的市长还把高桥乡作为他的扶贫联系点，宜昌市下辖13个县市区，一两百个乡镇，市长扶贫联系的点，自然是整个宜昌范围内最穷的。

童年时村子里有一户很特殊的人家，男主人姓潘，我叫他潘伯伯，女主人姓王，我叫她王伯娘，他们家有7个孩子。记忆中潘伯伯一家在村子里不受人待见，潘伯伯常年佝偻着腰，拿着个烟袋，走到哪儿咳到哪儿，吐到哪儿；王伯娘似乎永远没梳过头，总是蓬头垢面的，因为潘伯伯动不动就打她，她总爱哭，眼里总有眼屎。就是这家人，经常会到我家借盐吃，我很少看到他们还过，大抵因为面子的缘故，他们时常换不同的孩子来借。但是，母亲从来没让他们空手回去过。少不更事的我曾经问过母亲，他们总说借，总不还，为什么还要借给他们？还记得当时母亲拉下脸呵斥我："人不到活不下去的地步，怎么会借盐吃？我们不借给他们，他们就没地方借了，以后不准你说这种话！"

还有一次，夜晚母亲给我洗完脚，准备招呼我睡了，这时窗外传来断断续续的哭泣声，打开门一看，是王伯娘。原来是她家三女子有媒人上门提亲了，可是没有一件穿得出去的衣服。王伯娘大致也是无路可走了，又到唯一的求救处来哭泣。那一晚，我亲眼看见母亲把她平时极少穿的白色带暗红格子的的确良衣服，送给了三女子。这件应该是母亲最喜欢的衣服了，因为我上小学时曾经听我们家的常客、邻村的赤脚医生高幺幺说起过，母亲嫁到下湾的时候，扎着长辫子，穿一身白色带红格子的的确良衣服，皮肤白里透红，好看得"惊动了一湾子的人"。

从我童年到少年的过程中，我目睹或者听到潘伯伯家老少一个一个死去，到最后只剩下大儿子一人在村里生活着。他们家人多数是病死的，也有到外地卖血感染艾滋病死的，还有在外地做小偷被人追到地里打死的，比余华的《活着》讲述的徐福贵一家人还要特别。他们家因为太穷，葬礼都很寒酸。记得童年的一个清晨，我们得知王伯娘夜里去世了，我远远地看见母亲赶过去帮助料理王伯娘的遗体时痛哭失声。

童年记忆中我们家门外的阶坎是过路的背脚夫必须要歇靠的地方。一是我们家门外总是扫得干干净净的，二是每个背脚夫都会在我家讨到水喝。我记得很清楚的一次，天已经基本上黑下来的时候，一对来自几十里外的天池岭村的父子背脚夫，父亲四五十岁，儿子也就十四五岁的样子，他们白天去高桥供销社背货，晚上往家赶，路过我们家时在我们家门外的阶坎上把背篓卸下来，从背篓底拿出用泛黑的手帕包着的一碗饭，在我们家堆在墙角的柴火堆里折了两根树枝当筷子用，坐在我们家的阶坎上吃。他们窸窣的响动吸引母亲拉着我掌着煤油灯出来看，母亲当即邀请他们进屋坐着吃，这对父子再三推辞，于是母亲让我进灶屋给他们父子拿筷子，又端出一个装酱的土碗，端了一缸子水放在他们父子旁边，叮嘱我拿着煤油灯在旁边给他们照亮。

这个儿子蘸着酱往嘴里扒饭的样子，他们咕咚咕咚喝水的声音，还有这对父子走的时候一再弯腰说"多谢"的场景，我仍然历历在目，也清楚地记得母亲拉着我看着他们消失在黑夜中，跟我说，"真是造业，他们没有带亮（火把），摸黑到家怕是要半夜了，不晓得当娘的看到儿子要心疼成什么样子"。

后来，我也慢慢地学会了做这些事情，把门外的阶坎扫干净，给路过歇脚的人递水，不用母亲吩咐，我只要看到了就会去做。

其实母亲自己也穷。一个多年后忆起我仍然会眼睛湿润的场景是幼时印象中母亲有时会站着吃饭，问母亲为什么站着吃饭，她总会笑着说"站着吃肯长些"，可是她是大人，已经不再需要长个儿了。真实的原因是家里白米、面和腊肉等好吃的东西不多，每当吃这些东西的时候，我和姐姐碗里有，她碗里没有，她不愿意让我们看见她和我们吃的不一样。可是母亲仍然愿意关心那些比她更穷的人，而且总是小心翼翼地护着他们的体面。

农村里白天都忙，晚上在煤油灯下剁猪草和打扫时，经常会有村子里附近的一些妇女来跟母亲说话，其实也就是家里发生了这样那样的事情来找母亲诉诉委屈。母亲是一个极好的倾听者，经常陪着别人掉眼泪。

母亲的悲悯心似乎与生俱来，我长大后去到一些名山大川，看到寺庙里供着的菩萨的样子，总会想到母亲的模样。特别是母亲去世以后，我更是这样想。

5

母亲的性格中有一些特别之处，从小到大一直在深深地影响着我。

母亲对干净似乎有一点偏执，小时候我们家的土坯房虽然破，但屋里屋外总是扫得干干净净。母亲经常挂在嘴边的一句话是"爱干净穷不久"。小时候我有点淘气，有一次在外面玩，弄了一身灰回来，刚到门口就被母亲叫住了，"你就站那儿，不许进来"。当时我很惶恐，不知道自己做错了什么。母亲问我说："我有没有跟你说过要爱干净？"当时我看了一眼身上有几个补丁的衣服，跟母亲说："反正是补丁衣服，有什么关系呢？"母亲当时特别生气，她说："甲儿，你听好了，就算是补丁衣服，我们也要穿得干干净净。"

小时候我家的灶屋是黑黢黢的，不知这里做了多少代人的灶屋了，反正从门到墙到梁到瓦，无一不是黑黢黢的，也就是屋顶的一片亮瓦和旁边偏房的一个小窗子透进来的光，能让人看清楚灶台上的东西。可是在我童年的记忆中，我家灶屋从无凌乱之感。柴火永远整整齐齐地堆在灶口边的墙角，饭菜虽然简单，但是母亲总是把不同的饭菜作料分别用不同的土碗整整齐齐地摆放着，灶台虽黑，但时常是那种被洗刷得锃亮的感觉。虽然没多少好吃的，但是母亲在这种贫穷状态下没有一丁点儿邋遢，日子过得一丝不苟的感觉，让我回忆起童年的时候，总觉得充满了明快和温暖，那个灶口柴火烟气氤氲着的味道，在我出走半生走遍天涯之后仍然觉得是内心最爱。

母亲另一个深刻地影响了我的性格特点的是她在日常生活中的仪式感。

每当外婆来我家小住，或是舅舅姨妈来我家，母亲总会做一点好吃的。吃饭前母亲都会先盛一碗饭，夹一点好菜放在饭上面，摆一双筷子，默念一句，算是叫外公来吃饭。这碗饭一般情况下母亲都会让我吃，母亲说外公去世的时候我只有5个月，外公对我喜欢得不得了，可惜我没有来得及学会叫外公。她用这种方式告慰外公，纪念外公，也让我记着外公的好。

在吃饭这件事情上，我爱人后来曾跟我说她用了很长的时间来适应我们家的氛围。爱人是在城市长大的，比较自由不拘小节，她从第一次进我家就发现，不等大人都上桌，孩子都不会动筷子；有好点的菜会互相夹一点；如果孩子先吃完，放下筷子前会双手端筷跟父母说一声"爸爸妈妈我吃完了，你们慢点吃"。爱人说她当时诧异得不得了，为什么一家人之间要这么客客气气的？可是这就是从小到大母亲教给我的规矩，我已经在漫长的成长岁月里习惯成自然。

记忆深刻的还有每年春节吃团年饭的时候，吃饭前母亲总会要我们每一个人说一下过去一年最高兴的事，然后说一句对来年的吉祥话。从我记事起，几十年里这个程序从来没少过，颇有点参加工作后单位上每年搞年终总结时回顾过去展望未来的意思。不过，我从小到大都对这个仪式性的时刻乐此不疲，因为这一刻我永远会收获母亲喜悦的夸赞。后来我有了儿子，孙儿跟着奶奶长到5岁多，他也特别喜欢奶奶这种有些正式的仪式感，当然，孙儿最喜欢的肯定是在这些仪式中奶奶给他的不住嘴的夸赞。

6

我和母亲的第一次分别是在考上初中后，我要到乡集镇的中学住读。后来父亲调进了县城工作，我和姐姐就跟着父亲转到县城所在的高阳镇的初中念书。两年后，41岁的母亲终于跟着父亲进城做了家属，我们一家人终于团聚了。母亲为了减轻父亲养家的负担，一刻也没闲着，平常在县城车站附近摆个小摊卖些汽水饮料挣点钱，还在住处附近的山脚开荒种了一片不算小的菜园，基本上能支撑我们自己家吃菜。

高中毕业考上大学，是我和母亲的第二次分别，这次就更远了。临行前母亲用布包了一小包土让我带着，说如果在大城市里闹水土不服就用这个土泡水，等它完全沉好了，喝一点上面的水。母亲微笑着说别嫌这个土脏，说这个土是从菜园子里捧的，是母亲的汗水洗过的。我后来在大学期间有一次感冒了老是不好，还真的喝过一次这个水，不知道是不是心理原因，感觉真的起了点作用。

大学毕业，我又回到了家乡。我被分配到了县燃化局，然后从燃化局再分到下面的矿山公司。接到分配通知的时候，母亲非常高兴，弄了一桌子菜以示庆祝。席间母亲跟我说："甲儿，你从今天起就算工作同志了，以后走到哪里一定要记着一个要勤快，二个要干净。"

工作9年后我第二次考研究生上了清华。取得清华硕士学位后，我面临着选择。许多同学留在北京，我也曾犹豫过。打电话和母亲商量，母亲的话是："妈的要求不高，以后走到哪里，有可能的话把妈带着啊。"

那时候，母亲的身体已经出现了严重的问题。虽然母亲在我这里永远是报喜不报忧，任何时候打电话问她，她总是用亲切又轻松的声音说她一切都好，但是我还是从父亲那里知道了母亲的病情。我明白，母亲这句话的意思是希望我回来。

但是，母亲并没有给我太多的时间。

母亲离开前的一个周末，我在她的病床前陪她，母亲拉着我的手，微笑着对我说："我的儿子是有用的儿子，可是有些事妈不说你可能不知道。将来妈百年归世之后，你要把妈安置在青枝绿叶的地方。你不要怕妈说这些，我生着病，说这些是冲一下呢……"

那天我在病床边给母亲洗了头发。我打了一盆热水，放在床边一个凳子上，我坐在床边把母亲抱起来让她仰面躺下，肩背枕着我的大腿，头后仰着靠近水盆。我用热水把母亲的头发打湿，用香皂轻轻地揉搓母亲的头发，也给母亲按按头皮，再用毛巾浸透热水反复清洗几遍，最后用毛巾擦干。这个姿势，就是小时候母亲给我洗头发的姿势。

母亲离开的前一天晚上，我和爱人在病床前陪她，她还是那种亲切的微笑，一个劲儿地催我和爱人回去休息："我好着呢，让爸爸一个人陪着就好了。"她那种笑容，就是让你相信她真的很好，真的没事。

第二天凌晨4点，父亲从医院打来电话，说母亲已经在抢救。等我和爱人带着儿子跌跌跄跄地赶到医院时，母亲已经气若游丝。母亲说的最后一句话——我俯在她嘴边才听清楚的最后一句话——"甲儿，带妈回家"。

从医院回去的途中，虽然母亲的身体一直到脸庞都有一块白布盖着，但是我一直坐在母亲旁边拉着她的手，我感觉母亲的手一直还有温度。回到家给母亲换衣服的时候，她的身体还是柔软的。我和姐姐还有爱人一起帮母亲擦洗身子、换衣服，母亲就像一个睡着了的乖孩子。换好衣服后我发现母亲的头发根里好像还有一点汗津津的样子，就说还要给母亲最后再洗一次头发，爱人和姐姐哭着抱住我阻止了我。

母亲去世的那晚，村子里很多男女老少赶过来为她守夜。第二天凌晨5点，母亲的棺木封殓的时间到了，我打开棺木最后一次看母亲，发现母亲的左边眼角有一滴眼泪，我再一次痛哭。姐姐抱住我说这个时候一定不能把眼泪滴到母亲身上，否则母亲会走得不安心的。

亲手为母亲擦干眼角的泪珠，是我这一生中和母亲最后的身体接触。我一直在想母亲是不是那一晚还有灵，她在棺木里听见了我们的哭声，或者她在担心父亲，或者她在挂念儿孙。

我在很多年后一直难以释怀的是，癌症患者在最后是很疼的，但是母亲在我面前从来没有让我感觉到她疼。她可以融化冰雪的笑容让我觉得她就是很好，总觉得病会好的，觉得她真的要离开的时间还很远很远。她那么怕我难过，其实这一点才最让我难过。哪怕母亲在我面前多一些呻吟，多一些皱眉，也能让我提前有警觉，让我再多挤一些时间陪她说话，让我再多给她洗一次头发，让我再多给她喂一次饭，让我不至于在母亲离开时那么猝不及防。

7

母亲走后的两个月，2006年底，我从县里调到宜昌市工作。在最初的一年里，我每个周末都坐班车回去，陪父亲说说话散散步，到后山上母亲的坟前打扫一下，烧点纸钱，也顺便整理一下我在母亲坟前种的一点她平常喜欢的花草，大约两平方米的面积，我用捡的树枝扎了一个小小的篱笆围住，慢慢地有了一丁点小小花园的样子。后来工作忙起来后，回去的次数就少了，但是每个跟母亲有关的日子，清明，七月半，母亲的生日，母亲的忌日，我的生日也就是母难日，这些都是纪念母亲的日子，我都会赶回去给母亲扫扫墓。

2009年阴历十月二十八日，那天是母亲的生日。

我因为在宜昌工作太忙，没能赶回老家。晚上8点回到家，我决定到江边去给母亲烧点纸钱。初冬的江边十分阴冷，我跪在那里给母亲烧纸，只顾着伤心，全然没有感觉到有几个黑影在慢慢靠近。突然，后脑勺感到一股巨大的风，他们一棒把我打翻在地。我只能用手护住头拼命地在地上翻滚抵抗，慌乱中我一边翻滚躲避他们的棍棒，一边大喊主动提出给他们钱，但是他们根本就不停手，棍棒像雨点一样往我身上落，每一棒都在用力往致命的位置打。幸运的是有人在远处看到情形不对报了警，随着远处的喊声传来，那帮人赶紧逃跑了。

最终，我付出断了两根肋骨和四根手指骨裂的代价，满身是血地得救，死里逃生。那一刻，我仿佛看见了母亲，看见母亲在天国护佑着她的儿子从魔鬼的手中脱身。

案子一个星期以后破了，是4个孩子干的，最大的21岁，两个20岁，最小的才15岁。一个孩子是宜昌市下面长阳县的，包括主犯在内的3个孩子是恩施州下面巴东县的。

命运就是这么神奇。两年后，我被任命为巴东县委书记。在去巴东赴任的路上，我不止一次地想到母亲和那几个孩子。起初要说我不恨这些无缘无故伤害我的人肯定是假的。在巴东5年多，我不止一次地经过这几个孩子的家乡村庄。看着那些贫瘠的土地和一些留守孩子迷茫无助的眼神，我对他们已没有恨，而是从内心里深深地同情和反思。我知道母亲如果在的话，她会对我说：甲儿，去帮助这些孩子。

去巴东是跨地区调动，离家数百公里，我去上任时行李不多，但是带着母亲的遗像。我用这种方式兑现当初对母亲的承诺，"走到哪里把妈带着"。任县委书记期间，母亲的遗像一直摆在我的办公室，任何人走进我的办公室，第一眼看到的都是书柜正中间母亲的笑容。在母亲的目光中工作和生活，我心里踏实。

前几年我曾经跟爱人说过，将来我百年归世的时候，我会跟儿子说，不要给我修建坟墓，就把我的骨灰撒到母亲的坟上。对我的这个想法，爱人曾明确地表示支持——

"我陪你，我们一起陪妈妈吧。"

8

2018年底，我接到北京卫视的《我是演说家》节目组的邀请。我一关一关地过，最后进了总决赛。总决赛演讲的主题是"致敬"，我最开始写的稿子是致敬这个多元和包容的时代，让我这样的世人眼中特立独行的人也有立足和发展的空间。导演看了之后，建议我换一个细一点的主题，比如致敬一个具体的人，一件具体的事。我最后的演讲题目是《我的母亲》，讲了母亲一生的干净和悲悯对我的影响。

这是一次完全无法复制的演讲。因为讲到中间，我已经忘记了这是在演讲。讲到最后，我几乎控制不住自己的情绪，我泪流满面，手和脚都在发麻颤抖，向听众鞠躬的时候，我需要把双手按在自己的膝盖上才能维持身体的平衡。上一次出现同样的感觉，还是在13年前母亲离开人世，我和家人还有村里赶来的众多男女老少为母亲守夜，第二天凌晨送母亲上山前，我跪在母亲的灵前为母亲念悼词的时候，我就是手脚发麻，全身颤抖，需要他人扶着才能抱着母亲的遗像起身。

母亲走后多年，思念的痛苦并未随时间的流逝而减轻。曾经每一次的提拔，每一次的巨大荣誉，都会让我难过，因为我再也不能和生命中最重要的那个人分享喜悦了，得到的喜悦越大，这种难以言说的痛苦越深。爱人曾经劝我说：你这样其实是不孝，因为你这样为母亲难过，苦的是你，心疼的是母亲。你这样，母亲怎么走得安心啊？

这一次演讲对我的意义，就是多年难以释怀的痛苦在那一刻有些释怀了。我的痛苦在于母亲含辛茹苦把我养大，等我刚刚有能力的时候，还没来得及报答，就永远失去了报答的机会。但也是那一刻，我终于悟出了我和母亲的连接并没有中断。

母亲不仅生养了我，还遗传给了我柔软的心灵，教给我干净做人的道理。她的言行深刻地影响着她的儿子，让她的儿子有朝一日成为一个左右一方的官员时，可以怀着和她一样的悲悯态度来对待弱者，可以耻于在穷困的土地上锦衣玉食从而坚守干净从政的底线。在国家级深度贫困县任县委书记的5年多时间里，如果说我还有一点政绩的话，我自己最满意的是为全县的十几万穷亲戚做了一些事情，帮这些最弱的人找回了活着的尊严。这也算是对母亲的一种告慰吧。我曾亲手为长江巴东网《干部结穷亲》栏目写了开篇语。"我们这些穷乡亲，在等待着我们！他们期待的目光，早已穿越万水千山、风霜雨雪，我们奔向他们的脚步，大地会聆听。人间最冷的不是冰寒，而是麻木。你不是太阳，但你可以发出比太阳更温暖的光！"这段话曾被当年《人民日报》五四青年节第一版的社论引用过，我至今记得当初在深夜的灯光里写下这些文字时眼中的泪水，心中的波澜。母亲对待弱者的悲悯也引导儿子最终走上了公益之路。就像电影《寻梦环游记》告诉我们的，真正的死亡不是停止呼吸，而是被遗忘。我记住母亲就是要像母亲一样活着，让她的爱仍在世间延续。

那一刻的感悟，让我终于和自己达成了一种和解，就是和天堂里的母亲心灵互通，终于觉得可以放手，允许母亲离开。我们都曾经是，也永远是母亲的孩子。对天下的母亲来说，爱孩子是本能、是天性，可拥有保护孩子的能力，则是一种幸运，是每个母亲都渴望拥有的。我现在做公益，就是在帮助那些绝望中的母亲。

感谢我善良的母亲，因为您对我的爱，让我学会了爱别人。我明白每个人都是母亲的孩子，每个人都值得这样被爱。所以，我愿意带着母亲赋予我的这份初心，在公益路上走到人生的最后，带着付出了全部的爱之后的满足感去天堂拥抱我的母亲。余生，这都是我最好的纪念母亲的方式。

关于我们的事，他们统统猜错

你就像一首歌，从这边看从那边看都像是一首歌；你就像太阳刚落时，天空中那红彤彤的金星；你的面容在我心的花园里，我的花园日落后也不会黑暗，因为你永远是明亮的。

相伴几十载，霞让我变成了一个更勇敢的人。

1

爱人名字的最后一个字是霞，和我的名字押着韵，我们是大学同班同学。关于我们的爱情是从什么时候开始的，如何开始的，老师和同学们都是一头雾水。其实，关于这个，我和霞的观点也不一样。我觉得我们是大三那年开始的，而霞拼死也只承认是大四有那么一点意思，大学毕业后才正式开始的。

我们是1988年上的湖北大学数学系。我是从农村一步步考出来的学生，村里念小学，乡镇念初中，县城念高中。高考成绩虽然也是全县前十几名，但是并不算很理想，比平时的成绩要差一些。我偏科比较严重，语文、英语、物理、化学都不错，数学更是我的特长。但是我的政治课总是学不好，那些多选少选都算错的多项选择题简直是我的噩梦，我总是觉得好像都对，又或者好像都不对；那些判断分析题是我的另一个噩梦，我总是连判断正误都会弄反，写了一大篇分析，结果一分都拿不到。高考冲刺阶段班主任觉得我是可以冲高分的尖子之一，特别叮嘱政治老师张玉蓉给我开小灶补课，可是我就是很难开那个窍。不出意料，高考我的政治只考了52分，甚至比平时更差，没有及格。但是由于其他的科目考得都不错，所以还是上了省线，被录取到湖北大学数学系。当时我和家里人都很高兴，因为我可以到省城念大学了，按照当年大学生包分配的体制，我已经注定是端"铁饭碗"的公家人了。

霞进入湖北大学数学系则纯粹是一个意外。霞从小在城市长大，高中是在黄石二中念的，这是全省知名的省级重点中学。她的学习成绩一直都不错，她踌躇满志要考全国重点大学，所以高三时四川大学、华东师范大学等知名高校的保送机会她都一一略过了。可是天有不测风云，离高考只有3个月时，霞的母亲被恶狗咬伤住院，这个不大的家庭变故让年少的霞慌了神，仓促间她接受了仅剩的最后一个保送机会上了湖北大学。湖北大学是省属重点大学，不是全国重点大学，论实力，霞考上全国重点大学本来是件轻轻松松的事情，上湖北大学对她来说还真的算是"屈就"。命运就这么让我们相遇了。

开学第一次班会，每个同学上讲台介绍自己。霞的自我介绍比较特别，除了介绍自己的过往学习经历和家乡风物，她最后特别说道："我比较喜欢舞蹈，擅长书法，英语比较好……"我想当时除了我，不止一个同学听得一愣一愣的，心想这人怎么这么不谦虚呢？可是没过多久，同学们都领略到了人家不谦虚是有资本的。班级中秋暨国庆晚会上她和另一个女生表演了舞蹈《故乡情》，她处于明显的领舞状态，舞姿婀娜，绿裙转起来如荷叶亭亭地随风摇曳；班级活动时她拿着小扫帚一般的大毛笔龙飞凤舞，一年级就成了学校书法学会的理事，原来人家有6岁开始临帖的"童子功"，初高中阶段就曾在书法比赛中拿奖无数；上英语课，老师要求每个学生都得开口，我这种在山区县城高中从来没上过听力课和口语课的学生根本不敢开口，好不容易鼓起勇气开口，老师和同学们看我的那个眼神分明是"你确信你这讲的是英语吗？"而她一开口那个婉转流畅抑扬顿挫让老师当场夸赞"pretty good"，一学期后她更是在全班率先高分过四级，第二学期在全班率先过六级，用事实证明她的英语果然是"比较好"；更过分的是，人家第一学期就拿一等奖学金，在班上当着团支部副书记，还在系学生会当上了宣传部部长……整个一误入鸡群之鹤的感觉。

我们上大学时男生寝室有时候会在熄灯后开卧谈会，给班里的女生打分是男生们的常规操作。霞的皮肤很好，身材匀称，有同学说她长得有点像当时比较火的电影演员吕丽萍，而且出风头的地方似乎总有她，男生这里她的分数自然是很高的，但是大家都觉得她是"一只骄傲的孔雀"，因为靠不近，所以不那么逗人喜欢，甚至都不怎么敢开她的玩笑。我这种山区来的穷学生更是觉得她跟我隔了一个阶级。

我跟霞的第一次近距离接触，是在开学两个月之后的秋游，那时我们班里团支部组织集体游东湖，同学们很自由地分成五六个人一组，每组必须有男生，好在东湖划船时保护女生。我就报名加入了霞所在的那一组。出发前我在校门口用学生证抵押租借了一台相机，全程负责给大家拍照。自然我给她拍的照片是最多的，这一点在小组照片洗出来之后让我被同组的男生嘲笑了好久，在一沓照片铁的事实面前，我也无从辩驳，只能讪讪地接受嘲笑了。

那次秋游有一个小插曲，当我们在东湖边上游到武汉大学校园的时候，霞把她在武大读书的高中同学叫过来给我们作导游，同学很热情，陪着我们转了大约两个小时。中午我们一起在小摊上吃午饭的时候，我点完热干面回到座位上没看见那个同学，就问霞你的同学在哪儿呢？霞说同学走了。我就说同学辛苦陪着我们转了半天你怎么没把人家留下来和我们一起吃饭呀。霞回答说同学要赶下午的活动，哪有空陪你吃饭。大约霞就是这么随口一说，我却听出了一点没好气的感觉。特别是在小组同学面前这一问一答，让我尴尬得脸红，我马上意识到我说多了。同组的男同学幸灾乐祸地看着我笑，那意思是"叫你套近乎！叫你讨好！吃屁了吧？"过了好久那个男同学还在取笑我，说我想拍漂亮女生马屁结果拍到马蹄子上了。多年后我和霞谈起这个细节，霞大笑着说："有这回事吗？我怎么一点印象都没有？"

2

霞那时候在班上的女神范儿，让男生们有些敬而远之的感觉。在开学不久那次秋游当众"吃屁"之后，我更是不敢靠近她，下了课都不敢瞎搭讪。后来霞也说大学一、二年级对我没什么印象，只知道班上有我这样一个老实本分的同学，山区农村来的，话不多，很瘦，但是还算挺拔。能够印证她这个印象的是二年级下学期有一次霞在班级黑板上写了一个通知，请另外两个男同学和我三个人周日到系活动室排练舞蹈，准备参加系里的文艺会演。我们三个男生高矮差不多，都是1.76米，估计这是霞挑中我们的理由。结果其中一个男生找到我们另外两个统一思想："她想让我们三个人围着她众星捧月吧？想得美，我们都不去！"我虽然有点想去，但是不敢违逆众意也就没去。事实证明是这个男生以小人之心度君子之腹了，这个舞蹈是霞编排的小虎队的《青苹果乐园》，是三个女生和三个男生的集体舞蹈，还真不是众星捧月。后来看到霞和低年级的两个女孩一起在文艺会演上穿着牛仔裤夹克衫光芒四射地表演《青苹果乐园》，后面嘎嘣脆地几个定格，一个定格就是一次满场自发掌声，我那个悔呀，肠子都青了。后来我很长时间都不想跟那个男生说话。

记忆中最深刻的一幕，是大三上学期的一个周末的上午，那天我的选修课是10点开始，在第五教学楼。我吃过早饭8点多就抱着书到五教门前的草坪上看书晒太阳。不久就看见霞背着书包从草坪前走过，她上身穿着黑色的T恤，配着墨绿色的大摆裙，头发用一个发箍束成自然的马尾，离我最近时就10米左右。她的两只手放在摆裙两旁的兜里，自然又优雅。霞并没有看见我，就这么淡然地从我眼前飘过。我坐在草坪那里，看得清太阳从她的发梢掠过，我一下子想起了莱昂内尔·里奇唱的 *Hello* 里面的那句歌词 "I long to see the sunlight in your hair"。那个瞬间浓缩了我的大学时代所有最美好的记忆。多年后我曾经跟霞说起那个画面，说如果有一天我患了失忆症，这个画面一定可以把我唤回来。霞说这很矫情，她记得自己曾有过这么一套衣服，但是全然不记得有过这样一个我口中洒满阳光的上午，更加不知道曾经走过草坪时被人这样地凝视过。

这个对话场景也能大致说明我和霞极其不同的性格特点。我比较感性，对细节的感受相对比较细腻；霞则比较理性，大势看得又稳又准，对于细节相对神经大条。经常我自觉很动情的讲述会被她轻描淡写一两句给打发掉，但是我也不会觉得扫兴。这在后来的几十年里成了我们共同生活的相处模式，彼此乐此不疲。

大三下学期的一次数理统计课上，我和霞坐到了一排。平常女生喜欢坐前排，男生喜欢坐后排，但是那天霞来晚了一点，踩着上课点进的教室，就近坐在了我的旁边。课间的时候，霞给了我一张纸，上面是她抄写的一首诗《有一种缘分》。

有一种缘分使人渴望
有一种理解不可企及
有一种思念天长地久
有一种感觉无法说出

所有的话语都是多余
所有的默契无须传递
有一种怀想只是静静地到来
默默走过你我的四季

有一种人生最需沟通
有一种爱情迟到最真
有一种岁月你要苦苦奋斗
有一种日子你要不停地走

伤感是你含泪的眼眸
沉重是你燃烧的烟头
假如有一天我能读懂你
面对落日不再回首
共承风雨不是陌路

请告诉我
那只漂泊的小船
怎样抵达你的港湾
那只流浪的白鸽
怎样叩醒你的夜晚

　　这首诗多年后我还能倒背如流。那天晚上回到宿舍，我躲在蚊帐里反复看霞娟秀又有力的字迹，一遍又一遍，兴奋得几乎彻夜难眠。第二天一大早我跑到图书馆给霞写信，当然也不敢造次，没敢写任何示爱的话，只是绞尽脑汁搜肠刮肚地赞美她的字和解读这首诗，也通过对诗的理解顺便展示了一把我的审美能力。多年后我们结婚20周年的时候，我在巴东工作，霞带着儿子在宜昌工作生活，相隔两地，我瞒着霞精心设计了一个结婚纪念册，共20页，翻开第一页是当年，然后逐年往前翻，最后一页，我把霞送给我的这首手抄的诗拍照印在那里。我精心设计在我们结婚纪念日那天让纪念册通过快递寄到霞的手上，霞看到后大为感动，给我打电话说："你的礼物我收到了啊。"她的声音里有抑制不住的喜悦，隔着电话我都能听出来。我给霞说："你看到我的设计了吧，我为什么要把那首手抄的诗放在最后一页啊？因为这叫铁证如山，当年可是你先给我递的条子哟。"霞大笑着说："什么呀，我当时就是随手练笔抄了一首觉得不错的诗，看你平时写诗，所以跟你随手分享而已，是你自己想多了。"我也大笑着说："好吧，是我想多了。"

事实上第二天下课我给霞递了我的信之后，霞并没有什么反应，后来也没有跟我谈诗，也没有跟我谈字。她到底读到了我的那些克制的文字背后的火热，还是只是把这当作一个普通的男生对女生的逢迎，我就不得而知了。像她这种女生可能也不缺男生的讨好和逢迎，或许当时的我是真的想得有点多。但是从那天以后直到大学毕业，我一直小心翼翼地珍藏着那张纸，把它夹在枕边书《约翰·克里斯朵夫》里当书签用着。

3

大四上学期的一天，同寝室上下铺的肖立下课后推
门进寝室，带着很神秘的表情跟我说："你知道吗？我
们班有同学考托福了。"我说啥是托福？托谁的福啊？
肖立先是给我科普了一下啥是托福，然后不怀好意地笑
着告诉我是霞考了托福，而且成绩还不错，够得上申请
美国一流名校的分数。肖立是在武汉市长大的，见多识
广，是我整个大学阶段最好的朋友，而且我们在后来30
多年里友谊与日俱增。当时肖立的笑容里有明显怂恿的
成分，他最早看出了我的一点小心思，意思是你还不抓
紧跟人家表白，怕是以后连表白的机会都没有了。那时
的我当然知道自己几斤几两，本来就是难以望其项背的
人，这下好了，马上项背都要永远望不到了，内心里除
了景仰，还是景仰，断断不可能去自讨没趣找人家示爱
的。肖立的打趣，我只能装作没听懂。

然而意外的惊喜马上降临了。不久后的一天，霞在
下课后抱着一堆书跑了几步追上我，跟我说："陈行甲
你愿不愿意帮我一个忙？"我说："当然啊，是什么忙

呢？"霞说："我在忙着申请美国学校的研究生，你可否帮我抄写一些资料？"我几乎是带着感激的表情说没问题啊，于是霞把从图书馆借来的几本书给我，把需要抄写的内容告诉我。

其实这并不是一个好活儿。1991年校园里还没有复印机，霞需要的一些参考资料要大篇大篇地抄写下来，还真的有点下苦力的意思，半天下来我手都有点酸了。那之后连着几天霞都在校图书馆帮我占了位子，我坐在她的旁边帮她抄写她选定的资料。然而甜蜜的苦力时光太短了，3天时间，我就高质量地完成了霞交给我的所有任务，霞为了表示对我的感谢，请我在学校沙湖边上的露天电影院看了一场电影，看的是法国电影《碧海情》。去露天电影院需要自带凳子，我就跟霞说两把凳子我一个人从男生寝室带，霞高兴地拍着手说好啊。两毛钱一张的电影票，到了沙湖边电影院我要抢着去买，霞坚持说要请我，我也就让她去买，我背着两把凳子站在那里看着她排队，队有点长，霞在排队时不时回头看一下我，冲我笑一下，意思是别急。

后来霞拿到offer的时候还专门跟我分享了好消息。霞拿到了两个学校的offer，伊利诺伊州立大学和加州大学圣迭戈分校，都是不错的大学，尤其是加州大学圣迭戈分校更是全美前20位的名校，被誉为公立常春藤。当然这些都是多年后我才知道的。当时我对美国的学校没什么概念，只是看到一串串的英文和霞喜悦的样子，真心为她感到高兴。

然而霞办理签证的过程非常不顺利。霞没有申请到奖学金，需要找到海外担保人，这个过程花费了不少时间，再加上那时签证通过率本来就不高。总之霞最后没有走成。

霞的父母后来很多年里对这件事难以释怀，觉得女儿如此优秀又如此努力，但是没能出国深造太遗憾。霞自己倒是好像没什么，至少作为同学的我们并没看出她有什么失落。因为曾经给霞做过苦力，我们渐渐地话多起来。一次周末霞甚至约我陪她去省歌舞团，因为她要代表数学系参加全校十大舞星的评选，她自己编排了樱花舞，要到省歌舞团去借衣服。对于这种邀约我自然是乐得鞍前马后去扛包的。这个舞蹈是双人舞，霞的舞伴是低一年级的数学系学妹，名字的后一个字也是霞。随后的两个星期，我意外地被霞邀约担任了陪看的角色，就是她们这"绝代双霞"每次排练好之后会演一遍给我一个人看，我一个人坐在系活动室，看着"双霞"在我面前翩翩起舞，然后鼓掌。霞请我提意见，我也不知道她凭什么要请我提意见，我虽然时常写几句酸腐诗句，貌似有点审美水平，可是我对舞蹈确实是一窍不通啊。

但是每次我都会赞赏有加之后试着说一点自己的看法，比如我说霞的眼神就特别好，但是学妹小霞的眼神就完全看不出来舞韵，这个要统一。霞对我的这个意见大为赞赏，说我真是一个好观众，提的意见特别重要。

霞的十大舞星比赛是在学校一食堂的大舞台举行的，我早早搬着凳子坐到了前排。当樱花曲响起，数学系"双霞"惊艳亮相，第一个扇子打开半遮着脸的定格，台下就响起热烈的掌声。我坐在台下一时有些恍惚，觉得这个舞还是在演给我一个人看。

后来我们就开始实习了。霞在离市中心比较远的省重点中学武钢三中，那里是全国奥数金牌训练营所在地，自然是要选最优秀的学生去实习的。我因为是数学系排球队的主力，为了打学校排球联赛方便而被安排在学校附近的三角路中学。好在肖立也被分配到武钢三中去实习了，我有一个最好的理由每个周末去看霞，就是和大家说要去找肖立玩。肖立也非常大方地配合，彼此心照不宣。一到晚上我们就会约上好几个同学一起去附近的录像室看奥斯卡经典电影展播，肖立会自然地拉其他同学坐在一块儿，让我和霞自然地另外坐在一起。记得一次我们看《沉默的羔羊》，全英文对白而且没有字幕，影片中有一幕是医生推着脸上血肉模糊的伤者出来抢救，医生摸了一下伤者的脉搏，说了一个数字，这时霞露出惊悚的表情说完了完了，我说怎么了，霞说坏人要跑出来了。那个脸上血肉模糊的伤者其实就是坏人，霞的英文好，根据前面的一个坏人脉搏比常人慢的细节就预感到了后面的情节。而我英文糊里糊涂，完全没看出来，只能勉强看出大致剧情。看到霞入神的观影表情，我内心里那种羡慕崇敬之情如滔滔江水泛滥。那时我一个月的生活费是40元，霞的家境好，我们一起出去玩无论是电影票还是几毛钱的热干面汤粉之类的小吃，霞都会跟我抢着付钱。但是她也不算固执，有时为了照顾我的面子也会故意让我买单。

记忆中整个大四的下学期天空都特别的蓝。那时比较难的课程大多已结束，论文写完就比较轻松了。有时候傍晚时分霞会推着自行车到我寝室下面喊我的名字，我便马上到二楼寝室窗口探出头跟霞打个招呼，然后洗一把脸飞奔下楼。霞的自行车虽然是买的二手的，但是比较新。我买不起自行车，霞也不要我借其他同学的车，一般就是我骑着她的车，她坐在后座上，我们从学校后门出去，穿过油料作物研究所的大片油菜花田，到沙湖边去散步。那时的沙湖烟波浩渺，和30年后被填掉大半建高楼剩下的那个仍然叫沙湖的水塘完完全全不是一个样。那时我们已经无话不谈，通常晚上9点多的时候我们还并排坐在沙湖边谈天谈地。霞喜欢听我唱歌，尤其喜欢听我唱罗大佑的《闪亮的日子》，黄品源的《你怎么舍得我难过》，赵传的《我一直以为你知道》，无鸣的《无名小路》，听了很多很多遍都不腻。这些歌后来简直成了我们俩共同人生的写照，只是当时我们并不知道。我们就像青春岁月里两只孤单的飞鸟，在这片水域遇见，彼此触碰到了对方的羽毛，看到了对方眼神中清澈的光。茫茫的天空，哪里是我们的去处，我们都不知道，可是这并不影响我们此刻简单又欢欣的流连缱绻。

很快我们就开始毕业分配了。霞的成绩极好，广东省教委来湖北大学引进一些优秀学生到广东各地市教书，霞报名了，被理所当然地录取。我估计霞决定去广东还有一个重要的原因是广东是中国改革开放的最前沿，霞去到那里还可以适时延续自己的出国梦。我决定回到家乡，除了对家乡的留恋，还有一个重要的原因是我没有那么自信，我不敢迈出自己的舒适区，在我内心深处，自己的能力只能胜任回到山区老老实实地做点小事。

分配的方案定下来，我和霞彼此已经知道对方要去哪儿，可是我和霞一如既往地相约傍晚一起出去散步聊天。一次霞提议我们去武汉长江大桥看夜景，霞穿着红色的衬衫，黑色的大摆裙，我们俩第一次在长江大桥的桥墩处拍了一张合影，一块钱的照相费还是霞出的。我们沿着长江大桥走过去又走回来，江风吹着霞的长发飞扬，霞的笑声也随着江风在飞。晚上9点多我们启程回学校，坐76路车从汉阳门站到离学校500米左右的车辆厂站下车。那天人有点多，我先下车，霞刚一只脚跨下车时公共汽车司机似乎已经准备启动车子了，我赶紧一把拉住霞的手让她靠着我下车站稳。霞平常坐在自行车后座上有时会扶一下我的腰，除那以外这是霞第一次和我正式的身体接触。我拉着霞的手，从公共汽车站走到校门口的路灯下，我们都没有说话，通过手温感受着对方的呼吸。

现在已经回忆不起来那时我和霞的手是怎么分开的了。或者是我有些紧张地松开了手，或者是霞跟不上我的步子自然地脱开了手，总之我们走了没几个路灯就又自然地分开手并排走着了。进了学校大门，沿着林荫道走回寝室，路过男生寝室我没有回去，把霞送到六号楼女生寝室楼下，霞也不急着上楼，于是我们又围着操场走了几圈。那天我跟霞从头到尾讲了自己最近看过的两本小说，查建英的《丛林下的冰河》，张曼菱的《唱着来唱着去》，霞听得出神。她很少说话，就那么慢慢地静静地跟着我的步子听我的讲述，但是我能感觉到她完完全全地听着我的每一句话。

多年后我们20周年结婚纪念日的那本册子的封底，印着那天晚上我读给霞的《唱着来唱着去》里面的一首诗："你就像一首歌/从这边看从那边看都像是一首歌/你就像太阳刚落时/天空中那红彤彤的金星/你的面容在我心的花园里/我的花园日落后也不会黑暗/因为你永远是明亮的。"

4

每年7月初校园里的毕业派遣现场总是伤感的，到处都是告别的挥手，到处都是眼泪在飞。被分配到同一个地市的同学会坐上一辆班车分赴各地，每辆车上有一个带队老师把同学们送到地级市的毕业生分配办公室，车身上写着祝福的标语，四年的同学就这样一朝分别各奔东西。霞没有到男生寝室一号楼前面的集中派遣现场送我，她在头一天我们散步时给了我一张纸条，上面写着她哥哥单位的通信地址。她要先回家休息一个多月时间，8月再去广东中山市报到上班。班车离开校园驶往家乡的方向，我最好的青春也留在了校园。我没有一丝伤感，我在这里遇见了少年时读过的童话中公主一样裙裾飞扬的霞，愿意永不厌倦地听我说话听我唱歌听我念诗的霞，让我忘记了自己身上来自山村的土气和寒酸的美丽灿烂的霞，我好知足。

回到家乡，各种毕业分配报到的忙碌，让我从理想走进现实，似乎从不真实的云端一下子回到了土地上。有那么几天，我几乎已经忘记了霞。夜深人静之时，一遍一遍地看霞留给我的那张写着霞的哥哥转霞收的通信地址的纸条，我该给霞写信吗？写了又如何呢？眼下的暌隔天涯衬托着曾经的近在咫尺，和霞在一起的一幕幕真实得像假的一样。理智告诉我最好别写信了，就让美好的回忆留在过去吧，可是内心里时常会跳出那张纸条。这样熬到7月底，我提笔给霞写了第一封信，告诉她我的近况，也问候和祝福她去广东一切顺利。

两个星期后我收到了霞的回信。这个间隔成了我们之后将近一年时间里的通信周期，我的信寄到她手上要一个星期，她收到信的当天给我写信，然后回寄给我需要一个星期到我的手上。

霞的信是抱怨的，抱怨我为什么隔了这么长时间才给她写信。霞的信是热烈的，她告诉我，收到我的信她高兴得流泪了，她说毕业分开后才知道我有多么好，说她回家只过了几天就在天天问哥哥有没有寄给他转霞收的信，可是一次又一次地失望，直到今天。她本来很伤心，可是收到信好高兴，又一点都不伤心了。我把霞的信贴在胸口一遍遍地读，然后铺开信纸给霞写信，抬头我直接就是写的"亲爱的霞"，这是我人生中第一次用"亲爱的"这个称呼，第一次说"我爱你"。夜晚的灯光下，我在心中对着霞狂喊着这三个字。我不管了，不管你在哪里，不管我在哪里，反正我要说"我爱你"，我要让你知道我爱你，我要让全世界知道我爱你。

霞热烈地回应了我，霞在信中流着泪答应了我的求爱，霞在信中拥抱了我。我们的第一次拥抱，是隔空在信中完成的。我和霞的爱情就这么正式开始了。

初恋是甜蜜的。从把信封好贴上邮票送到镇上的邮筒我就开始数日子，偶尔到了第十四天霞的信还没到，整个人就会失魂落魄，但是一般那之后的第二天或者第三天信就到了，整个人又会满血复活。那年月尚不知手机为何物，电话也只是工作单位矿山公司有一部，个人胆敢用单位电话打私人电话简直是不可思议的事情，我只能痴痴地等着两周一轮的通信来缓解相思之苦。好在随着这个规律的形成，收到信的喜悦足够抵御两周相思的痛苦。

这样的日子持续了将近一年。两个不谙世事的学生刚走进社会，也会互相交流身边的人和事，我渐渐地感觉到我和霞不是生活在同一个世界了。她的身边是火热的工厂，是成群的富人，而我的身边是寂寞的群山，是封闭的小镇。我天性敏感，霞也知道我的这个毛病，跟我说话还是很注意方式的。后来我们交流过那段时间各自的状态，霞有时候对广东火热场面的描述，其实是想召唤我去广东和她在一起，但是又照顾到我的自尊心，希望这个决定由我自己做出，而不是她直接说出来。而我从霞的描述中对比自己的处境越发感到自卑，觉得霞离我越来越远了。如果霞偶尔忙起来没有及时回复我的信，我就会觉得天都灰暗下来了，不知道发生了什么，勉强挺过几天的胡思乱想后就会忍不住再写信。多年后我曾经背着霞数过我们之间那些年的通信，我给霞写过47封信，霞给我写过43封信，这少的四封信就有一两封是少在这一阶段。

我渐渐地感觉到霞有点累了，虽然多年后跟霞交流时她说当初我完全是在瞎敏感。那时我青春年少，矫情起来觉得看到的诗都像是为我写的，听到的歌都像是唱给我的，淋到的雨都像是专门为我下的。我决定不等霞开口，我要先结束这一段虚幻的不可能有结果的爱情了。一个寒冷的夜晚，我在灯下流着泪洋洋洒洒给霞写"最后"一封长信，告诉霞我的自知之明，告诉霞我不能陪着她走后面的路了，霞的天空很大，而我只是一只笨鸟，我跟不动了，更保护不了霞，实在是不配继续做霞的恋人了。

霞的回信迟了好几天，信很长，但是冷静克制。霞说理解我，她不怪我。那封信我只读过一遍，后来再也没有打开过。那个时候我开始相信命运，我和霞太不同了，我们不是一个平行世界的人，就像两列面对面驶过的列车，曾经在同一个站台擦肩，相聚却是为了分离，最终逃不过各奔东西的命运。

5

那之后的一年多，我没有再跟霞联系，霞也没有再跟我联系，我们彼此默契地消失在茫茫人海。我开始接受命运，我从下湾村走到了县城，已经完成了人生的逆转。关于霞的记忆因为太美好而显得不真实，我要彻底地放下她，安下心来踏踏实实地生活了。我甚至接受家里的安排跟附近的一个女孩相了亲，但是见面后相处了两个月时间无疾而终。

再次得知霞的消息是在一年多后的1994年夏天。那时我已调到县政府经协办工作，一个同学来兴山出差，路过看我时说他前不久去过南方，见到了霞，他说霞的状态不好，看起来像是刚生过病的样子。听到这话我的心莫名地揪着痛，一年多了，霞怎么样了？她从小娇生惯养地长大，独自一人在南方遇到过什么困难吗？想到这里我难受得不行，于是当晚又提起笔给霞写信，问候霞的身体状况，留下了家里刚装的电话号码。

这封信发出去之后像是石沉了大海，一个星期过去，两个星期过去，三个星期过去，一个月过去，悄无声息。我后来才知道霞那时已经换了工作单位，而我写的是原单位的收信地址。我这封信就像风中的树叶飘啊飘，后来不知道是哪个神仙姐姐照应，居然在一个多月后又转到了霞的手上。

一个多月后的一天晚上，我在办公室加班，父亲找过来告诉我，刚才有一个说普通话的女同学给我打电话来了，说是我大学同学，现在在广东工作，得知我不在家里，说明天晚上的这个时间还会再打来。是母亲叮嘱父亲要马上找到我告知这个消息的，母亲那时一直在张罗着到处请人给我介绍对象，而我除了见过那一个与之无疾而终的女孩以外一概拒绝再见面，母亲也看出了儿子应该是心有所属，她凭借母亲的直觉听出了这个女孩应该就是儿子要等的。我当时在办公室兴奋得要跳起来，忙不迭地问父亲是个什么状况，父亲说得不是很清楚，我立马和父亲一起回到家里，我和父亲母亲一起把刚才那个电话的每句话每个细节详细地复盘。是霞，是霞，是我的霞又回来了！

我和霞就这么重新开始了。像是没有熄灭的灰烬中突然加进干柴，遇到微风一吹便熊熊燃烧起来，火势比之前更盛。这一次我们吸取教训，不空谈，从一开始就讨论我们共同的未来。我们迅速达成共识，我考研究生出来，将来跟霞在城市里会合。

我本来在大学里学习成绩也还不错，虽然跟霞不是一个量级，但也是同学中不多的拿过奖学金的学生之一。数学我有把握拿高分，英语毕业后一直没丢下，应该也还可以，至于经济管理类的专业课，完全是可以突击的。我们共同遴选，决定报考北京一所比较好的大学商学院研究生。

研究生备考的过程说得上一帆风顺，各门课程很容易就捡起来了。这时我们又恢复了高频次的鸿雁传书，霞的信摆在我的书桌旁，见字如面，让我复习起来浑身有使不完的劲儿。那个年月报考研究生需要单位开具介绍信，办公室管公章的张阿姨是武汉市下乡知青到兴山来的，对我要报考研究生去城市里跟女友会合大为鼓励，没请示领导就给我的介绍信盖了章。我顺利地参加了1995年1月的研究生考试。到设在宜昌师专的考场时，我有一种志在必得的感觉。

两天半的考试结束当晚，我坐上了宜昌长途汽车站往广东的卧铺汽车，这是我大学毕业后第一次去看霞，我们终于要见面了。

按照当时长途汽车排班，这趟车到广州要28个小时，但是湖北和湖南境内到处都在修路，一堵就是几个小时，后来实际上走了40个小时才到。车上司机一直放着电视连续剧《外来妹》里的歌："把那沧桑珍藏在行囊，独自在路上忘掉忧伤……不管你会怎么想，我会等你在老地方"，"一样的天，一样的脸，一样的我就在你的面前；一样的路，一样的鞋，我不能没有你的世界"……毛宁和杨钰莹的声音在颠簸的汽车里飘荡，路途显得越发漫长。

卧铺汽车到广州流花车站是凌晨1点多。我按照霞提前告诉我的转车路径，找到开往珠海方向的汽车。有一个专门负责拉客的人热情地招徕我上车，说是上车了一会儿就走，可是他这个"一会儿"完全没谱，他和司机在广州市内兜兜转转，一会儿又转回流花车站，一直到凌晨3点多把座位全部坐满，再加上过道上都站了几个人之后才真正地上路往珠海方向出发。在我上车不久，一个提着很重的箱子的女孩上车，她说着很标准的普通话，因为什么事和拉客的人还拌了几句嘴，很快也就平息了。上车后她坐在我旁边的座位上，看得出她非常疲惫，一会儿就伏在前面座位的椅背上似乎睡着了。车在市内走着，窗外的霓虹灯闪着不真实的五颜六色。一会儿，我就发现那个女孩子的肩膀在动，她在哭泣。她为什么哭泣呢？在这陌生的城市里，她受了什么委屈吗？不知怎的，这个女孩让我想起了霞，想起霞这几年独自在南方打拼的生活，她有没有像这个女孩子一样受过委屈？她在哭泣的时候有人安慰吗？想到这些我心里有说不出的苦涩。

车到中山停靠点的时候是凌晨5点多。我按照霞提前给我画好的详细地图很顺利地从下车点走到了霞的楼下，此时刚5点半过一点点，我提着包在霞的楼下转了一圈，然后在一棵树下坐下来，等天亮。7点的时候，我走到二楼霞的门口轻轻地敲门，只敲了两声，就听见急促的脚步声，霞正在刷牙，还拿着牙刷就跑来开门了。

"行甲你来了！"霞笑盈盈地帮我接过提包拉我进门，她脸上的喜悦像是南国开着的迎春花。这是我们大学毕业后的第一次见面，几年里我千百回地想象过我们见面时的情景，真实的见面和想象中的任何一回都不一样。霞跑来跑去地张罗我坐下，张罗我洗脸，张罗我刷牙，问我在路上吃了什么东西，又赶紧去厨房点火给我做早饭。我坐在那里看着霞忙着，霞一边忙一边探头来看我几眼，我就一直看着霞，等着她看我的时候望着她笑。

那天的早餐是米粥和咸菜，四季豆炒肉，还有一个炒鸡蛋。很明显霞早做了准备，一会儿就做好了。原来以为一见面马上会有说不完的话，可是吃饭的时候我们居然一时找不到从哪句话开始说，只好彼此望着对方笑。霞不停地给我夹菜，我就安心地端着碗等着她给我夹菜。

吃完早饭霞带着我去附近的理发店洗头发，从下楼开始，霞就自然地拉着我的手。我连续坐了40多个小时的车，头上身上也是脏得不行，洗头的师傅给我用了两包洗发露仍然洗得不怎么起泡沫，只好冲了水再给我用第三包洗发露才算洗干净了头发。然后霞带我回家放热水让我洗澡换衣服，她给我洗衣服的时候就催我赶紧补一会儿觉，可是我完全睡不着，就坐在她的旁边看着她忙。

白天霞带我逛街，指给我看她兼职做过翻译的曾有上万名工人的鞋厂，下午我们又去逛市场，霞在前面买，我在后面提。逛完市场回家，我从后面抱住了霞，霞回过身抱住我，我们热烈地拥抱，这是我们第一次真正意义上的拥抱，百感交集，我们俩都流下了激动的泪水。

6

那一次我在中山待了5天。我们有两天基本闭门不出，就是在家里做饭和说话，从早上说到中午，从白天说到黑夜。霞那时和一位女同事住着两室一厅的套房，女同事已放寒假回老家，霞就住她的房间，我住霞的房间。晚上我们会拥抱说晚安，然后我把霞送到女同事的房间门口看着她微笑着关上房门，我再回霞的房间睡觉。

5天后我和霞一起坐广州到武汉的火车准备各自回湖北的老家过年。我们没有买到卧铺票，霞说她这几年也是很少抢到卧铺票，每次春节往返湖北黄石老家也都是只能买坐票。那时从广州到武汉坐火车要十几个小时，记得那次是在广州下午7点上车，第二天上午10点多到武汉。火车上我一整夜没睡，让霞靠着我，或枕着我的肩或枕着我的腿睡觉。眼前的霞疲惫得像一只玩累了的猫咪，乖乖地一会儿伏在我的肩膀，一会儿躺在我的怀里，我握着霞的手，小心地护着霞安睡。火车哐当哐当地走着，窗外不时掠过一点灯光，我半抱着霞不停地流泪，心里想着霞这几年受过多少苦，而我终于可以为我爱的人做这么一点点的事情让她在旅途中安心地睡这么一小会儿了。

到了武汉我和霞就分东西两个方向各回各家，她回黄石，我回兴山。那年的春节我们又是电话又是信，不停地讨论着我们的未来。那次考研的感觉很好，虽然竞争也比较激烈，但是我相信自己的实力，再加上确实复习得很好，考试发挥自我感觉也很顺。霞也感觉到了我的状态，很是高兴，所以我们基本上已经在乐观地规划下一步的学习和工作安排了。

然而，命运跟我开了一个残忍的玩笑。3月考研成绩发榜，我的总分是337分，比面试分数线315分高出22分，在所有报考这个学院的全国考生中总分排第六，而这个学院的招生名额是10个。但是，考研和高考最大的区别是，高考只有总分这一个录取分数线，而研究生考试除总分以外，还有单科分数线。1995年考研的单科分数线是45分，而我的政治是44分。

多年后，当我从政被中共中央表彰为"全国优秀县委书记"之后，我曾在一次跟巴东一中的孩子们座谈学习体会时，回忆自己高考和考研两次被政治这门课拖后腿的窘事，自嘲地说事实证明我的政治是及格的，是当年的政治老师题出得太偏了，搞得我怕了政治课这么多年。事后的玩笑好像很轻松，当时可是天都一下子黑了的感觉。就这政治差的1分，死死地把我挡在录取线之外。

当年事实上有一个补救的机会，就是可以缴8000元的培养费读自费研究生。当时我的月工资是122元，8000元对我来说是一个天文数字。我的父亲逢人便说他最自豪的事就是儿女读书争气，没额外花过他一分钱。面对辛劳俭朴的父母，我无论如何张不开这个口找他们要8000元供我去读自费研究生。那时霞的工资几乎是我的十倍，在广东的几年，她多少有了一点积蓄，霞提出由她来出这8000元钱。我几乎是第一时间就拒绝了霞的这个提议，一是内心里那隐隐的大丈夫气作祟，想着花女朋友的巨款去读书怎么有脸；二是确实觉得气恼，就差1分，哪怕差多一点我也容易接受一点，这1分要拿霞辛辛苦苦攒的8000元去买，我内心那个堵啊，自责得恨不得去自残。

从3月到4月，我整个人几乎处在梦游状态，看着很清楚的前方，突然路又被堵死了，而且是这样一种吊打加调戏的堵法，让人沮丧得心如死灰。霞很着急，又是信又是电话，我拒绝了她给我出钱以后，她也不知道该怎么办了。

1995年4月的一天，我记得很清楚那是一个阴天，早上上班后我就收到一封信，是霞写来的，打开一看，有6页纸。霞在信中通篇没有说分手两个字，但是那种对我们的未来不知所措的痛苦彷徨分分明明地表达出了分手的意思。我把信叠起来放进信封，我的身体是麻木的，我的头脑也是麻木的，像一个挨了重锤被打蒙的倒霉鬼又挨了一重锤，已经感觉不出痛了。

　　大约上午10点钟的时候，办公室的电话响了，我感觉自己已经没有了接电话的力气。平时办公室有四个人，那一刻很奇怪，三个同事都出去办事了，只有我一个人在。我撑着桌子走到电话机旁边拿起电话，是霞。霞说是行甲吧，我说是我，霞沉默了一会儿说："行甲你最近几天可能会收到我的一封信，收到后千万不要打开。"我沉默了一会儿说："我已经收到了，是今天早上收到的，我已经看过了。"电话那头又是沉默，大约过了3秒钟，或者5秒钟，总之是很短的沉默，霞说："行甲你等我，我过你那里来。"我说哦，霞说："我辞掉这边的工作，我到你那里来。"我沉默了一两秒钟说好的，那边霞就挂了电话。

　　后来霞告诉我，那天她是在街头用磁卡电话联系的我，因为她怕在办公室打电话被人听见。放下电话她骑着自行车狂奔回单位，一路上泪流满面，她觉得自己做了这一生中最重要的决定。

7

　　1995年夏天，霞决定放暑假后亲自来兴山看看。我知道霞从小在城市长大，没到过山区甚至没去过农村，所以提前做了很多铺垫，告诉她这里的山有多高路有多远，好让她提前有充足的心理准备。霞笑着说："你不要吓我，我是吓不倒的。"6月底的一天，霞从广州白云机场坐飞机到离宜昌一个多小时的农田包围着的土门军民两用机场，我赶过去接她，当时飞这种小地方的支线是苏联的那种小飞机，飞机上也就坐二三十人，原本上午10点半到的飞机一直等到下午3点半才到。霞抱着一小筐荔枝，这是她给我母亲也是她未来的婆婆准备的见面礼。霞见到我惊魂未定地说途中遇到强对流天气，小飞机一度颠得她心惊肉跳，全靠胸口抱着的这个筐压惊了。

　　那时从宜昌到兴山还要坐6个小时的山路上的公共汽车，山路九曲十八弯而且颠簸不堪，霞一路晕车晕得昏天黑地，路上吐了6次，司机没停车的时候就伏在车窗上往外吐，车子一停就下车吐，到后来已经是把黄胆水都吐出来了。我在旁边一点办法都没有，只能不停地轻轻拍霞的背或者抚摸她的背，等她吐完能稍微消停一会儿了就抱着她让她眯一会儿。霞后来说那天在车上她一度以为自己快要死了。车子快进县城的时候司机不知为什么停了一下车，霞马上坚持着下了车，说什么也不上车了。我只好上车拿下行李，就这样拉着霞走一会儿歇一会儿，用了个把小时走回家。到了我家楼下，霞又歇了一会儿才跟着我爬上五楼的家。母亲听见脚步声已经早早打开了门，霞振作精神笑着走向母亲说阿姨好，母亲又是喜悦又是心疼地迎上去抱住霞。

那时的兴山老县城高阳镇离被三峡蓄水淹掉还有八年。同在三峡库区且同是鄂西山区挨着的巴兴归三县有这样一句民谣：巴东的城一大片，秭归的街一条线，兴山的衙门像猪圈。老县城的街从头走到尾大约10分钟可以走完，用破旧两个字来形容算是客气的，实际上最配得上的词应该是破破烂烂。看着眼前的高阳镇，我给霞绘声绘色地描绘八年后三峡大坝二期蓄水淹掉老县城，我们将搬去的平地起高楼的新县城古夫镇会是什么样子的。霞后来说她在来兴山之前对山区县城是什么样子已经做了充分的心理准备，可是实际来了，眼前的县城还是远远地跌破了她的预期。看着我卖力地试图引进未来的图景来填补眼前的失落，霞忍不住抿嘴笑，说："就算不搬也没什么呀，我要过这里来是因为你在这里，这里好不好和我有什么关系啊。"霞这样说我一下子安心了好多。

我带着霞走了一遍"猪圈街"，小县城一下子好多人知道了县政府经协办的大学生陈行甲带了个广东女朋友过来了。小县城本来人就不多，像我这种回到县里的大学生更少，本来在小县城里就有一定的关注度，虽然霞去广东几年晒黑了一些，皮肤不像以前那样白得吹弹可破的样子，但是霞有一种盖不住的气质，有一种跟骄傲完全不沾边的贵气。所以当听说这个女孩子要调到兴山来工作，大家基本上像听天书。听办公室同事讲，当时曾听见一个聊天的场合有人说起陈行甲的广东女朋友要调到兴山来工作，一个在场的副县长打着哈哈说怎么可能呢，开玩笑的吧。

　　霞就这么做了决定，她回广东再教完一个学年就辞去那边的教职，调到兴山来，我们在这里结婚。霞做这个决定时，她的父母都还完全不知情。霞在兴山待了一周时间，然后带着我回黄石去见父母。我后来听岳父母讲，最开始在电话里听到霞要辞去广东的工作调到山区的决定，心情完全是崩溃的，不知道女儿哪根筋搭错了，以为女儿碰到了高明的人贩子。他们在见到我之后，改变了想法，接受了女儿的决定，最关键的因素是岳父在见到我之后特别喜欢我。岳父的父亲曾是国民党省政府官员，岳父就出生在抗日战争时期国民党省政府西迁恩施的时候，所以他的小名叫恩恩。这个曾经辉煌的家世后来成了岳父一辈子的桎梏，尽管他才华出众写得一手好字，而且为人友善办事公道，无论在哪个岗位上工作都极其卖力，但是入党提干的事永远轮不到他，他的一生基本上是不得志的一生。所以霞的父亲对这个有出息的女儿的培养非常下功夫，对霞的成长抱有期待。对于女儿的任性选择，岳父在见到人之前完全不同意，可是见到人之后又变为完全同意，因为他在看到我之后觉得我老实踏实中又有一点聪敏劲儿，把女儿交给我可以放心。在后来的人生中，我和岳父之间超越了一般父子的关系，已经是一种很深的友谊。我和岳父在一起谈天说地总能说到一块儿去，他只要看到霞偶尔跟我拌个嘴，永远是站在我这边批评霞的，搞得霞比较郁闷，说："你有没有搞错，我是你亲女儿呢，你怎么跟他比跟我还亲？"岳父病重住院时我在宜都市担任市长，工作繁忙之余经常抽时间去医院陪他，每次他都会怜惜地让我在病床旁边的行军床上躺着休息一会儿。岳父去世时我和霞在他的病床边为他送终，他看着我紧紧地抱着他哭泣的女儿，慢慢地闭上了眼睛，我想他是放心地离开人世间的。

那年的冬天，霞从广东寄给我所有相关的手续，让我在兴山拿了结婚证去广东接她，就算是顺便旅行结婚了。我去高阳镇民政办领结婚证的时候，去了两次都碰到工作人员下乡，办公室没人，第三次去终于领到了结婚证。当办理结婚证的一个姓向的大姐站起来双手把结婚证递给我时说，陈行甲同志祝贺你啊。我激动地站起来双手接过，才留意到结婚证上标注的当天的日期，1996年1月8日，这一天居然就是我的生日，我的25岁生日。后来到单位上请婚假的时候，张阿姨看了我的结婚证，说小陈你结婚时满了25岁，算是晚婚，可以请18天晚婚假了，否则就只能请3天假。

那年的寒假我兜里揣着结婚证坐火车到广州转中山，去接我的新娘。我和霞先是在中山拜访了霞的单位领导，和霞的同事还有好朋友一起吃了一顿饭，算是向大家宣布我们结婚了。然后我们去深圳和珠海旅游了一圈。我们已经计划好1996年暑假霞调回兴山与我团聚，所以我们还有半年时间的夫妻分居，还不太适合要小孩，可是孩子还是意外地向我们走来了。我曾经提出我们是不是先不要这个孩子，等调到一起工作了再要不迟，否则霞一个人这半年太辛苦了。可是霞非常坚持，她说她感觉到了孩子的心跳，孩子的命也就是她的命了，无论多么辛苦也要生下这个孩子。霞暑假调回兴山工作时已是5个月的身孕，一般女人会遇到的剧烈妊娠反应期，霞是一个人在中山度过的，结果老天照应，霞自始至终没有出现恶心呕吐想吃酸东西的妊娠反应。奇妙的是我在霞怀孕两三个月的时候有一段时间明显地每天恶心呕吐，还想吃酸，母亲欣喜地说农村老家有这个说法，丈夫这是在帮着妻子"害喜"，会减轻妻子的一些痛苦。

8

儿子是1996年11月在高阳镇医院出生的，因为提前胎检时医生说胎位不正，有可能难产，所以我们还特别托高桥老乡介绍找到了医院最有名的姓祁的妇产科大夫，我和霞在住院前一个星期专门上门拜访了那位医生，那是一位很泼辣的女医生，当时正在家里跟人打麻将。我那时太年轻没有经验，老乡说尽管祁姓医生是她的朋友，但是暗示祁有点好那个，老乡说这话时做了一个捻钱的手势。我和霞商量了一下，还是不要提前送钱，怕万一对方觉得事前拿着钱去请她有辱她的医生身份，我们还是通过老乡介绍提前上门请她关照，等孩子出生后再上门表示答谢比较妥当。

后来的事实是我和霞为我们的幼稚付出了惨重的代价。霞住院的第二天上午羊水破了，孩子迟迟生不下来，当班的一个年轻医生和两个实习医生连续给那位祁姓大夫打电话请她过来紧急援手，我还在旁边提醒打电话的医生给祁姓大夫说就是前几天上门请她帮忙的那对年轻人，状况很危急，我也清清楚楚地听见打电话的医生把这个话说了。祁姓大夫住的医院宿舍楼离手术楼不过走路5分钟的路程，可是，整整5个多小时的时间里，祁姓大夫自始至终都没有出现，任由那个年轻的女医生和两个实习医生面对痛不欲生的霞和心急如焚的我和母亲。下午5点35分，儿子终于来到了人世间，母亲流着喜悦的泪水从医生手中接过儿子，用一块软布小心翼翼地包好，递到我的手中。我抱着儿子泪如雨下，真实地体会到了母亲说过的女人生孩子是"儿奔生，娘奔死"。抚摸着疲惫得几乎昏厥过去的霞的额头，我在内心里跟霞说，霞你辛苦了，我们的孩子是一个儿子，是一个长得很好看的儿子。本来孩子出生前我还在想无论是儿子还是女儿都好，但是这一刻我好庆幸我们的孩子是个儿子，因为我好怕如果是个女儿，她将来是不是也必须要遭受霞这个磨难啊，这个过程实在是太痛苦了。

按我们农村老家的说法，霞生孩子受的苦多得卖都卖不完。霞的手术后创口缝合是实习生操作的，一遍没缝好又被那个小医生拆了重新缝，霞多受了一遍罪不算，要命的是这导致后来术后感染又多住了个把月的医院。由于"护疼反应"，霞在月子里患上严重的便秘，严重时到了开塞露都不管用的地步，有时候需要我用手指帮助霞把干结得像石头一样的大便一点点抠出来。但是回忆起来，那段时间也是我和霞的幸福时光，我在医院里陪着霞，霞哪天大便稍微通畅了一点，疼痛稍微减轻了一点，汤稍微多喝了一点，饭稍微多吃了一点，奶水稍微多了一点，霞的每一丁点儿进步都会让我们俩欣喜异常。还有就是我们的儿子极其可爱，从小就是那种乖得让人心疼的可爱，霞的辛苦在可爱的儿子这里得到了报偿。

儿子几个月的时候我就开始担任县外贸局副局长，后来又担任团县委书记，工作忙起来不说，关键是经常出差和下乡。只要我在家，我就喜欢抱儿子，儿子要睡觉了，我就抱着他一边摇一边睡，后来就是一边走一边摇一边睡，再后来发展到一边走一边摇一边唱歌哄着儿子睡。我最常给儿子唱的歌是《生命中的精灵》："你是我生命中的精灵，你知道我所有的心情；是你将我从梦中叫醒，再一次、再一次给我开放的心灵；关于爱情的路，我们都曾经走过；关于爱情的歌，我们已听得太多；关于我们的事，他们统统都猜错；关于心中的话、心中的话，只对你一个人说。"后来发生一件特别神奇的事情，就是儿子10个多月还不会说话的时候，一次我偶然发现儿子接了我唱的一句歌词中的最后一个字。

我马上试了一下，从第一句开始唱，故意留下最后一个字不唱：你是我生命中的精——这时儿子接上了——灵，你知道我所有的心——儿子跟着接——情，是你把我从梦中叫——儿子跟着接——醒……从第一句到最后一句，儿子神奇地接上了每一句的最后一个字，而且音调都基本接准了。儿子还没学会说话呢，倒是先学会了唱歌。我兴奋得大叫，儿子也咧着嘴露出奶里奶气的笑容。

我和儿子的这段默契后来把霞给坑惨了。很快我为了带队寻找流失学生重返校园连续下乡一个多月，儿子可不管这一出，到了晚上要睡觉的时候依旧是不抱不走不摇不唱歌就不睡。可怜霞那时瘦得只有八十几斤，如此这般伺候儿子睡觉一天两天还行，时间一长她哪里坚持得下来，于是只好把儿子放在床上任他哭累了自己睡去，霞就在旁边给儿子扇扇子。儿子哭了三四天之后终于把习惯改过来了，可以乖乖地自己睡了。但是等我一个多月后下乡回来，儿子一看见我就开始撇嘴，那意思是老爹你都不知道你不在家我受了多大的委屈啊。我赶紧抱起儿子，霞也过来，我们仨一起依偎着哈哈大笑，儿子终于只是撇了撇嘴并没有哭出来。

霞调回兴山最初在兴山县工商银行工作，后来又被调到宜昌市三峡工行工作，而我下乡担任水月寺镇的镇长，还在上幼儿园的儿子就成了跟着爷爷奶奶的留守儿童。上学后儿子就跟着霞去了宜昌市，而我在基层工作，跟霞和儿子聚少离多。在儿子的成长岁月中，我们渐渐地形成了严母慈父的模式，为了让儿子养成良好的学习习惯和生活习惯，霞对儿子的要求比较严格，而我好久不见儿子，只要见着就只负责夸他。儿子小学三年级的时候，老师布置作业要每个学生总结自己的3个优点，儿子回来问妈妈自己有什么优点，霞说赶紧给你爸爸打电话，你在你爸爸那里全是优点。儿子给我打电话，我在电话里一口气说了儿子10个优点。

这个场景大概就是我们仨在儿子成长岁月里的生活写照，儿子有时候会说坏妈妈好爸爸，因为妈妈经常管着他，而我经常惯着他。儿子上大学后，我们曾经在一次假期里三个人聊天，儿子委屈地说起他少年时的诸多憋屈，霞难过地到里屋哭了。我进去抱着霞，也非常难过，我知道霞这么多年的不容易，我常年在外，收入又少，霞一个人事实上又当爹又当妈，还要承担着挣钱养家的任务，再加上性子又急，难免有时候对儿子脾气不好。儿子看见妈妈难过成那个样子，也进来安慰妈妈，说其实是因为那些年里爸爸没有照顾好妈妈，妈妈也累，他能理解妈妈，希望妈妈不要难过。那一刻，我们俩终于在儿子这里平衡了，霞擦干眼泪后说："我没能做一个好妈妈，我将来要争取做一个好奶奶。"

9

我和霞在20多年的婚姻生活里，有太多的温暖记忆。几十年里我们别说动手，吵嘴的次数都屈指可数。一般的模式是，当霞有点着急上火在抢白我的时候，我就知趣地退缩，由她抱怨发泄几句算了，哪怕她偶尔有那么一丁点儿不讲道理时我也会在她气头上让着她。但是，我是一个非常善于秋后算账的人，我会在事情完全过去，霞的心情大好之际，选一个月明风清或烛光摇曳的场合跟她开思想会，把她最近曾有过的些许不讲道理之处拎出来，跟她摆事实讲道理，像剥洋葱一样一层一层地跟她分析，直到把她说服为止，有一次居然在深夜里说得霞抱着我哭说她错了，再不敢随便发脾气了。后来，霞渐渐地怕了我跟她讲道理，有时候会在我刚摆好阵势准备算账的时候就认错告饶。

我们也有一些难以忘怀的苦涩。我们俩共同经历的人生至暗时刻是在2012年6月到7月。那是我跨地区调到巴东任县委书记的八个月后，当时工作中面对的混乱局面给了我巨大压力，以县长为代表的一部分本地重要官员表面上支持我的工作，其实在暗中使绊子，招数又阴损又高明，让我这个外来者有苦还难言，他们在州里的大领导后台盘根错节的势力，让他们有恃无恐。从2012年4月起，我开始连续失眠，但是白天的繁重工作必须要硬撑，夜晚睡觉只能靠安眠药维持。忌惮于县委书记的特殊身份，我在县内不敢声张，又怕远在几百公里之外的霞担心，也不敢跟她说。我逐渐变得着急，可是越急情况越是糟糕，关键是那时我对精神心理健康的无知让我讳疾忌医，总是自责自己为什么这么不坚强，这么不堪大任，对不起党组织和巴东百姓，于是咬着牙坚持强行硬撑。终于，挨到了2012年6月，我开始晚上吃了安眠药也难以入睡了，白天越发神情恍惚，自己都能感觉到精神越来越难以集中。饭量一天天减少，身体一天天消瘦，自己明显感觉到裤腰在变肥，连鞋子都在变大，又不敢上体重秤，怕看那个数字。那一天我眼睁睁地在床上翻来覆去熬到天快亮了，慢慢迷糊了一会儿，我梦见自己被关在一个狭窄的四面像是毛玻璃的房子里，房子狭窄到几乎只能容纳一个人，这时我听见外面传来清晰的敲门的声音，接着是我去世多年的母亲的声音："甲儿，出来；甲儿听话，出来……"母亲的声音清清楚楚的，喊的是我童年时的乳名。我一下子惊醒，浑身大汗淋漓，躺在床上几乎不能动弹。我摸到枕边的手机，拨通了霞的电话，跟霞说我病了。霞万分着急地问我怎么了，我几乎没有力气回答她，霞说行甲别怕，你现在放下手中的一切事情，马上回家。

司机把我送到宜昌家里的时候，霞在楼下等着接我。霞见到我的样子没有慌张，我那时已经濒临崩溃。霞的第一句话是跟我说："行甲你辛苦了，你太累了，你不要怕，你这是病了，到家就好了，你现在一切听我的啊。"然后霞布置给我的第一件事，是要我和她一起给州委肖旭明书记打电话，报告我生病了，需要请假住院。然后霞马上着手联系医院，跟她单位领导请假，安排正在上高一的儿子的生活。我那时尚有自救意识，于是提出要单位司机先送我去省人民医院精神科住院，霞安排好儿子随后过来。当我赶到省人民医院时，挂了号，跟医生说自己的病情，大概还没说到3分钟，那个医生皱着眉头斜眯着眼睛看着我，说："你不用说了，你这种我见得多了，我给你开个住院手续你先住院吧。"我当时彻底崩溃了，是那种绝望的崩溃感，通过这医生的眼神，我已经知道他绝对不可能治好我的病了。我满怀绝望地给霞打电话，霞坚定地说："行甲你听我的，马上换医院，我已经详细咨询过了，有一家很专业靠谱的医院，是解放军的精神卫生中心，在江苏，我们马上去那里。"

我和司机没有等，直接去了江苏。当我深夜赶到医院住下的时候，我拨通霞的电话告诉她我住下了，霞说："好的，行甲你别怕，我这就去江边给妈妈烧纸，明天最早一班飞机我就飞到你身边来了。"放下霞的电话，我号啕大哭，我已经很久很久没有这么痛快地哭了。后来医生说，虽然霞从来没学过心理学，但是她在我生病后最关键的时候做的每一步都是对的，特别是在我筋疲力尽接近完全崩溃的时候，她提到妈妈，可以说是在悬崖边挽救了我，因为那个要命的时刻我在精神上已经气若游丝，妈妈是我精神上的一根稻草，霞在借天堂里婆婆的力量营救她的丈夫。

　　第二天不到中午，霞已经来到我的身边。霞瘦弱的身体里那一刻展现出强大的力量，她是那么平静，她微笑着看我的样子满是坚强，我就那么乖乖地接受霞对我的一切安排，我把手机交给霞，她让我听医生的话我就听医生的话，让我打针我就打针，让我吃了药睡觉我就吃了药睡觉。我住了4天医院以后，仍然有明显心神不定的焦虑感，那天我开始怀疑这个医院到底能不能治好我的病，嚷着要出院，霞很坚定地跟我说："行甲，咱们不能急，你自己可能没感觉到，但是我从旁边看你每天都在进步，我陪着你，你住多久我陪多久，咱们安安心心的好不好？"精神卫生中心住院需要封闭管理，病人不能随便进出，霞就挽着我的手在医院的走廊上散步。我们走过来又走过去，霞说："这么挽着你这会儿终于不怕你走快了，当年上大学出去跟你散步总觉得你腿长走得快，跟得好吃力。"霞让我小声地唱歌给她听，我也就小声地给她唱《闪亮的日子》。第二天霞又跟主治医生申请，她签字担保带着我出去逛附近的公园，霞一路挽着我，小鸟依人。第三天，我非常准确地记得就是第三天，我一早起来觉得自己的心定下来了。我马上喊霞，说我的心定下来了！

那一次我在医院总共住了17天，从濒临崩溃到逆转，再到恢复到可以出院的状态，霞陪伴着我这期间的每一分钟。出院时医生叮嘱我坚持吃一段时间的药，这种药叫帕罗西汀，是一种抑郁患者需要长期服用的药物。我一度有点急于早点扔掉药物，这时差点再度陷入负循环，我后来才知道对于患过精神疾病的人来说，一个铁律是越想扔掉药物越是扔不掉。这时霞再度站出来充当了力挽狂澜的角色，她给我配了药盒，放在我的包里，要求我像吃饭一样把吃药当成必须完成的事，她说一定要相信医生说的那句话，这种药一定要吃到有一天你忘记它为止。霞说生活中有太多太多人必须终身服药，像高血压，像糖尿病，都要服药到生命中最后一天，他们都能做到，咱们为什么做不到呢？我后来听从霞的安排完全接受了吃药这件事，当感觉很好很稳定的时候，就在咨询主治医生的意见之后把药切成半颗半颗地吃，过了一段时间，仍然觉得很好很平稳，就把药切成四分之一颗吃，总之不停。一年多之后，我开始出现偶尔因为工作忙忘记了吃药的现象，于是我欣喜地给主治医生打电话，说我终于忘记吃药了呢，医生笑着说可是你这会儿又想起来了呀，我恍然大悟地笑了，说我知道了。于是，我又开始吃药，即使偶尔忙起来忘记了吃药，第二天想起来了我还会把头一天忘记的给补吃回来。就这样又过了将近一年，一次我又吃空了药盒，夜晚在灯光下拿出一板新的药，一颗颗抠出来准备用小刀切成四分之一，这时，望着眼前的药和小刀，我笑了，发自内心地笑了。我终于明白了出院时我问医生"一段时间"到底是多长，我到底要吃多长时间的药的时候，医生说过的那句话，"不要急，事实上当你真的不用吃药了的时候，你自己是知道的"。那一刻我知道，我终于不用吃药了。但是，我还是慢慢地把那一板药一颗一颗切分完，装进了包里，虽然我不用吃它了。

这次共同闯过黑暗隧道的经历，让我和霞的生命更紧密地连在一起。但是这次生病也带来我们俩生活模式的一个变革契机，就是在这之前从来都是我让着霞，我生病那两年霞开始凡事让着我了，以至于我在完全好了之后仍然很享受霞凡事让着我、仰我鼻息的那种感觉。霞有一次说我们俩像是韩剧《爱情是什么》里的那对夫妻，结婚几十年，开始是老婆脾气差，老公脾气好，结果过着过着老婆脾气慢慢越变越好，老公则脾气越来越差，霞提醒我千万别学那个老公啊。这话我可听不进去，就好比一个已经醒过来的人，因为享受旁人伺候着自己睡觉的感觉是多么舒服，而不愿意醒来假装还在睡，我仍然一如既往地对霞偶尔颐指气使。一直到2019年底，一次在关于我创立的深圳市恒晖公益基金会发展理念进行争论时，霞指出我是在急于求成，这样要不得，我又一次恼羞成怒地吼了霞。这一次，已经忍受了几年的霞寸步不让红颜一怒跟我硬杠，结局是我很快告饶了。不光是这一次告饶了，霞学着过去的我开始秋后算账"反攻倒算"，历数这几年我跟她发过的几次脾气，顺势跟我明确提出从此收回我的乱发脾气权。眼看着"装睡"败露了，我也只能没脾气地乖乖答应交回权利。

10

几十年的共同生活，霞改变了我很多，可以说是霞让我变成了一个更勇敢的人。在罹患抑郁症康复以后，霞曾经跟我深谈，说："行甲，我们当初本来一无所有，大不了我们再一无所有，我陪着你回下湾村，你会种田，我会做饭，我们还可以很好地生活。所以你不要有那么多顾忌，不要怕失去什么，该怎么做就怎么做。"那之后我开始下定决心突围，那时也正好赶上了天时，党的十八大后中央开始强力反腐，我借这个大势在巴东下死手正风肃纪。反正我没收过任何人的黑钱，我心里没冷病不怕喝稀饭，我手下的任何人只要是贪腐撞在我手里，我下令往死里查，见鬼杀鬼，见魔杀魔，你有多大背景我都不管不顾。那时巴东出现了一个典型的民愤事件，县里花了4500万元修建的平阳坝河堤，修好没几个月，一场不大的涨水就冲垮了好几段。我下令县纪委牵头彻查工程背后的猫腻，亲自开了几次督办会。一度我还收到短信，"陈书记，你住在哪里我们知道，不要把这事闹得全县人民都知道吧"。我马上把这个号码转县公安局调查，结果显示是用西壤口村一个老百姓的身份证办的，而这个老百姓身份证丢很长时间了，线索就断在这里，根本查不到是谁发的这条信息。那时我开始准备抓承包修建这个河堤的能量大得不得了的"中标大王"，但是他做得十分巧妙，招投标程序走得合规合法。为了抓他，我亲自指挥县纪委、县检察院、县公安局合力攻坚，先从外围开始就串标围标的小线索抓了6个人。这时一个州重要领导的电话打来了，说："行甲呀，你抓反腐抓得很好嘛，可是呢，工程招投标都是那么搞的，都是那么回事，我来跟他们说，要他们不赚钱，就是赔钱也要给你把河堤重新修好，你说好不好呀？"我说："好呀，谢谢领导关怀支持啊。"我心想你并没说让我放人啊，而且我谅你也没那个胆儿跟我说要我放人，我就假装没听懂，我就不放。有那么一段时间，我有一点孤军奋战的感觉。

2015年2月底的一天晚上，霞给我打电话，开始是问我最近几天的睡眠，又问最近的胃口，接着问最近几天在忙些什么，然后反复地跟着问一些我说到的细节。我听出了霞的欲言又止，就说霞你是不是有什么事要跟我说，霞开始说没有，一会儿又说有。霞一向说话做事果断，这是她生活中极少会出现的吞吞吐吐的状况。我追问到底有什么事要说，霞告诉我她当天下午第二次接到了威胁电话。对方电话里说："你是陈书记的爱人吧，我们遇到点儿麻烦事，我们知道是陈书记要搞我们，我们知道你在哪里上班，你儿子在哪个高中上学，能不能麻烦你请陈书记遇事留一线呢？"电话那头语气很客气，但是语义很重。霞说前不久第一次接到类似的威胁电话时她完全没放在心上，这第二次让她紧张起来，她开始担心我会不会有事。霞叮嘱我一定要注意安全，她说："行甲，我从来没有指望过你飞黄腾达，我只是要求你一定要活着回来。不要担心我和儿子，我和儿子都为你感到骄傲。你千万保重好自己。"

放下霞打来的电话，我悲愤得泪流满面。我心里只有一个念头，这帮王八蛋，老子和你们拼了！你们威胁我就算了，竟还敢威胁我的爱人和儿子，你们敢动我的底线，老子拿命跟你们拼！我把案头已经准备好的过几天要召开县纪委全会用的讲话稿撕碎，在灯光下重新开始写。和很多县委书记不同，我的会议讲话稿，除了党代会、人代会这种庄重的场合是我参加办公室集体议文拟好提纲，办公室写好了我照着念，其余的基本上都是我自己写讲话稿。这篇县纪委全会讲话稿我写到凌晨3点，是一篇完完全全的宣战檄文。几天后，县纪委全会上我讲话时整个大礼堂里掉根针都听得见。会议结束，我要求办公室将我的讲话全文发到网上。不久后南方周末记者褚朝新在他的公众号上转发了这篇讲话稿，跟着是人民日报官微全文转发，后来热播剧《人民的名义》第29集里好官易学习整段引用了我这篇讲话中的一段，可以说我的"网红"官员生涯是从这一篇文章开始的。

我也算饱读史书，心里很明白自古以来做官的逻辑，低调，周全，这官才可能做得长久。我本不想红，但是既然你们逼着我红，那就红吧。

后来的进展是，我发表那个讲话时，坐在台下第一、二排的重要官员，我亲自签字抓了9个，当时主席台上坐在我左手边的县长，坐在我右手边的县委副书记，还有另外3个坐在主席台上的县领导被连根刨起送进大牢。不法商人中我不仅抓了"中标大王"，还抓了"中标二王"和"中标三王"。那段时间我几乎每天跟霞通电话，告诉她我做了些什么，霞跟我说："你就这么往前走，要相信邪不压正，我和儿子不要紧，你自己千万注意安全就好。"

2016年是我县委书记任期的第五年，也是换届之年，我在那年的春节开始和霞商量未来的打算，我提到届满之后辞职从事公益的想法，霞当时听到后眼睛都亮了，说好呀好呀，你太适合做公益了！我说你不是说我最适合当老师吗，你说过好几次我不当老师太可惜了，怎么这会儿又说我适合做公益了？霞说做公益和做老师的逻辑是一样的，就适合你这样的人干。我说那我辞职的话可能一段时间没有收入哦，霞笑着露出鄙视的表情说："就你那点儿工资，有或没有没多大区别，我养你，反正你不抽烟不喝酒，好养。"于是我们俩很快乐地达成了共识。

我是2016年3月给省委书记写第一封信的。省委书记对我很好，全省大会小会上表扬过我好多次，在我被表彰为"全国优秀县委书记"之后，省委书记还安排我和吴天祥老师一起给省委中心组讲过一次"严以修身"主题课。县委书记是省管干部，无论是出于对领导和师长的尊重，还是出于不给省委换届人事安排添麻烦让他们有所准备，我都需要提前一段时间跟省委书记沟通。这封信我写好以后霞帮我一起斟酌改了好几遍，基本上做到了字斟句酌。在我完成辞职的前前后后一年中，霞是我最亲密的军师和战友，帮助我最终妥善地辞去公职投身公益。

11

从总体上说，霞的性格耿直，理性远远多于感性。儿子曾经在一次我们三人聊天时说妈妈是爸爸人生路上的后视镜，爸爸负责把车子往前开，妈妈负责瞄着旁边和后边的风险，这个比喻是很形象的。所以霞嘴里的话多半简单直接，没那么多婆婆妈妈。但是她偶尔说出一句话，能把我这个曾经的文学青年给直接镇住。2006年底的那个春节，是母亲走后的第一个春节，我和霞还是和以前一样带着儿子回老家陪着老父亲过年。那年春节霞替代了母亲的角色忙前忙后，大年三十吃完团年饭，父亲熬不住早早睡下，儿子和我姐姐的儿子一起出去玩了，霞陪着我一边包饺子一边看电视。霞看出了我的落寞，说行甲我们还是和妈妈在的时候一样，说说我们每个人过去的一年和来年的打算吧。我说完后，霞沉吟了好久，说："我这过去的一年，还有过去的十年，都只做了一件事情，就是爱你。"

多年后我清清楚楚地记得那一刻我泪眼模糊中看见霞安静温暖的面容。我从上高中就写诗，大学时因为新生文学征文比赛获奖被纳入学校的湖光文学社，是当时文学社里唯一来自理科系的学生，我写过的所有诗文，都比不上霞这一句。

我跟霞说这些年真是辛苦你了。我问霞嫁给我这么多年有没有后悔过，霞说从来没有。我说："你还记得儿子3岁多时，我和你带着儿子回黄石老家过年时汽车开到市里的情景吗？"霞说她记得。当汽车开进了城市，儿子在车里兴奋地指着窗外说"妈妈妈妈你看红绿灯"！这是在山区小镇上出生成长的儿子第一次看到真实的幼儿园画本上的红绿灯，兴奋得大呼小叫。霞转过身去靠在椅背上用手捂着脸哭了，我抱着儿子，用后背感受着霞没有哭出声的难过，不知道怎么安慰她。我们就这样坐着，直到霞平静下来擦干眼泪把儿子抱过去。

这个画面我们多年没有提起，我知道那一刻霞应该是后悔了，她自己无怨无悔地跟着我进了大山，但是当她看到大山给自己的儿子带来的阻隔时，她应该还是后悔了。那晚霞跟我说那一刻的难过是真实的，但是也说不上后悔。霞说她想这就是她的命，也是儿子的命，下辈子如果遇到同样的情况，她为了儿子可能不会再做这样的选择，但是这辈子遇到的是我，选择了就是选择了。

我和霞都已年近五十，半程人生有太多的喜悦，也有太多的苦涩，我欠霞太多了。我欠霞一次求婚，我欠霞一个婚礼，我欠霞很多很多的陪伴，我欠霞很多很多的分担。唯愿余生还长，让我慢慢补偿。

2019年9月，我参加徒步穿越戈壁的挑战赛，赛前组委会让我们每个参赛选手填一个紧急联系人的电话，我就填了霞的电话。结果组委会给霞打了电话，让霞给我写一段加油鼓劲的话，作为选手在艰苦跋涉过程中的惊喜。霞的信是组委会在第一天晚上的戈壁营地给我的。

行甲：

当你收到这封信的时候，应该已经在戈壁徒步挑战赛的路上了。这封信是我应主办方乐徒体育的电话要求写给你的，说是来自家人的鼓励更能支持选手轻松走完全程88公里。

想想，自1996年结婚以来，我已经有23年没有提笔给你写过信了。在结婚之前的那4年里，我们天各一方，没有电脑，没有手机，甚至不方便打电话，写信便是唯一可行的联系方式，于是便有了这许多封信。没有细数过总共有多少封，但每一封信（包括我写出的和我收到的）都没有丢，都配好对，静静地躺在一个纸箱里，即使数次搬家，它一直都在。

　　回想过去写信的日子，时间很慢，思念很长，一封信要等一周的时间才能寄到你的手中，又要一周的时间，我才可能收到回信，一份念想就这样持续半个月萦绕着我。

　　写信的过程也让人难忘。每次写信的时候，我都是找一个无人打扰的时间段，一个人在房间里静静地写，坐在桌边，提起笔，想起你，眼前就仿佛舞台上的幕布徐徐拉上，把整个世界都关在外面，只剩下你和我……

　　和你在一起，仿佛就能与世隔绝，自由且温暖。对，你是一个有温度的人，让人感觉到温暖。真好，我喜欢这种温暖的感觉，因而，我也很珍惜它，不愿改变它。就算有时候，这温暖你不是给我的，而是给别人的，我也愿意。想想这也许是我一直以来支持你的原因，虽然你把温暖带给别人常常忽略我，不能陪在我身边，甚至在我最需要温暖的时候也不能出现，我只能一个人独自面对，但是，我仍然愿意支持你做一个温暖的人。

可能说到底，我还是希望这个世界是温暖的。就像舞台上的谢幕，当它再次被徐徐拉开的时候，外面和里面能够一样温暖。

最后，祝你和伙伴们都温暖前行，顺利到达！

（另：本来可以用电脑打给你，但总觉得手写的才是正宗的家书。再次提笔写信，本身也是一种温暖，你感受到了吗？）

Yours霞

2019.9.2

霞的这封信，戈壁同行的队友都看到了，一个戈友说他看到了"传说中的爱情"的样子。"传说"这两个字，就是我和霞这么多年生活的写照。在当初我们领证的那个山区小镇，在我的家乡山村，在那个山梁，甚至是那整片山脉，霞当年勇敢地放弃广东的工作嫁到山里的故事，多年后仍然被很多人当作传奇在讲。儿子上大学后开始学吉他，在教儿子弹吉他的时候，我给儿子示范过当年我喜欢弹唱的《青春》："在那片青色的山坡，我要埋下我所有的歌；等待着终于有一天，它们在世间传说……"霞喜欢跳舞，我们共同最喜欢的舞曲是《滚滚红尘》，年轻时我们曾经挪开桌椅在家里狭窄的客厅跳舞，我和霞像电影中的沈韶华和章能才一样，霞脱了鞋两只脚踩在我的脚背上，我搂着霞随着旋律徐徐挪动起舞，"起初不经意的你，和少年不经事的我，红尘中的情缘只因那生命匆匆不语的胶着"，"滚滚红尘里有隐约的耳语跟随我俩的传说"。是的，我和霞的故事，就是传说，一个我在童年的山谷中不曾梦到过的传说，一个我在少年的求学路上不曾想到过的传说，一个我在青年的迷惘中不曾奢望过的传说，一个山村穷小子被命运眷顾将童话恩赐为现实的传说。

行甲：

　　当你收到这封信的时候，应该已经走过戈壁徒步挑战赛的途上了。这封信是我在主办方东徒体育的电话要求写给你的。说是要有家人的鼓励更能支持选手轻松走完全程88公里。

　　想想，自96年结婚以来，我已经有22年没有提笔给你写过信了。在结婚之前的那四年里，我们天各一方，没有电脑，没有手机，甚至不方便打电话，写信便是唯一可行的联系方式。于是就有了这许多封信。没有细数过总共有多少封，但每封信（包括我写出的和我收到的）都没有丢，都保存好好的，静静地躺在一个纸箱里，即使数次搬家，它一直都在。

　　回想起写信的日子，时间很慢，思念很长。一封信需要等一周的时间才能寄到你的手中，又要一周的时间，我才收到你的回信，一份念想就这样牵牵绊绊萦绕着我。

　　写信的过程也让人难忘。每次写信的时候，我都会找个无人打扰的时间段，一个人在房间里，静静地坐，坐在桌边，提起笔，想起你。眼前就仿佛舞台上的幕帘渐渐拉上，把整个世界都关在外面，只剩下你和我……

　　和你在一起，仿佛与世隔绝，自由且温暖。对，你是一个有温度的人，让人感觉到温暖。真好，我喜欢这种温暖的感觉。同时，我也很珍惜它，不愿让它丢，就算有时候，这温暖你不是给我的，而是给别人的，我也愿意。想想这也许是我一直以来支持你的原因，当你把温暖带给别人，常常包裹着我，不解除在我身边，甚至在我最需要温暖的时候也不能出现，我只能一个人独自面对。但是，我仍然愿意支持你做一个温暖的人。

归根溯到底，我还是希望这个世界是温暖的，就像舞蹈的谢幕，当它再次被徐徐拉开的时候，外面和里面能够一样的温暖。

最后，祝你和伙伴们都温暖前行，顺利到达！

（另：本来我想用电脑打给你，但总觉得手写的才是地道的家书，再次提笔写信，相想也是一种温暖，你感受到了吗？）

Yours 霞
2019.9.2

093

第三记

如果有光，我就能看到你的眼睛

　　在矿山公司的近两年时间里，我走熟了几个矿山的每一个巷道。每一次在暗黑的巷道里看到那些若有若无的光点，我就知道那是一个或几个兄弟的眼睛在回照我头顶矿灯的光。大学时一直放在床头的《平凡的世界》，此时真实地走进了我的平凡的世界。

埋头做事情，等待命运来敲门。

1

1992年7月我大学毕业，那年我21岁。

我本科是学数学的，按照正常的就业情况应该是去县一中当数学老师。当时县燃化局到县毕业生分配办公室要人，希望要一个懂计算机的大学生。全县的应届毕业大学生就那么几个，没有计算机专业的，分配办的人看我是学数学的，比较靠近，就把我分了过去。

县燃化局还不算最基层，我又被燃化局安排到下面的县矿山公司做安全员和统计员。当时县里面有磷矿、硫铁矿和煤矿三种比较丰富的矿藏，是偏远山区县里不多的创造财富的主力军。我去的时候，是矿山公司第一个科班毕业的大学生。

做统计员的工作自然是不在话下，每个星期和每个月的报表我都做得一丝不苟。说实话这个岗位需要的数学水平，一个初中毕业生再学习一点会计知识足以应付，但是我还是很享受作为一个"工作同志"每周每月在密密麻麻的手工填写的表格下面签上自己名字的成就感。我作为统计员的工作做得不错。1993年我参加宜昌市化工局组织的基层统计员培训时，被安排作为基层矿山优秀统计员的代表在会上发言。

对我来说有挑战性的工作是做安全员。县里面有三个国有矿山，树空坪磷矿、高岚硫铁矿和耿家河煤矿，每个月都必须下井检查安全。安全科的郝科长是一个部队转业军人，清瘦但是很精神，他很高兴公司给他分配了我这样一个年轻小伙子做助手，他说安全员这碗饭就该年轻人吃。很快，我就明白了他这句话的意思，因为这真的是个适合年轻人干的体力活。

最开始我每次下井都是跟着郝科长一起。我们下到每一个作业面，现场检查确认各项安全规程是否落实到位，每个矿需要半天到一天的时间。下井条件最好的是树空坪磷矿，矿井里的主巷道宽的地方甚至能开进去拖拉机，分巷道也基本上都可以走进去不弯腰。高岚硫铁矿的条件则要差不少，除主巷道进去可以勉强站着走以外，分巷道基本上都要猫着腰蹲着过去。

最难的是煤矿。去耿家河煤矿的第一次下井是我人生中难忘的经历。早上8点钟从半山腰的矿洞口进去，还没走到10米，就需要猫着腰了。再没走多远，就必须蹲下来走。我戴着矿灯，拿着图纸，和郝科长一起到每一个作业面，几乎都是要爬着过去了。我们按照安全检查的路线，最后是从山脚下的矿井口出来，因此在井下是从上往下一个一个作业层地来检查。下到最下面的作业层途中，我们基本上是斜躺在巷道里往下倒着爬的状态，那种姿势总有一种不太使得上力气的感觉，很累，过一会儿就要歇一下。

当终于到平层巷道的时候，我停下来喘气，这时我看到在漆黑的井下前方有几个若有若无的光点，定睛一看又好像没有，而且一会儿有一会儿无。由于是第一次在几乎完全黢黑的矿井里待那么长时间，而且头顶矿灯的光已开始减弱，我有点怀疑自己是否出现了幻觉。耿家河煤矿和当时已经关闭的回龙寺煤矿紧挨着，我很小的时候就听母亲讲过，她同村的堂弟就死在回龙寺煤矿的井下矿难中，这位堂舅的遗孀姓宋，我小时候去外婆家玩的时候还见过，后来她就顶班来到矿上做饭了。不知为何那一刻我想起了井下死去的堂舅，不由得害怕起来。

我问郝科长是否看见了什么，郝科长听出了我的害怕。郝科长说小陈莫怕，那是人的眼睛。有时井下矿工们为了节约头顶矿灯的电，稍微歇息的时候就会熄掉灯。他们从头到脚都是黑乎乎的，眼睛是唯一能迎着我们的灯发出一点亮光的东西。我跟着郝科长继续摸爬着往前走，当我们走到很近，能清楚地看到那个作业面第一个矿工的脸的时候，我们眼神交汇时互相点了一下头。郝科长叫他老夏，看来他们已是熟人。郝科长介绍说："跟在我后面的是公司新来的安全员小陈，是大学生。"老夏冲着我点头，咧开嘴笑了一下，他的牙齿也露出一点白色。

从山脚下的矿井口出来时，已是中午1点过了。小时候听村里人把村小煤窑挖煤的人叫炭狗子，因为他们用肩膀拉着煤从井口出来的时候都是浑身黢黑且四肢着地爬着往前走的，确实像狗走路的样子。耿家河煤矿是县里的国有矿井，比村里的小煤窑条件要好一些，但是他们前面拉着、后面推着矿车从井口出来的样子，一样浑身黢黑，一样几乎四肢着地，比村里小煤窑矿工的样子好不到哪里去。

中午在矿部简单地冷水冲凉后去食堂吃饭，这里的馒头比我们平常吃的要大一倍还不止，但是那天中午我就着咸菜和辣椒吃了三个。矿长说我比较秀气，因为他们的矿工普遍一顿能吃五到六个。

在矿山公司的两年时间里，我走熟了几个矿山的每一个巷道。每一次在暗黑的巷道里看到那些若有若无的光点，我就知道那是一个或几个兄弟的眼睛在回照我头顶矿灯的光。大学时一直放在床头的《平凡的世界》，此时真实地走进了我的平凡的世界。

2

两年后，一次意料之外的工作转变出现了。

邓小平同志南方谈话之后，东方风来满眼春，全国各地都在对外招商发展经济。1994年上半年，县里领导要跟随省里到沿海去招商，县里准备的十多份项目材料要翻译成英文。分管的副县长安排县政府对外经济协作办公室落实这件事，他们找到了县一中的一位英语老师，对方开价800元。这个价格在当时确实偏高，我的月工资是122元，估计那位英语老师也是看准了山区县里找不到几个会英语的人，才有底气说出这个价格。

这个情况被汇报到分管副县长那里，副县长有些生气。当时正好县燃化局的傅局长在副县长办公室，他随口说了一句："我到矿山公司检查时发现前年分来的那个大学生小陈订了英语报纸在看，要不让小陈来试试？"于是当天县政府对外经济协作办公室的电话打到矿山公司，我从矿山上赶到县政府。稿子一共也就是30多页，我看了一下没什么难度，于是就接下了这份活儿。那天下午到凌晨2点多，我就把所有的材料翻译完了，第二天交上去后返回矿山公司上班。

后来发生的事情完全超出了我的预料。先是我翻译的材料通过县里传真到市里，反馈说很好不用改，直接用了。副县长很高兴，安排县对外经济协作办公室给我发200元补助。电话通知了我三次去领钱，我再三拒绝，回复说："这是矿山公司安排我为县政府做的工作啊，再说也就是一个晚上的事儿，绝对不适合领钱的。"这事儿就这么放下了。

三个月后的一天，一纸调令下来，我被调到了县政府对外经济协作办公室工作。临走前一天，矿山公司的李总召集了11位同事给我送行，那是我人生中第一次醉酒。大家一杯一杯地敬我酒，祝贺我一步登天，直接到县长身边去工作了。

在县政府经协办工作的两年多时间里，我是单位7个人中年龄最小的，也是学历最高的，所以理所当然地成了单位里最好使唤打杂的人，和最适合写材料的人。那时单位还没有电脑打字机，写材料都是用稿纸手写。曾经有一个材料，五六千字，我在3天的时间里，白天和黑夜加在一起写了6遍。当材料终于定稿交到统一的打字店去打印的时候，单位的张阿姨跟我说："小陈，我看你将来怕是要做大事的，我从来没有见过一个写材料的人，稿子被领导否了五次还是笑着接过来再写的人，那么厚一沓，莫说动脑壳写，就是抄五六遍也要把手抄酸了。"

我本科是学数学的，虽然也喜欢文学，平时写诗写文章，但是那和单位上写材料基本上是两码事。那两年时间里，被逼着赶鸭子上架学习怎么写公文材料，这个底子在我后面多年的工作中都起了很大作用。

两年后，我被调往县外贸局担任副局长，兼任县外贸公司副总经理。大学毕业4年，我成了一名副科级干部，这在小县城里是一件极其难得的事情。不光在领导中，就是在县外贸局和外贸公司几十号员工中，我的年龄也是最小的，工作中我都不敢拿自己当领导看。估计领导是看我懂一点英语，想当然地把我安排到外贸局，以为我可以在那里发挥一点英语特长。其实，那个年月山区县的外贸工作，主要就是对外销售山区的一些特色农副产品，压根儿用不着英语。

当年比较好出口的农副产品是薇菜、蕨菜等鄂西深山里特有的野生食用产品和五倍子、天麻、黄姜等道地药材。记得一次我们收足了一整车薇菜，是140的大型卡车，需要送到省城的进出口公司，通过他们委托出口。我作为押车员和外贸公司的司机老向一起出发。那时从兴山县城开车到宜昌市需要6~7个小时，歇一夜再从宜昌开到省城武汉大约需要10个小时。老向当时快50岁，年龄是我的两倍。他在县城开车远近闻名，一是车开得快；二是好酒，且酒量大，他有句名言是"喝二两酒开车开得稳当些"。那个年代的交警可管得没那么严，

《中华人民共和国道路交通安全法》也是在七八年后的2003年才出现的。所以一听说要和老向一起开车出门，父亲母亲心里都不踏实，再三叮嘱我在途中要管住老向不得喝酒。出发时我发现老向随身带的提包里还真装着一瓶酒。

那一行两天时间在车上我一刻都没打盹儿，一直没话找话和老向聊天，我还真怕他在我迷糊的时候喝两口提神。老向十分爽朗，笑起来哈哈震天响，那一次长途车回来我们成了好朋友。

第二天到省城外贸公司的交货点已是晚上，卸货工人忙着卸货，我加入他们，站在车上帮忙搬运。这种晾干加工的土特产在搬运时的细致程度会很大程度影响损耗率，这也是我们的押车员都必须要干卸货员的原因。

我在外贸局副局长的任上只干了7个多月的时间。1997年团县委换届，县委书记对组织部提出明确要求，"团县委书记是全县青年的领袖，这个岗位要找个大学生"。当时已在实行干部选拔任用的规范管理，一般不得越级提拔干部。团县委书记是正科级，只能从副科级干部中间选，同时团县委书记又有任职年龄要求，新任团县委书记一般年龄不超过30岁。而当时全县30岁以下，已经是副科级，而且是第一学历大学本科毕业的，只有我一个人。

当然这段命运来敲门的神奇过程我是后来才知道的，当时完全被蒙在鼓里。1997年9月的一天，那天是爱人的生日，所以我记得很清楚，县里召开机构改革干部大会。县委书记主持讲话，组织部部长在会上念文件，把全县各个单位的一把手和副手的安排重新读了一遍。多数人并没动，只是按照机构改革的要求把单位名称变了的重新任命一遍而已。当念到外贸局的时候，一个局长，两个副局长，名字念完，没有我，直接跳到下一个，念林业局的局长和副局长去了。

　　当时我坐在会场下面的心情是复杂的，过后多年仍然记得那一刻的忐忑。我一下子头脑发蒙，不知所措，心想我工作很努力啊，没犯啥错误啊，怎么突然就不让干了呢？旁边坐着的外贸局王局长看出了我的不安，很小声地跟我说还没念完呢，说不准是不是把你调到别的什么局当副局长去了。

　　当时县里面党委机构和政府部门的正科级单位有七八十个，所以那份名单很长，我在下面听得备受折磨。整个名单快要念完时，我清楚地记得，就是倒数第二个单位，组织部部长念道"共青团兴山县委书记：陈行甲"。这个时候我又蒙了一下，完全搞不清楚状况。旁边坐着的王局长兴奋地看着我，他的眼神告诉我，这是一个了不起的提拔。过了数月以后，王局长在街上碰到我时还在说我去团县委是一步登天，"运气来了，门板都挡不住"。

那天大礼堂的县委书记宣布会议结束的同时，通知所有单位的一把手留下来继续开一个小会。我坐在那里不知所措，这时旁边的王局长提醒我，你不能走，你也要留下来。我们七八十个一把手留下来，组织部部长招呼大家都往前坐集中一点，这时台上的县委书记在话筒前问了一句："陈行甲留下来了吗？陈行甲在哪里？"我赶紧站起来说我留下来了呢。事后才得知我是那次干部调整中唯一被提拔的一把手，加上是全县最年轻的一把手，所以县委书记也特意关心地问了一嘴。估计他也在担心我这个小迷糊那一刻在纠结是该走还是该留。

3

团县委说起来是正科级单位，但是只有4个人，两间办公室，就在县委大楼顶层的最角落处。上任第一天副书记跟我汇报基本情况时说，团县委是级别高，权力小（或者说基本没有什么权力），经费少，办事难。自己找事儿做有很多事可以做，不找事儿做就开开会念念文件也过得去。

上任第二天，我就要到高阳镇团代会开幕式上代表团县委做压轴重要讲话。完全是仓促上阵，很多年过去还记得当时心里打鼓的状态。报到第一天下午，我把过去几年的团县委工作总结全部找来看了一遍，把办公室能找到的《中国青年报》都翻了一遍，匆匆写了讲话稿，第二天硬着头皮上阵。面对台下黑压压的听众，在主席台上讲完话，自己感觉到居然出了一身汗。

团县委书记任上两年，最耗费心力也最有成就感的事，是在1998年9月初开学后我牵头的"让千名流失学生重返校园"活动。那一年省级"普九"（普及农村九年制义务教育）验收在即，可是9月1日开学后，县教育局统计各乡镇报上来的数据，全县有980多名适龄应入学孩子没有到相应的学校报名上学。分管教育的韩副县长召集会议研究这件事，我主动请缨，团县委发动全县的团干部参与这项工作。县政府办、团县委、教育局、广播局四个部门组成了工作专班，我担任组长，到各乡镇去寻找这近千名流失在各个乡村角落的孩子，动员他们重返校园。

我带着一个五个人的专班，从最偏远的榛子乡开始找起。到乡镇教办拿到各个学校的名册，对照找出没有来学校报名的适龄孩子的信息，发动当地的团干部参加，我来统筹分配任务，大家一户一户地上门寻找这些孩子，弄清他们失学的原因，帮助他们解决困难，让他们重回学校读书。

　　我自己带头承担的是几个最远村落的孩子。找到这些孩子时，他们多已在田间地头跟着大人忙碌。晚上我们在这些孩子家里座谈详细了解情况——各家有各家的苦。但是主要原因只有两个，一是家庭实在困难，上学的花费对这些脆弱的家庭是一笔不小的开支；二是觉得上了学也没什么用，小孩已经识字不是文盲，够用了。说服这些家长的过程是比较难的，几乎每一户都是或大或小帮助解决了一些困难，才达到让家长同意孩子重新上学的目的。

　　这项工作前后持续了一个多月，有很多难忘的场景。印象最深刻的是在榛子乡和平村的一个小学五年级辍学的孩子家，在孩子住的黑黢黢的阁楼的床头，孩子把她从一年级到五年级读过的课本整整齐齐地竖着码在那里，这大概是世界上最简陋的书柜了，它静静地立在那里，仿佛在向我们诉说着什么。孩子家里只有父亲，跟父亲交流时，他的神情呆滞，眼神是空洞的。问孩子愿不愿意继续读书，她会小心翼翼地看父亲的反应，不敢作答。当背着她的父亲再问这个问题的时候，她的眼里大颗大颗的眼泪往下掉，不停地点头。

　　最终我们艰难地完成了任务，将这近千名九年制义务教育阶段应该入学而没有入学的孩子找了回来。那年的"普九"验收，韩副县长说我们团县委立了头等功。回到县城，我和同去的广播局同事余首成一起策划制作了八集《让千名流失学生重返校园》电视专题片，号召社会关注山村失学孩子这个特殊群体，同时为全县希望工程募捐。电视片的脚本是我写的，首成本来是播音员，就由他来读。剪辑完成后进录音室录音，里面只有我们两个人，读到后来我们两个人都泪流满面。

后来的工作和生活中，跟很多曾在共青团系统工作的朋友交流，大家的共识是团的工作锻炼了两种能力，笔头能力和口头能力。因为机构无权无钱，面对的都是青少年，要做成一些事，必须广泛连接社会力量，还要有动员能力，所以文字表达能力和语言表达能力就显得很重要了。

4

28岁那年，我在宜昌市委党校学习期间，被县委组织部叫回来谈话，我被安排到全县最大的乡镇水月寺镇担任镇长。当时的水月寺镇顶着"楚天明星镇"的光环，前任镇党委书记吴启雄在这里担任书记23年，让水月寺从一个籍籍无名的山区小镇变成了整个湖北省的两个明星乡镇之一，已经是"吴书记站在地里跺一下脚，整个水月寺的山要抖三抖"的局面了。在当地干部百姓口中和心中，对吴书记敬畏的感觉类似当时全国知名的两个人物，华西村的吴仁宝和大邱庄的禹作敏。

那一年吴启雄书记被安排到县政协担任副主席，其担任书记时的老镇长王书家被提拔担任书记，我接任镇长。由于吴在担任水月寺镇党委书记时的卓越成绩，他在乡镇书记岗位上已经多年享受副县级待遇，所以这一次的安排并不算提拔。吴虽然被调走，但是没有去县政协报到上班，仍然坐在水月寺的书记办公室，如平常般指导着他负责招商引资进来的一个锌矿的生产经营，县委看在他过去的特殊荣誉和地位的份上对此睁一只眼闭一只眼，也没有强令他到县政协去上班。王书家同志在担任镇长时一般不在乡政府大楼上班，而是按照过去水月寺每个镇领导领办一个项目的分工安排，在几十公里外的桃园山沟里住着督办水电站建设。作为对吴书记被调走了仍然不腾出书记办公室的无声抗议，王书家同志虽然被提拔担任了书记，但仍然没有回镇党委政府大楼上班，而是依旧住在山沟里督阵修水电站，每个月底回来组织开一次班子会和干部大会，听取工作汇报和布置工作。

我当时就面对这样一个复杂的局面，镇里有两个书记，一个德高望重调而不走的老书记，一个不在党委政府大楼主政、一个月只见一次的现任书记。我那时才悟到县委书记吴开保同志跟我谈话时为什么要叮嘱："这是我们县委几十年来第一次往水月寺派主要领导干部，你如果灰溜溜地回来，今后我们县委就再也不好往水月寺派干部了……"

所以，我虽然被重用为全县最大的乡镇的镇长，但内心里几乎没有喜悦，只有沉甸甸的压力。水月寺曾经很辉煌，在20世纪80年代和90年代初，利用当地的矿产资源和水电资源优势，招商引资大办乡镇企业，从一个农业镇变成了一个山区工业明星镇，巅峰时期的水月寺，1个乡镇的工业产值等于全县另外12个乡镇的工业产值之和。我大学毕业第一个矿山安全员的工作岗位，主要工作地就是在水月寺的树空坪矿区。但是日月轮回，20世纪90年代末的水月寺辉煌不再，主要矿产品种锌矿的资源濒临枯竭，主要工业产品磷矿、硫铁矿和石材的市场行情不好，乡镇企业经营状况下滑；粗放开采加工污染严重，境内两条主要河流，一条因为硫铁矿的污染河水呈红褐色，另一条因为石材加工辅料污染河水呈乳白色，村民们称这两条河一个叫"可口可乐"，另一个叫"维维豆奶"；模仿大邱庄和华西村模式由镇政府拿在手上的集体经济企业"水月寺农工商总公司"债务缠身，真的是矛盾重重。

　　我担任镇长要过的第一道关是如何处理好和新旧两个书记的关系。好在我和他们年龄相差大，吴书记只比我父亲小几岁，王书记也大我18岁，在他们面前，我就是谦卑地当晚辈、当学生。他们之间以前的故事我不听也不传，就是尊重再尊重，请教再请教。奇妙的是我在水月寺的两年多时间，同时和这两位书记保持了很好的关系，他们对我这个明摆着县委"掺进来的沙子"都非常接受和支持。时隔多年，再忆起与两位老书记的交道，我仍然对他们充满了尊敬。因为无论他们身上有多少局限性，无论他们在当地官场的毁誉，我在和老百姓的交道中，都能感受到这两位都是踏踏实实为当地的老百姓办了很多实事的好书记。

　　当镇长面临的第一个大挑战是20世纪90年代末的山区乡镇财政困境。我在团县委的时候就已经知道全县普遍出现了乡镇财政发工资困难的局面，我的老家高桥乡最穷，一度出现了拖欠教师5个月工资的情况，我有一个远房叔叔在乡里小学教书，曾经在我家哭诉过，因为学校拖欠工资时间太长，困难到要在农村老家带土豆玉米到学校去维持生活的地步。我原以为水月寺是"楚天明星镇"，家大业大，发工资这个难题应该不存在。可是我去的第一周听财政所长丁祥兵的汇报，就是讨论本月工资发不出来，请示镇长要不要继续借钱发工资的问题。

两年多镇长生涯，让我自豪的是，哪怕曾经拖欠过一到两个月的干部工资，我从来没拖欠过一分教师的工资。那时全镇干部职工发工资每月需要35万元左右，其中教师工资每月需要17万元左右，每月财政收入报表呈给我，我先签发教师工资。最困难的一个月，是我到任镇长的半年左右，由于水月寺农工商总公司和枝城二三八厂的债务纠纷，我的镇财政账户以及我作为全镇法人代表的镇长办公室，被宜都市人民法院异地执行查封。我从村里紧急赶回，看到的是办公室门口的法院封条。我连夜带着财政所长赶到宜都，找到我的团干部朋友宜都团市委书记孙晓蓉引见宜都法院执行庭的辛庭长，向他求情暂时解封财政账户，第二天就是发工资的时间，能否让我先把全镇教师的工资发了你们再封账，债务我一定想办法偿还。

孙晓蓉后来说在旁边看到我当时说得快哭了，她都听不下去了。大概我当时的诚恳态度打动了辛庭长，宜都法庭临时解封了我们的财政账户，那一个月，全镇教师的工资仍然准时发放。

这里有一个插曲，就是十年后我居然到宜都市去担任了市长。去宜都上任的途中，我想起十年前那个阴霾的夜晚，我在宜都同法院谈好暂时解封财政账户后星夜赶回水月寺的车中黯然的情景，很是感慨。命运真的是奇妙的轮回，我作为市长在宜都法院视察的时候，还表扬过十年前他们虽然严格执法但是有情操作的事。

水月寺当年的解困步履艰难。我作为实际坐镇主持工作的一把手，从我做起，取消过去每个镇领导班子成员都有的专车待遇。我的镇长专车是一辆浅白色的切诺基，由财政公开拍卖偿还水月寺农工商总公司的债务。所有镇领导出行，由镇政府办公室统一派车，拼够三人以上才派车，否则就赶公交。我作为镇长，去55公里外的县城开会，带头不坐专车，就坐城乡之间跑的那种盒盒车，十个人的座位，司机在车中间加几个小板凳，坐十三四个人是经常的事。我当时算过一笔账，小车跑一趟县城，往返油费40元左右，可是坐盒盒车去县城的车票是5元钱，往返10元。从镇长开始算小账节约开支，其他领导也没话说，迅速在全镇形成了风气。

一方面是节流，另一方面是开源。我和王书记商量多轮，反复跟大家统一思想后，决定摆脱路径依赖，改掉镇政府集体拿在手上经营农工商总公司的体制，政府退出，只是做好服务，生产经营让市场说话。同时政府下大决心治理污染，安抚老百姓的不满。应该说这是后来水月寺走出困境的关键一招。

5

　　水月寺的镇长生涯有很多难忘的事，最难忘的是和老百姓打交道的点点滴滴。

　　我的父亲曾经是老家村里的小会计，虽然只是勉强念过初中，但是在那个年代的山区农村差不多算是知识分子。再加上父亲从小跟着他后来坐了大半辈子牢的地主富农舅舅学得一手好算盘，在1958年被县里税务局招为临时工，第一份工作就是在水月寺公社做走村串户的农村税收员。我在椴树垭村的老书记赵永桃家走访，老书记居然认出我的模样，说我跟当年在他家驻村的农税员小陈很像。这是一个很特殊的经历，那天很晚从村里回镇上，走在山梁上，我知道我脚下踩着的这条山路，就是我父亲当年走过的。他是不是也曾经顶着这样的月亮，吹着这样的山风从这里走过呢？那时的父亲是否在想念着远在几百公里外一年才能见一次的妈妈和我们姐弟呢？命运真的是很神奇，那一刻我觉得我和父亲好近。

　　水月寺跟我保持了多年联系的老百姓有不少，其中比较特别的有两户人家。

　　一户是晒谷坪村的向琼。到水月寺工作的第二年，我到晒谷坪村调研，遇到一户非常特别的人家。女主人向琼是重度残疾，下半身瘫痪，腰部以下裹着一块厚塑料布，双手分别套着一只拖鞋，在地上爬行。男主人老乔是一个智障人，衣衫褴褛，看着人只知道傻笑。我在路边看到向琼爬着在田里用小挖锄栽苗子，万分震撼，遂走过去关心她家里是什么情况。我带着村支部书记跟着向琼来到她家里，向琼爬着要给我们烧水泡茶，我拒绝了，她给我找的椅子我没坐，为了和她在一个高度，我就蹲在地上和她聊了很久。这是一个命比黄连还苦的女人，出生在十几公里外的马良坪村，从小患小儿麻痹症致下半身瘫痪，后来嫁到这里，和老乔育有一女，女儿读到小学五年级，刚决定不读了，失学在家。丈夫老乔时清醒时不清醒，动不动就打她，而且下手没有轻重，而她又没法跑，只能挨着。平常家里都是向琼爬着种田，爬着喂猪，爬着做饭，现在女儿慢慢长大了，可以帮妈妈分担一些劳动。人穷志短，被村里人瞧不起，家里也没有什么亲戚朋友帮衬，日子过得很难。

从向琼家里出来，我叮嘱村支部书记要多多照顾这家人的生活。村支部书记说向琼"造业是造业，但是也有些讨人嫌，嘴巴很打人，说话不好听，不逗人作……"我当时就在路边勃然大怒，呵斥村支部书记：

"你这说的是人话？人家都已经苦成这样子了，她除了嘴上能反抗一下，她还有什么？！你这村支部书记是怎么当的？"

我回来之后迅速联系学校，安排向琼的女儿乔长润重新入学，她的学费和生活费由我承担。后来只要到那个方向下乡，我都会到向琼家看看，从镇上带一点肉菜米油之类的东西，蹲下喝杯茶聊聊天，让附近的村民知道，也让村干部知道她有我这样一个亲戚。

从那时起，乔长润一直到上完初中的学费和生活费都是由我负担的。虽然我两年后就离开了水月寺镇，但是无论是在清华读书还是后来辗转到各地工作，我每年至少都会去向琼家看一次，有时也带着爱人孩子一起去。2006年我从美国读书回来，带着上小学的儿子去向琼家的时候，向琼说女儿跟着别人出去打工了，由于不知道我的地址，走的时候留了一封信在家里让妈妈转给我，她跟妈妈说陈叔叔一定会来的。

很多年后想起"陈叔叔一定会来的"这句话，还是会眼角湿润，向琼一家在贫苦岁月中对我的期待和念想，是我人生中莫大的正反馈。

2009年夏天，我再次到村里去看向琼的时候，刚到村口就有老百姓看见，跟我说向琼已经在不久前去世了，是在一次被老公剧烈殴打后喝农药自杀的。她老公不在家里，不知道到哪里去了。女儿乔长润已出嫁，就嫁在向琼的老家马良坪村的一户人家。我又折返到马良坪村，打听了好几户人家才找到乔长润，把原本带给她妈妈的礼物给了她，问了向琼走的时候的情形，也关心了一下他们夫妇俩现在的生活。长润丈夫也是个苦命的孩子，从小和母亲相依为命，可是不久前他外出打工时母亲被村里的疯子翻墙进来杀害了，他就成了孤儿。唯一让人欣慰的是，这两个苦命的孩子相亲相爱，流完了眼泪，最后告别时笑着对我说："请陈叔叔放心，我们会好好生活的。"

另一户跟我连接多年的老百姓是雷溪口村的高圣知一家人。高圣知是雷溪口村民委员会主任，一次村里的一名80岁的孤寡老人喝农药自杀，老高和村妇联主任一起拦了一个盒盒车把老人送到镇上医院去抢救，可是路上不幸翻车到河谷里。我得知消息赶到镇医院看望，老高还没有断气，但是已经不能说话。我们眼神交流的那一刻，我听得懂他这个村委会主任心里要向我这个镇长说的话。老高的妻子赵永菊，还有在镇上读中学的儿子高龙和在村里读小学的女儿高凤赶到时，老高已经闭上了眼睛。

我当晚带着镇政府的全体班子成员到老高家给他送行，就在他的堂屋里，我和所有镇领导一起为老高三鞠躬。老高死了，可是他抢救的孤寡老太太活下来了，老高为救村民而死，他是英雄。按照农村的守夜规矩，我在老高灵前坐了一夜，第二天和村民一起送他上山，老高入土后我才离开。

　　赵永菊虽然是一个能干要强的农村妇女，但老高去世后独自带着一双儿女生活还是很艰难。从那一学期开始，我跟高凤学校的校长私下说好，我放一笔钱在他那里，高凤的学费和生活费今后就由我来承担了。一年多后县委副书记向红星到水月寺走访，我带着他去看望了赵永菊一家，乖巧懂事又好学的高凤深得向书记喜爱，向书记当场认了高凤为干女儿，从那以后直到大学毕业，高凤的学费就由向书记承担了。

　　老高的妻子和一双儿女在这么多年的时间里，和我们一家保持了亲戚关系，逢年过节互相问候，我回老家途中会在他们家打站，他们到我工作的地方和我宜昌的家里看过我好几次，给我和爱人送一些他们地里的土产和手工绣的鞋垫。令人高兴的是两个孩子都很上进很争气，高龙后来参军入伍，转业后在稻花香集团工作，从车间工人一步步做到了中层干部；高凤考取了医学院护理专业，大学毕业后在宜昌市中心医院做护士，成了科里的骨干。高龙成家的时候，我已经在巴东县做县委书记，那天我放下了手头繁忙的工作，驱车200多公里赶到雷溪口村，为高龙夫妇俩证婚。还是在当年送别老高的那间堂屋里，我对孩子们说，看到你们的成长，叔叔多么高兴，祝福你们，也希望你们永远记得你们有一个英雄父亲。相信你们的父亲在天堂里也会为你们高兴。

与老百姓打交道除了温情的记忆，也有一些充满遗憾的往事。当镇长的第二年，我处理过一个棘手事件。红水河村出现一个计划生育超生危险户，一个30多岁的杨姓青年娶了一个打工时认识的离过婚的妇女，这名妇女与前夫已经生过两个孩子，按照当时的政策就不能再生了。这名妇女在怀孕3个多月时被计生专员及时发现，迅速安排专人日夜值守堵住了他们外逃打工偷生的路子，村镇两级的计生干部和村支部书记村民委员会主任一起"车轮战"做了将近一个月的工作，硬是拿不下这户。最后矛盾交到我这里，因为这位农户提出："要我引产可以，但是必须让我见一下陈镇长我再引产。"

现在的人们很难想象当年计划生育工作的难度和力度，那是对基层考核一票否决的极其重要的工作。我刚去不久就听当地干部讲过几年前吴书记任上一个光辉事迹，一个黄姓村民家里出现计划外怀孕，计生干部上门做工作，黄姓村民不仅不理会，还放狗咬计生干部。这事被汇报到镇党委政府后吴书记怒气冲天，第二天就安排镇政府包了一辆大巴车，吴书记亲自带队，拖着镇政府全体干部浩浩荡荡开到村里，大队伍进入黄家，直接抓了黄姓村民夫妇俩上车。拖到镇上后，丈夫在政府门前广场被开群众会批判，妻子被几名女干部带到镇卫生院手术台引产。这个强力执行计划生育政策的例子在当时各级干部中都是当作一个正面例子来宣传的，从那以后全镇的计划生育工作局面就好多了。

所以，这对红水河的计划外怀孕夫妇在跑不出去、偷生无门，又极其不愿意引产的情况下要求见我，是个什么局面可以想象。当时分管计划生育的副镇长建议我不见，由她来对付，然后强制引产。思来想去我还是决定见她。那天傍晚我去村里见了这对夫妇，70多岁的老母亲见到我就要下跪，我迅速上前扶起了她。老人讲她有三个女儿，只有这一个儿子，三十几岁才讨到老婆，从她儿子这边看是第一胎，怎么就不能给他们家留一点香火？那一晚我面对的是一直痛哭的婆媳和一直在旁边擦眼泪的汉子，他们一家人押的最后的宝，是传说中体察民情好说话的陈镇长最后能帮他们通融。可是政策的红线在那里，我能表态放过这一家吗？不能，我甚至当着他们的面连眼泪都不敢流，无论内心里多么同情都不能。我只能翻来覆去地反复跟他们讲国家的计划生育政策，反复地跟他们讲家里无论还有其他的什么困难，以后都可以找我。最后走的时候，身后绝望的哭声在我走出好远还能听到。第三天镇计生干部告诉我这名妇女在镇卫生院引产了。这个难题算是解决了，可是我难受了很长时间。

第四记

人生的
巴颜喀拉山

　　生活有其自身的逻辑，那些不经意
间播下的种子，那些没有企图的浇灌，
说不准在什么时候会有一阵春风拂过就
出土了。

我在这里看清楚了自己最终要成为一个什么样的人。

1

第一次考研失败后，我心里一直埋着不甘。2000年初，教育部和人事部（现更名为人力资源和社会保障部）通过新华社发布即将在国内启动公共管理硕士学位教育的消息，首批试点将于2001年在北大、清华、人大等24所全国重点高校开展，其中全国唯一的全日制公共管理硕士脱产班将在清华大学公共管理学院开设。我是在《半月谈》看到这条信息的，那颗不甘心的种子像是被浇足了水，顽强地在心底发芽。当时我是全县最年轻的乡镇长，而且是唯一的第一学历大学本科毕业的乡镇一把手，按照规律，只要平平稳稳地做下去，我凭这学历和经历在县里将来获得提拔是大概率事件。但是此时我心里的眼睛已经望向了山外，我想去清华大学，想去这座心底的圣殿去闻闻荷塘的气息。和爱人商量这件事，爱人高度支持。她的原话是："你有饭吃，不是非考上不可，要考就一定要报考最好的学校。""你的儿子已经3岁了，你想想儿子将来向别人说起他的父亲，'我的父亲曾经是一个什么什么长'，还有'我的父亲是清华大学毕业的'，哪一个会更让儿子感到骄傲呢？"

　　准备工作很快开始，我把五年多前考研用的书全部带到了水月寺。那一年多备考的时间，我的日子过得很有规律，只要不下乡，一般是在食堂吃完晚饭散步回宿舍，看完《新闻联播》，稍微休整一下，晚上8点钟之前开始看书。大约晚上10点钟是最困的时候，这个时段我就选择看我最喜欢的英语和数学。实在困得不行的时候，我也曾祭起高中时用过的抗困"杀招"，打一盆水放在旁边，把头埋进去半分钟，再起来擦把脸，一下子又精神起来。多半时候是看到凌晨12点到1点上床睡觉，也有极少数时候看过通宵。那种情况就是看书实在看得兴奋，第二天又是周末，就索性一直看下去。我住的宿舍在水月寺镇旁边的犀牛口山脚，好几次看书看到窗外一点点淡白亮起来，窗外犀牛口山的轮廓从影影绰绰到慢慢清晰。这时就会听到远远的犀牛口山顶传来隐隐约约的笛声，那是一个热爱音乐准备考艺校的乡镇少年在晨练了。后来听好几个同事讲到曾看见过这个孩子穿着白衣裳清晨在山顶吹笛的画面，很是动人。如果让我为"理想"二字选一种音乐来衬托的话，我会选笛声。不知道这个孩子最后是不是如愿考上了艺校，他可能并不知道有一个不曾谋面的熬夜读书的叔叔，和他曾有过时空的连接。

2001年的全国统考北京考场设在中国人民大学，我提前两天到人大旁边的招待所住下来备考。第一天的考试还算顺利，可是当天晚上不知道吃坏了什么东西，不到半夜我就开始拉肚子，一晚上跑了四五次厕所。第二天早上怕考试时要上厕所，我就没敢吃早饭，走到考场里面觉得脚底有点发飘。看到考官和监考老师一起抱着考卷进来，虽然身体很难受，但是为了命运而拼搏的悲壮感让我热血沸腾，那一刻我的眼角湿润了。最后考试的过程还算顺利。我订了深夜返回的火车票，考完试离出发还有一些时间，我拿着地图坐公交到了清华大学。在西门外下车走进校园，我沿着二校门外的路走得很慢很慢。我知道这次的报考人数和录取人数之比，清华有全国唯一的脱产班，我被录取的可能性是很低很低的。但是人生第一次走在清华园的那一刻，我没有一丝一毫的伤感，内心里甚至有一点淡淡的喜悦。我在内心里对自己说：清华，我来过了。我为你全力以赴努力过了，哪怕我只能这样看你一眼，我也已经不遗憾了。

一个多月后成绩出来了，四门功课我考了281分，勉强超过了复试线。复试在清华第三教室楼，180个进入复试的考生被分成12组，每组3个面试评委老师，负责面试15人，每人半个小时。我抽签排在第14个，一直等到下午5点半才开始。面试结束出来已是下午6点多，走在清华的校园里，一身轻松，这美好的仗我终于打完了！我给爱人打电话，告诉她我已经结束面试了，爱人问我感觉怎样，我说算是正常发挥吧。爱人说在这种重要的场合，正常发挥就是超常发挥了，我看有戏。

后来的结果印证了爱人的感觉，我在小组面试中排名第一。笔试面试的综合分排名一下子往前跨越了一大截，我被顺利录取了。

2

在清华脱产学习的两年时间，是我人生的巴颜喀拉山。长江和黄河在巴颜喀拉山源头分岭，我的人生之路在这里分岭了。多年后当我登临巴颜喀拉山的时候，我心里想起的就是当年的清华岁月。

刚进入清华学习时我面临很大的压力。第一层压力来自老师们。老师们虽然都儒雅亲和，但是天然的强大气场足够震慑住学生。我们的首任院长是国务院发展研究中心原主任陈清泰，副院长是薛澜老师、王名老师、付军老师、田芊老师，授课老师中大咖云集，就在不久前时任总书记江泽民接见的总共也就百名左右归国留学人才座谈会合影照片中，居然有四位是我们清华公共管理学院的老师（薛澜、胡鞍钢、杨燕绥、崔之元）。开学时学校的党委书记陈希老师来跟我们座谈，他的一句话过了多年我才终于明白其中深意："当有一天你离开清华，忘记了在课堂上学过的具体知识，这时学校留在你身上的，才是学校真正给你的东西。"

胡鞍钢老师是当年给我们第一记"重棒"的老师。第一学期就有他上的国情分析课，有较强的经济学知识要求和数理分析知识要求。第一次期中考试，试卷发下来哀鸿遍野，有三分之一的同学没有及格。我属于勉强及格的那种，当时心情沉重得不得了，特别是看到有一位女同学拿到卷子忍不住哭起来后，大概全班同学都觉得心情好沉重，清华的课堂真真不好混啊！胡鞍钢老师后来在我们同学中形成了"凶神恶煞"的形象，各种同学聚会都以调侃模仿胡老师上课时微微昂着头的模样和不大标准的英文发音为乐。但是同学们都是很敬重和佩服胡老师的，他关于中美经济实力的比较研究在多年后中美贸易摩擦的大背景下引起全社会的轩然大波，有不少人用很难听的话诋毁他，那时我们都非常难过，替胡老师担心。

薛澜老师是我们每一个同学心中的大神。在我们读书期间，薛老师曾经作为危机管理的专家给中央政治局常委集体学习讲课。对于任何一个专家学者来说，这都是值得荣耀一生的成绩，而薛老师在后来的岁月中又陆续为中央政治局常委集体授课两次，总共三次给中央领导集体上课，这在整个中国都是空前的。但是，薛老师的每一堂课，他的每一页PPT都是那么精美细致，他的每一句话都是那么亲切柔和，他看着学生说话时的每一个眼神都是那么专注温暖，看得出来他作为地位那么高的学者有多么重视他的每一堂课和每一个学生。听他的课，是一种完完全全的享受。如沐春风，这四个字用在他的身上再合适不过了。每年元旦的时候，薛老师会给他的学生们写一封邮件，向学生们报告他这一年来的主要收获和思考，也说说这一年来的遗憾，以及来年的期盼。薛老师在邮件中就是用的"报告"这两个字，很多年过去，我还记得第一次读到薛老师的新年邮件时从头到脚全身温热的感觉。我后来很多年养成的写日记的习惯，和定期梳理自己的收获和思考的习惯，就是从下决心跟薛老师学为人为文开始的。

王名老师是影响了我最长时间的老师。他是第三届全国政协委员，是计划生育政策调整、《中华人民共和国慈善法》出台等好几个影响了中国社会发展进程的重大政策调整的推动者之一，也是中国非营利组织研究开山鼻祖式的人物。当年他的非营利组织研究课堂是我多年后转场公益最初播下火种的地方。王名老师的案例讨论课是很多同学的最爱，每一位同学发言时，他总是站在同学身前不远处，双手并在胸前，身体稍微前倾，认真听同学的每一个字，频频颔首。他的这个状态和表情被于剑同学后来在联欢会上模仿得惟妙惟肖，好些同学笑出了眼泪。其实同学们并不是觉得王老师这个表情好笑，而是从内心里享受被王老师这么近乎"宠着"重视的感觉。王老师后来创办了清华大学公益慈善研究院，研究院的第一个实地乡村公益研究项目就落在了我任县委书记时的巴东县沿渡河镇石喊山村，王老师三次到那个县去看我，夜晚我陪着王老师在长江边漫步，感觉又回到了清华的课堂。我在县委书记任职快期满的时候，萌生了投身公益的想法，王老师第一时间表示了鼓励。在后来的公益实践中，我几乎每一步都得到了王老师手把手的教导和支持。

王有强老师的公共财政和杨燕绥老师的劳动与社会保障国际比较是最给我"下马威"的两门课，这两门课都在第一学年，且主要是英文教学。特别是那时王有强老师刚从美国马里兰大学回国，一口纯正的美式英语如水银泻地，闭上眼几乎听不出是中国人在讲话。杨燕绥老师的课英文阅读量要求惊人，如果你打了马虎眼没读完课前阅读材料，那堂课必定听得七荤八素惨不忍睹。我在清华两年后，爱人说我的英语水平完全脱胎换骨，最初的压力和动力就是来自这两位老师的课。

还有太多太多让人印象深刻的老师的课，韩廷春老师的西方经济学，彭宗超老师的危机管理，沈群红老师的人力资源管理，孟庆国老师的电子政务的理论与实务，苏峻老师的公共政策研究……严谨的又是活泼的，一丝不苟的又是神采飞扬的，老师的强大气场让你不敢有一丝一毫的怠惰。

第二层压力来自同学。第一届公共管理硕士不招应届毕业生，要求学生至少有两年的工作经历，而我当时已有九年基层工作经历，年过三十，在同学中年龄是偏大的。当年全国统考的高分考生绝大部分来了清华，像我这种笔试踩着线，靠基层工作经验优势面试加分进来的学生，在学习中完全不占优势。同学们一个个青春飞扬，刚开始几周就让我有每个人似乎都身怀某种绝技之感。当年的全国统考状元彭涛，曾经给中央军委领导人担任翻译，入学后不久我们就看到她在中央电视台一套黄金档节目中大篇幅出镜，她主持的班级活动大家一致认为她的风采不输央视的杨澜，在这样的同学面前不自惭形秽是很难的；当年给我们迎头痛击让一大批人不及格的胡鞍钢老师课程的期中考试，李伟同学拿了91分，吓得我们一愣一愣的，看不出这小子干瘦的身体里到底藏着什么样的能量，后来李伟成了中国人民大学的教授；王有强老师的第一次课堂讨论，我就记得吴飞航同学和王志刚同学站起来用英语哇啦哇啦和老师有来有往地高谈阔论，而我硬挺着听了一段后就再也跟不上节奏听不懂他们最后讨论了什么，那种汗流浃背的感觉，不是慢了半拍或一拍，硬是慢了两三拍的绝望感，让人恨不得撞墙……总之那种感觉就像是一不小心撞进了一个牛棚，周边都是牛气哄哄的，而我自己不过是一匹羸弱的瘦马，都不知道该怎么在这个牛棚里待下去了。

3

在清华园里度过了最初的彷徨犹疑的日子，我下决心调动全身的每一个细胞来追赶。我渐渐在清华园里养成了一个习惯，就是每天睡觉前把自己当天的课程大略捋一遍，然后用一个小本本把第二天的时间安排到小时，甚至包括吃饭、午休以及路上走路的时间，整体上排，争取不浪费一点学习时间。清华园里教室楼和图书馆占座永远是一个难题，我后来就发现了一个破解的好办法，就是只要晚上没课，我就在稍微晚一点去可以上自习的十食堂吃饭，然后在那里占据有利"地形"直接开始自习。每一次晚上10点前响铃示意熄灯的时候，就是我起身收拾书本的时候。然后我把书包送进寝室，到西操跑五六圈，回来洗澡，接着写好第二天的时间安排表后睡觉。这种学习状态我一直保持到清华毕业。曾经有一次爱人带着上幼儿园的儿子来北京探望我，我陪着他们母子俩去看故宫和长城，晚上9点多回到校园，经过每一个窗口都亮着灯的一栋栋教室楼，我跟爱人说哪怕是落下了一天的自习，心里就有点慌，结果第二天爱人就不要我陪，自己带着儿子就近在校园里玩了。

当时只道是枯燥。多年后回忆，我甚至觉得清华课堂里的空气都有一点点香甜。当年每学期的成绩单，我的多数课程成绩，都在90分以上或者A等。

有一门课是特别值得提一下的，就是英语。英语对刚入清华的我来说是一个很难但是又必须迈过去的坎儿。除了硬着头皮啃课程需要的英文课件和教材，我给自己制订了一个恶补英语的计划，就是每个周末都到清华南门外不太远的新东方学校补课。在清华的两年里，我每一个周末几乎都是在新东方度过的。那年月新东方俏得很，第三学期因为手稍微慢了一点没报到新东方本部的班，我就报了单程通勤要一个多小时的国展新东方的班，也坚持了周末补学英语的传统没中断。两年里我报遍了新东方几乎所有适合我读的班。最后一学期，眼看适合我读的班差不多都学了，我干脆报了一个顶级难度的班"Simultaneous Interpreter（同声传译）"，老师是曾经的外交部高翻。上第一课的时候，他说要测试一下同学们的基础，就是让每个同学在黑板上听写一组五个数字。老师报的数字，单位不是million（百万），而是billion（十亿），间或还有trillion（万亿，兆），我第一个都没有写对，写到第三个干脆停下来，第四个第五个直接放弃不写了。可是，我眼睁睁看着有同去听课的同学全写对了。很明显，我完全不是这个量级的，我的水平根本够不上来听这个班的课。

后来我还是坚持听完了这一学期。从最开始的痛苦万分，到后来慢慢地习惯听懂一小部分，慢慢地习惯欣赏老师和优秀的学员表演经典演说同声传译的场景，慢慢地习惯接纳跟不上仍坚持试着跟的自己。上完最后一堂课，我甚至苦笑着欣赏我自己。这就好比一个人跑得不快，为了训练自己的跑步能力，把一个绳子一边拴在马后面，一头自己握在手中，让马拉着自己往前跑。可是没想到马跑得太快，刚开始后面的人还尽全力跟着跑，后来跟不上了，被马拉倒匍匐在地上了，可后面的人还是不松手，就这样被拉着在地上拖着往前，直到皮开肉绽满身是血仍不松手……终点终于到了，这时的心情就是欣慰自己还活着，不叫惨胜，而是惨结。回过头想，其实当时把英语苦学到这个程度有什么必要呢？那时我已年过三十且拉家带口，觉得自己不可能出国留学了，课程学习需要的外语程度大致能跟上也就可以了，我当时的坚持其实只剩下一个形式化的理由，就是因为想坚持，所以要坚持。

生活有其自身的逻辑，那些不经意间播下的种子，那些没有企图的浇灌，说不准在什么时候会有一阵春风拂过就出土了。我从清华毕业回到基层一年半后，湖北省委在全省选拔30名干部公派出国留学，条件是在45岁以下副处级以上干部中考试选拔，这个基数约3000人，真的是百里挑一。我们经过了四轮考试，第一轮考试接到通知的第三天就要开考，几乎没有时间来准备，完全是仓促上阵。这次考试，我的成绩是全省第二名，第一名是一位大学外语系的副教授，当时在一个地级市任外办副主任。最后挑选出来的30人出国前在华中科技大学外语系封闭培训了两个月，培训结束后最后一轮考试直接上的英语专八试卷。那次考试我是第一名，比那位外语系副教授还多了一分，而且我们这30人里有六位本科是外语学院或外语系的。出国前一直跟班授课的华科外语系许主任给我们送行，他走到我面前轻声对我说："行甲，从你身上我还是能看出清华并非浪得虚名的。"很多年过去了，我至今记得那一刻眼眶湿润的感觉。对于我这种侥幸考进清华的人来说，清华就像一个华贵的母亲，而我只是一个褴褛的孩子。虽然母亲从不这么想，她温暖地爱着每一个她所生的孩子，但是我总是在怕自己配不上这么好的母亲，辱没了母亲的门庭。所以，我一直用尽全力地奔跑。只有在奔跑的汗水中，我才不会怀疑自己的身世。这也是离开校园两年后许老师的那句话，差点让我流下泪来的原因。

4

我的毕业论文选题是《农村公共财政制度和农民负担问题研究》，完成这篇论文的过程说得上脱了一层皮。从思路到框架，从理论模型到实践论证，从现实问题到政策建议，薛澜老师和王有强老师给了我悉心的指导。除了泡图书馆翻阅大量的相关书籍，我还在假期带着问题回到水月寺镇的农村，做了大量的调查研究。可以说，在清华写毕业论文的过程培养了我基本的学术素养，让我第一次学会了真正的论文应该怎么写。我的毕业论文答辩时出现了一个奇特的情景，当时我的答辩委员会主席是施祖麟教授，答辩委员会委员是韩俊老师（当时是国务院发展研究中心农村经济研究部部长，多年后成为国家农业部副部长，现任安徽省委书记）、杨燕绥老师、巫永平老师，答辩结束，答辩委员会合议之后，施祖麟老师当场宣布，陈行甲同学这篇论文逻辑结构清晰，论证严谨，结合现实紧密，有血有肉，答辩委员会推荐这篇论文参评清华大学校级优秀硕士生毕业论文。要知道清华大学对毕业生优秀论文的控制比例是极其严格的，为5%左右，当时我们同专业69个同期毕业生中仅有3人获此殊荣。参评校级优秀毕业论文需要学生在论文答辩以前自己填申报表，我没有填，因为压根儿没敢想。答辩委员会主席宣布答辩意见时学生需要站起来听以示尊重，我当时站着听施祖麟老师现场宣布这个意见时，居然手足无措。班上同学给我拍了照，笑着说我那一刻站得那个笔直，就像新郎官参加婚礼时又激动又嫩的样子。

毕业之前，我又在施祖麟老师的指导下，把这篇7万多字的论文的核心观点浓缩成一篇1万多字的文章《解决中国农民负担问题的路线图设想》，施老师亲自打磨修改，然后施老师和我共同署名在致公党中央的杂志《中国发展》上发表。这一段经历也让我和施老师有了特殊的师生情谊。施老师是清华大学资深教授，名满天下且桃李满天下，毕业后多年里我们一直保持着联系。我任县委书记后期，曾两次上《新闻联播》，四次上《人民日报》，施老师看到后很高兴，亲自打电话来鼓励我。

施老师说他带的一个学生，也算是我的学长和师兄，当时在国家重要部门担任正部级领导，施老师说我有机会到北京时可以带我拜会这个学长向他请教。我曾经想过是否请施老师带领拜访这位学长，后来仔细琢磨还是觉得我那时从工作上确实不能跟学长产生连接，学长在重要岗位上必定十分忙碌，如果没有什么事仅仅是以学弟的身份去见面请教实在是有些冒昧和不妥，有攀附之嫌，所以在那几年里都没有响应施老师的这个提议。这位学长后来成为副国级领导，我每每想到还是很欣慰自己当时没有去冒昧打扰。我投身公益后一次受王名老师邀请回学院做讲座，恰逢那天学院给施老师举行荣休仪式，我也作为众多的学生代表之一见证了施老师的荣休。施老师虽然已是满头白发，但是在我们学生面前，他的脸上满是儿童一样的笑容，衬得脸庞红润润的。2019年初，我参加《我是演说家》电视节目夺冠，施老师在决赛播出的当晚给我发了一条带着一串感叹号的信息："行甲你好！看了你的演讲，十分感动，也真正理解了你的一切举动！一个字，真！两个字，纯真！三个字，真善美！一个人只有这样活着，才真正有价值，才真正对社会有贡献！"

从清华毕业的时候，我对未来何去何从曾经小小地纠结了一番。同班同学中北京以外的同学大多数选择了留在北京工作或者去上海等大城市，我一度打算去国家开发银行工作，毕业前半年就已经跟国开行的一位老师谈好，只要我做决定，随时可以拿offer。但是毕业前湖北省委出台了一个吸引人才的政策，北大和清华的研究生愿意到湖北基层工作，可以直接安排副县级职位。不得不承认，年纪轻轻可以做到副县级的职位对我这样一个从农村走出来的人来说是很有吸引力的，但是更多的因素还是我大学毕业后在基层工作的这些年里，真实地感受到了一种被需要的感觉。为了这种感觉，我愿意有所放弃。爱人对于可能的进京生活曾经很心动，那时候北京的房价还是四五千一平方米，爱人甚至畅想过在北京安家如何攒钱买一套小房子，畅想过孩子可能在北京享受的优质教育。但是我做了决定之后，爱人有些失落但也无可奈何。虽然儿子在宜昌读书，教育条件跟北京当然是远远不能比，但是他读书用功，后来仍然考上了北大，也算是对爱人的一种特别的安慰。

　　回想起来，清华园的两年学习生活从世界观和方法论两个角度都丰富和改变了我。陪着我迎风奔跑的东操西操，陪伴我静心思考的荷塘月色，见证我青春汗水的清华学堂，槛外山光历春夏秋冬万千变幻皆非凡境，窗中云影任东西南北去来澹荡洴是仙居，清华园的无边风物在校园岁月中浸润了我的灵魂。当年在校园里听过的那些大师课，经历的那些难度大的严格考试，参与的那些闪耀着火花的热烈讨论，学到的那些evidence-based的思考方法，让我领略到行胜于言的精神，体会到明德为公的风骨……正是我经历的这些，让青春的我感受到了一种召唤，让我看到了未来的自己。我在这里看清楚了自己最终要成为一个什么样的人。

第五记

密歇根湖上
有一千种飞鸟

站在清澈平静的密歇根湖畔，我知
道这里注定会是我人生当中值得回味的
驿站。我一生都会记得这片美丽的湖，
就像记得一个心心相印的好朋友。

只要把天和地都装在心里，再长的平行线也有相交的时候。

1

到芝加哥的第一天，芝加哥大学来机场接我们的老师在开车到市区的途中给我们介绍芝加哥这座城市，说到芝加哥地区的大学教育在全美享有盛名，这里有不少很好的大学，比如芝加哥大学、西北大学、伊利诺伊州立大学……听到伊利诺伊州立大学这个名字，我心里一动，这不就是霞15年前拿到了offer没有成行的学校吗？命运真的是很神奇，霞当年国没出成，反而进了山，多年后山里的丈夫倒是有机会出国了，而且就是在霞当年应该来而又没来成的地方。

到学校宿舍已是美国时间凌晨1点。宿舍就在密歇根湖畔，我住的公寓在33层，窗户两面玻璃落地，一边是美丽宁静的密歇根湖，另一边是芝加哥市Downtown的万家灯火。我从那一刻起决定在睡觉之前写下当天的感受，作为芝加哥日志的第一篇给霞发过去，这个习惯后来一直坚持到我离开美国。霞那时在国内正好是中午，我告诉霞，你当年错过的地方，我来了，你错过的学习生活，我替你过一遍。

第二天一大早，我就穿过海德公园旁边的天桥来到了美丽的密歇根湖畔。在国内看一些湖的体会，湖水一般是可远观不可近看。近看密歇根湖，它的美丽让我震撼。长长的湖岸线一尘不染，湖面看不到一丁点漂浮物，波光粼粼中有好多不同种类的水鸟在飞翔。湖边的公园草坪和树林间偶尔有松鼠自由地嬉戏，看见人经过一点都不害怕。在国内有时从网上看到美国的图片，看到天空是那样的蓝，总觉得可能是经过加工的。当我漫步在密歇根湖畔，我才真切地感受到原来这里的天空真的是这种颜色。

芝大的学习生活中我印象最深刻的是几位老师的课。微观经济学教授Don Coursey是芝大著名的经济学教授，时任经济学系主任。我在清华曾系统地学过西方经济学，所以听起来还不吃力。教授强调重要的是学会思考，像经济学家一样思考。他的课亦庄亦谐，有时还很活泼。有一次上课一开始他就让我们做游戏，12个同学作为志愿者，分成两组，一方为买者，另一方为卖者。双方每个人手里有一个小条子，上面写着可以接受的价格或者手里东西的成本。然后双方叫价，根据自己的底线讨价还价，最后在一个价格上达成交易。游戏玩了三轮，Don Coursey在游戏的基础上开始讲授第一个模型——需求曲线。下课时Coursey按照游戏开始时的承诺，给每一个参与游戏的成交者赚的钱兑现，我赚了5

美元。需求、供给、市场均衡以及市场与资源配置等微观经济学的基本理论和模型，还有传统经济学在解释现实经济现象时的失灵问题，教授基本上都是按这种深入浅出的方式讲的。事实上要把比较高深系统的理论讲得简单易懂并不容易，他的课我听得十分过瘾。微观经济学的作业我好几篇的评价都是Outstanding。由于几乎每个同学都有Good、Nice、Great等之类的评价，同学们普遍感到困惑：到底谁的更好一些？我就这个问题咨询过一个美国同学Erica，她说毫无疑问Outstanding是最棒的，通常情况Good就是中文里还行、还过得去的意思，Nice比Good好一点但也比较一般，Great就比较好了，Excellent更好，到Outstanding就上顶了。

"Basics of Negotiation（谈判基础）"这门课的Rob Engelman教授的第一堂课，是我们每两个同学一组，扮演两个好朋友，双方就搭伙去旅游的事儿谈判协商细节。在Destination，Hotel Rating，Mode of Travel，Length of Stay以及Season五个方面双方意见各不相同，在每个方面都有5个不同的选择支，对谈判双方各个选择支的分数权重分别代表着双方的偏好，但是两人彼此都不知道对方的这个分数值。我们要做的就是在谈判过程中尽量达成自己比较中意的选项，以获取相应较高的分数，游戏结束时我们把每一个人的分数报给教授。当教授最后把每一对的分数加起来时，我们每一个人都傻眼了：我们的分数之和离最佳谈判效果最大值相差太远。原来我们都忽略了一个细节，每一方的每一个选择支的权重分数都是不一样的，比如有的是0到100，有的是0到500。我们总是在每一个方面斤斤计较，寸步不让，结果多数在中间值达成协议；但是如果我们在自己的权重小的方面作出让步，然后在自己权重大的方面尽力争取，最后的结果对双方都会大不一样。这个游戏设计的正好是你的权重小的方面就是对方权重大的方面，但是我们这些"聪明人"在长达40分钟的谈判时间里愣是没意识到这一点。这堂课给我很多启示，其实我们的人生何尝不是如此，面临选择时我们总是斤斤计较于每一个方面。如果我们在对我们不那么重要的方面让让步，然后力争在对自己的人生分量很重的选择支上胜出，我们的人生是否会精彩许多呢？

最意外的课是Sanderson教授主讲的宏观经济学的一堂课，课前Sanderson给我们发了美国最新一期《经济学家》杂志刊登的长篇中国专题作为讲义。上课时Sanderson推门进来，后面还跟着一个人，50多岁的样子，神采奕奕。Sanderson给我们介绍这是他的好朋友Heckman教授，今天请他来给大家讲一讲China's Human Capital（中国人力资源），因为他前一年在经济学家杂志上发表了一篇以这个主题命名的论文，今天他把这篇文章带来给我们每人一份。Heckman教授在课上系统地分析了中国经济快速发展背后人力资本投资的得与失，用了大量的数据和模型，说老实话，虽然我本科学数学，硕士学过经济，但我听着都晕晕的，估计中国同学大多也是有点晕。可是重点不在这里，在于下课后才有同学通过网络比对，发现刚才跟我们上课的居然就是大名鼎鼎的2000年诺贝尔经济学奖获得者James J. Heckman教授，我们居然就这样神不知鬼不觉地和偌大的一个咖混了将近两小时，这也太暴殄天物了吧。后来跟美国同学聊起这件事，他说芝加哥大学被称为"诺奖摇篮"，特别是经济系，堂堂的芝加哥学派发源地，盛产诺奖获得者，这事儿不算很稀奇。

他这话稍显夸张，但也还算是有谱的夸张。后来我还有幸听了1993年诺贝尔经济学奖获得者Robert Fogel教授的一堂课。当时Fogel教授已70多岁，虽然面色红润神采奕奕，但是行走已不太方便，上课时挂着拐棍进来，坐着讲课。Fogel教授先是就近些年他对中国发展的研究做了50分钟的讲座，随后我们提问交流。我是那堂课第一个向教授提问的人，我的问题是那段时间看到一些美国学者对中国经济发展与政治进步的同步问题有些微词，请教Fogel教授对此持何观点。教授在回答我时肯定我提了一个好问题，他认为中国政府对经济的干预在不断减少，中国经济的发展堪称奇迹。他特别肯定了中国的渐进改革策略，并举出俄罗斯的例子来对比中国的成功。他说据他观察，中国政府正在各方面体现出越来越强的自信心，特别是开放的步伐越走越快，这是最能体现一个国家政府的自信的。回国七年后的2013年6月在媒体上看到教授逝世的消息，我很感慨，当年听他讲课的情景终生难忘。

2

我在出国学习前是在兴山县任县委常委，对山区农业农村工作有一些思考。所以在美国学习期间，我特别重视了解学习美国农业农村相关的知识，我利用学校的资源，也交朋结友帮忙联络，参观了芝加哥周围郡县的农业管理部门和农业协会，实地考察美国不同形式的农牧场。

我考察美国农业的第一站是位于芝加哥以西约100英里处的Dekalb County Farm Bureau（德考布郡农业局），农业局的官员John热情地接待了我。这个听起来挺官方的组织其实是一个NGO（非政府组织），该郡人口约100000人，农业人口约20000人，几乎全是该组织的成员。它的职责主要是为该郡从事农业的人提供各种各样的服务。John向我详细介绍了Dekalb County（德考布郡）的农业生产状况，包括主要农产品的产量、农产品的销售渠道以及农业生产技术的运用等。吃过午饭，John又带我参观了一户农场主Jim的农庄。Jim家经营着10个农场，面积达1800英亩，可是他家的常年劳力只有3个人，Jim、Jim的父亲和叔叔。Jim的妻子在城里有一份全职的工作，大儿子18岁，刚上大学，小儿子15岁，在念高中。每年的播种和秋收季节，他们会雇用少量临时工。一到Jim家，首先映入眼帘的是一点都不亚于城里的漂亮别墅，别墅前面宽阔的场地对面是高耸的粮仓，场地两边分别是占地面积200～300平方米的农机房，里面摆着8台拖拉机、播种机以及GPS定位仪等先进农机具，都是些大家伙。把这场面一看，我就明白为什么他家的生产效率这么高了。Jim向我介绍了他的生产和收入的情况，并带我参观了他的别墅、机修车间和粮仓。

参观下来，我有几点突出的感受。一是美国的农业生产效率之高甚至超出我原来的想象。我原来知道美国农民用拖拉机耕田，用播种机播种，用收割机收割，开着轿车管理田间。但是在农场我发现了更先进的农业机械，Jim用GPS定位仪来采样每一块田的土壤，然后在电脑上分析出每一块田的肥力，以决定新的季节里每一块田该施什么肥和施多少肥。每一块田的播种、施肥、田管、收割以及最后的储存和销售的信息都在电脑上管理。如果不是现场看见，简直让我难以置信。二是美国政府对农业的补贴力度的确很大。John告诉我，美国农民纯收入的30%来自政府对农业的补贴。补贴主要体现在购种、肥料、销售等各个环节中。像Jim这样比较大的农场主有时政府就是直接按他在芝加哥期货交易市场的农产品交易量给予20%的补贴。三是即使在美国这样的农业发达国家，不少农户的主要收入来源也不是来自农业。像Jim家去年农业上的纯收入是35000美元，他的妻子的工资是55000美元，他经营的农机具出租出去一年也可以收入10000美元。Jim告诉我，这种情况在美国的农村是最常见的，一个农户的主要收入来自农业之外。四是美国对农业基础教育的重视。美国有一个从联邦到州到郡的组织AITC（Agriculture in the Classroom，农业课堂），这是一个由政府部门、非政府组织、农业专家以及志愿者组成的农业教育网络。以Dekalb County为例，该郡Farm Bureau（农业局）每年举行两次大规模的农业科普培训：the Ag Presentations and the "Food for Thought" Placemat Design Contest（农业培训和以"粮食畅想曲"为题的桌垫设计大赛），其对象是从幼儿园到中学的孩子，按程度不同把培训分成五级。上一年的这个课程有75个专家或志愿者参加授课或服务，共上了175节课，有1885个学生参加了这个课程。此外，Farm Bureau还在高中设立农业奖学金供学生申请，以鼓励那些将来有意从事农业的学生。在这里，孩子们知道的农业不是一个弱势产业，而是一个需要科技常识和操作技术，并且很有成就感的事业。Jim告诉我，他的二儿子就对农业很感兴趣，准备将来继续经营他家的农庄。

通过这次调研和后面的联系请教，我和John成了朋友。不久，John又带我去访问了他的好朋友Dan和Beth夫妇的牧场，说他们的牧场是另一种典型的美国农村景象，或许对我的调查研究有帮助。Dan是一个有成就的律师，但是他一直向往乡村田园生活，六年前他花70万美元买下了离芝加哥200英里的一个近1000英亩的牧场，然后举家从芝加哥迁到这里。现在Dan每周仍有两天时间在芝加哥工作，其余时间则打理自己的牧场。Dan和Beth有八个孩子，七女一子，最大的19岁，最小的4岁，Beth大学学的是数学和计算机专业，热爱音乐，有很好的艺术素养，现在就在家里自己教育八个孩子。我们抵达Dan的乡村别墅的时候，Dan和Beth以及他们的八个孩子在门口热情地欢迎我们。在到达之前，John已向我描述过Dan的牧场，我内心里已经对即将见到的目的地充满了美好的期待。但是，当我到达实地之后，我发现它的美仍然超出了我的预期。Dan的别墅掩映在田野上的绿树丛中，上下三层，面积足有1000多平方米。站在院子里，目光所及的地方几乎全是他的牧场和森林。Dan开着他的敞篷车带着我和孩子们去游览他的牧场，车子沿着绿绿的山坡缓缓地跑着，几十只黄牛和绵羊悠闲地点缀在牧场上，各种不知名的小花在草地上若隐若现，蓝天白云下的这一切是一幅极美的乡村画卷。车行到山坡高处，Dan停下来指给我们看他的牧场，讲述他的田园生活梦想，从他和善的表情和语调中能感受到他在这种生活中享受到的内心的安宁和幸福。13岁的儿子Josiah，11岁的女儿Ella，9岁的女儿Hannah，6岁的女儿Anna Liesa，以及4岁的女儿Laura都大方且极有礼貌地围在我们身边和我们寒暄，帮着爸爸招呼客人。Ella和小Laura一会儿就采了几束美丽的野花送给我们，山坡上洒满了孩子们的欢声笑语。

从牧场回来，Beth已经为我们准备了丰盛的晚餐。在晚餐之前，Dan提议孩子们给我们表演几个节目，第一首歌是七个孩子合唱，那种无伴奏的和声十分动人。唱第二首歌时小Laura也加入了，是典型的表演唱，孩子们前后左右变换了几次队形，熟练、优美，声情并茂。第三首歌是老大——19岁的Linnea用吉他伴奏，孩子们分部合唱，Dan和Beth甚至John也加入了进去，轻缓优美的旋律让人陶醉。眼前的情景让我想起了著名的电影*The Sound of Music*（《音乐之声》），我甚至觉得他们的生活比起电影里的生活有过之而无不及。受孩子们的感染，我为他们唱了一首中国的民歌《茉莉花》，Dan一家高兴极了。

晚餐过后，太阳已经下山，天色一点点暗下来。Dan在院子里堆起了一大堆柴火，唯一的儿子Josiah帮着父亲忙进忙出，看起来懂事又能干。晚上8点，篝火点起来了，大家围着篝火坐下来。我和Dan坐在一起，他指给我看天上的星星分别叫什么名字。这里的夜空格外明净，天上勺状的北斗七星看得清清楚楚，北极星静谧地眨着眼睛，看起来更加明亮了。那一刻我有些恍惚，农村的生活也可以是这样的？我忆起我童年时在下湾村的生活，那里的夜晚也能清楚地看到星星。虽说都是农村，我不得不承认他们的农村和我们的农村不像是一个意义上的概念。

3

结合考察，我有意识地在课程学习之外在学校听了一些关于美国农业现状及发展情况的讲座，并在图书馆查阅了大量资料，对美国的农业、农村和农民的状况有了初步的认识。

　　美国农业是典型的现代化大农业。20世纪40年代后，美国农业已实现了机械化、现代化，创造了极高的经济效益和社会效益。虽然美国从事农业生产的人口只占总人口的2%，但美国农业及其为农业服务的相关产业所创造的产值占美国GDP的17%，一个农民生产的农产品可供养的人数达到125人。农场是美国农业的基本生产单位，90%左右是家庭农场，其余是合作农场和公司农场，但无论是合作农场还是公司农场，都是以家庭农场为基础组成的合伙制或股份制农场，可以说，美国的农业是在农户家庭经营基础上进行的。在美国农业发展过程中，由于农产品市场开拓、科技进步和大范围配置资源，行业分工越来越细，生产要素逐步向优势农户集中，加速了农户之间的联合与重组，农场数量减少，规模不断扩大。美国每个家庭农场的经营规模大都在数百亩以上，全国最大的农场为2万多亩，年产值在5万美元以下的农场占总数的74.1%，农业产值只占9.5%；年产值在5万~25万美元的农场占总数的20%，农业产值占31.3%；年产值在25万美元以上的农场虽然仅占总数的5.9%，但其农业产值却占59.2%。农场规模的扩大也促进了专业化程度的提高。根据2005年的数据，美国农场的专业化比例已经很高，棉花农场专业化比例为79.6%，蔬菜农场87.3%，大田作物农场81.1%，园艺作物农场98.5%，果树农场96.3%，肉牛农场87.9%，奶牛农场84.2%，家禽农场96.3%。

健全的农业服务体系为美国农民的农业生产提供了周到的服务。在Illinois（伊利诺伊）州农业局，我了解到一种被称作"食物和纤维体系"的农业服务系统——为满足农业产前、产中和产后大规模生产的要求，在农业各个领域出现了大批为农业服务的各种中介组织，把农业的产前、产中和产后所有环节组成一个有机整体，也称为农业综合体。在美国，农业生产资料的生产、供应体系，农产品加工、销售体系，农业科研、教学、技术推广体系，农作物种子及家禽畜种的培育、繁殖、加工、销售体系，农产品质量检测、监督体系，以及农业信息的服务体系都很健全。这些体系与农业生产体系密切相连，共同作用，按商品经济规律组织农产品生产、流通和消费，采取多种形式，相互协调配合并有严格的立法和合同制度保证，使农业实现了工业化生产，通过生产合同和销售合同实现农产品的销售。在美国，即使是通过各级农产品市场出售的产品，也是由各种代理商和批发商负责，农场主直接销售的仅占5%左右。在一体化条件下，家庭农场通过与农产品加工企业和农业供销合作社签订生产合同和销售合同，从而被垂直地结合到农业综合体中，使家庭农场实现了农业社会化生产。

完善的风险分担机制使得美国农民的农业生产收入有充分的保障。一是农业保险制度。美国的农业保险是以农作物保险为主，全国虽然只有200万户农户，但是却有近150万户投保了农作物保险，占总农户的近75%。2002年，农作物保险承保面积2.87亿英亩，占可保面积的81.3%。1981年至2002年，农业保险累计收取纯保费237.5亿元，累计赔款支出为259.1亿元。二是发达的期货交易市场对农产品套期保值帮助农民转移了种植风险。有158年历史的芝加哥期货交易所（CBOT）是全球最大的期货交易所，那几年它的年成交合约达到了4.5亿笔，其中15%是农产品。三是政府对农业的高额补贴。美国政府对农业采取了有力的价格保护和收入支持政策。主要有：通过信贷部门为生产者提供充足的贷款（主要是采用农产品抵押贷款的形式），满足生产者的需要；通过实行农产品价格补贴和农作物灾害保险补贴政策支持和保护生产者的收益；政府对农民实行直接补贴，也就是以农民预先确定的作物面积和产量为基础对具体农作物提供一个固定的补贴。总体上说，美国政府向农民提供的援助和补贴占到了农民农业收入的20%。另外，越来越多的农场主发展农场外收入，如从事领取工资和薪水的非农场工作，一些农场主还经营非农场企业。在我走访的5户农场主中，无一例外地农业外收入占到了家庭总收入的一半甚至更多。

在美期间，我走访了Illinois（伊利诺伊）、Iowa（爱荷华）、Wisconsin（威斯康星）、Indiana（印第安纳）四个州的农场，所看到的情况大同小异。农民的住房普遍好过城市里一般的别墅，不仅宽敞，设计也都很别致；每个农户的庭院旁都有停放着各式不同农业机械的大棚以及高大的粮仓；除质量很高的主干道外，农户到各田块的道路都十分平整，有不少还是水泥路，农民除播种和收割之外，平时都是开着汽车管理田间；即使是在最一般的农民家里，电脑和互联网也都是必不可少的，农民通过电脑管理各生产环节的信息，通过电脑了解各期货交易所里农作物的行情。在美国，绝大多数农民都会参加当地的农业协会，协会通过农民自己制定的章程选举领导人，协会的主要任务就是定期举办活动，为大家提供服务以及维护大家的权益。在Dekalb County气派现代的农业协会办公楼里，我还看到了几个农民的摄影展和画展，从中我也能感受到农民的生活状态。

总体上说，美国农民是美国社会中比较稳定的中产阶层。在这个阶层里，几乎没有特别穷的。我在美国学习的结业论文题目就是《美国农民为什么愿意做农民？——兼谈美国经验对我国建设社会主义新农村的启示》。据我在美国实地学习调研的感受，中美之间最大的差距还不是军事和科技，农业似乎更严重。数年后我在山区农村县担任县委书记的时候，又细细研读了在美国学习时的调研笔记，我当时面对的农业农村工作的矛盾与问题千头万绪，我试图抓主要矛盾来确定轻重缓急的排解序列。后来我主导的山区农村信息赶集等创新实践，多少也是受了美国学习期间的启发。

4

在美国的学习生活中，我得到一个意外的馈赠，就是收获了一份特别的友谊。到美国一个月左右，学校的 International Student Friendship Partnership Program（国际学生友谊交流项目）让我们中国学生填了一个表，说明自己希望找一个什么样的美国家庭做友好交流。我填的是希望找中年已婚有孩子的家庭。很快我就被介绍跟一个有很多孩子的家庭在学校见了面，男主人Hal是个工程师，50多岁，家里有五个孩子，他和妻子Sandy去过中国两次，非常喜欢中国。第二天就是周末，我欣然接受

Hal夫妇的邀请去他们芝加哥郊区家里做客。一家人其乐融融，Hal一家都是虔诚的基督徒，在吃饭前，Hal带着大家一起做祈祷，他在祈祷中感谢我做他们的朋友并到他家做客。Sandy的厨艺不错，餐桌上的主菜是一大锅用牛肉、大豆、西红柿和洋葱煮的糊状的东西，一看颜色就足以勾起食欲，还有一大盘香喷喷的烤鸡、切成块的比萨饼以及生菜沙拉。为了照顾我的胃口，Sandy还做了米饭和水饺。吃饭的过程倒是很随便，每个人用盘子和碗盛好自己的东西，或站或坐就吃起来。

　　讨论到孩子们的教育，Sandy告诉我她在家里开Home School自己教育孩子，她说Home School在美国不仅合法，而且现在已有越来越多的家庭选择自己教育孩子。交谈中我了解到在美国从小学到中学公立学校都是免费教育，所以开Home School很明显比送孩子上公立学校成本要高得多，至少要牺牲掉妈妈的工作机会。他们谈到采取Home School大致有三个主要原因：一是公立学校的无差别教育他们认为质量不行，私立学校往往又太贵。不少家长认为自己教育孩子更能因材施教，因为他们认为没有哪个老师比他们更了解自己的孩子，所以家长更能在Home School过程中发现孩子的特长，培养他们的特长。二是Home School可以避免孩子在公立学校可能受到的一些不良社会现象的影响，比如吸烟、酗酒甚至逃学偷窃等。很明显Hal夫妇对自己做孩子的moral teacher（道德教师）更有信心。三是他们认为这是一种更合理的家庭结构，父母更多地和孩子在一起，家庭成员之间的关系更紧密。Home School的孩子每年可以参加全美统一的公立学校的年级考试，从而检验自己的学习效果。在上大学之前，孩子们则要参加ACT考试（类似于我国的高考）作为申请大学的基础。

我和Sandy仔细聊了一些家庭教育的情况，在我看来，这是一项非常费力的工作，劳累、烦琐而漫长，如果孩子比较多的话，这项事业可能占据一个妈妈半生的精力。一个妈妈如何能在这么长的时间里保持热情和精力来做这件事呢？Sandy说她的力量来源于她对孩子的爱，对丈夫的爱。这一点我感受颇深，Sandy言语中对丈夫充满了爱意和崇拜，虽然她的丈夫只是一个普通的工程师，但是在她眼中丈夫是最聪明、最能干的人。Hal说起妻子来也是赞不绝口，两人颇有点举案齐眉的感觉。Sandy说起她的每一个孩子总是不吝赞美之词，在她眼中，似乎每个孩子都是上帝派来的精灵。Sandy说她另一个主要力量源于《圣经》，每当她感到疲倦和劳累的时候，她都会去读《圣经》，从中获得力量。

从那以后，几乎每两周Hal都会在周末前给我打电话，问我周末是否有时间到他家做客，或者是否有时间他陪我去附近游玩或者考察，或者问我是否有什么需要他们帮助的地方，热情得给我一种不帮助我做点什么他就不踏实的感觉。我们有一次聊到我喜欢音乐，Hal就告诉我芝加哥交响乐团是全世界最好的交响乐团之一，马上提出邀请我去听一次芝加哥交响乐团的演出。

那天在Chicago Symphony Center（芝加哥交响乐中心）听音乐会的经历很难忘。演出大厅共分上下四层，总共能容纳2000多名观众。我们的座位在第四层，从上面看拱形的穹顶和下面的乐池，一派富丽堂皇。音乐会晚上8点准时开始，随着观众席上灯光减弱，偌大的音乐厅内顿时变得鸦雀无声。乐队成员已提前就位，在观众热烈的掌声中，首席小提琴师和指挥依次登场。那天演奏的是法国著名作曲家Rameau和德国著名作曲家Bach的作品。第一部分是Rameau的作品，每一支曲子都有一个近似的风格——柔和、抒情、浪漫。闭上眼睛，柔美的音乐在四周围绕，似乎感受到春天的和风、田野的芬芳，小鸟在天空自由地飞翔，绿绿的草地在风的轻吻中微波荡漾。这些画面在我的脑际一幕幕展开，我几乎只是在每一支曲子结束时才微微睁开眼睛。在中间休息时间里，我和Hal谈起了对音乐的感受，Hal有一颗十分年轻的心，我们的交流完全没有年龄方面的障碍，十分畅快。一个人的上一句都会引来对方精彩合拍的下一句，没想到我们如此有共鸣，我们都很激动。随着铃声响起，观众席灯光变暗，第二部分开始了。和第一部分以小提琴和大提琴为主不同，这一部分增加了钢琴，而且小提琴和大提琴的数量也增加了。其中的三支曲子，还有一位花腔男高音轻缓地吟唱。Bach的音乐在风格上又有不同，既有优美、浪漫，同时又有厚重和深沉。沉浸在Bach的音乐中，感受到的是无边的森林，是宽阔的海洋，是清风微笑着拂过大地，是云朵静静地围绕着高山，是星空俯瞰着大地的呼吸，是秋水仰望着长天的静谧，闭上眼睛，能感受到自己的灵魂已经不可遏制地浪漫起来。音乐是如此的优美，生命是如此的优美，凡尘俗世也是如此的美好。在这一部分，我几乎一个小时没有变换姿势，微闭着眼睛，双手托腮，似乎什么都没有想，只是静静地任由音乐从耳边流到心灵……然而灯光终于亮起来了，暴风雨般的掌声把我叫醒——演奏结束了。这是我经历过的最长的一次掌声，指挥下去以后又上来，反复三次谢幕掌声仍没停止。

有一个周末Hal和我约好带我去密西西比河观光，Hal提前准备了整整两页的书面游览计划，包括路线攻略以及去游览地点的简介，一早开着车到住地来接我。为了节约时间，Hal已经为我准备了可口的美式小吃和软饮料让我在车上吃早餐。那一行我们沿途游览了历史悠久的小镇Galena，当年Lincoln（林肯）总统和继任者Grant（格兰特）竞选总统时的大本营；位于Illinois州和Wisconsin州交界处的小镇Elizabeth（伊丽莎白）；位于Mississippi（密西西比）河畔的小镇Dubuque；Iowa州有名的溶洞Crystal Cave（水晶洞），两天时间跑了三个州，一路蓝天白云，绿树碧水，清风拂面。印象最深刻的是在Dubuque小镇时，Hal告诉我，这个小镇的别称叫Jewel on Mississippi（密西西比河上的明珠）。我们开车沿着山路盘旋往上，穿过茂密的树林到达山顶，眼前豁然开朗，密西西比河在远远的山脚下宽阔、平静地展开，两边的森林茂密葱郁，整个水面在阳光下波光粼粼，有一种让人震撼的美。我兴奋地在山顶跑来跑去地照相，对着山下的河流喊起了"哟嗬哟嗬"的号子，一会儿回头看见Hal在后面看着我微笑，高兴得眼中有了泪光。看见我这么高兴，他也如此喜悦，多年后我都难以忘怀这一幕。从Hal身上我开始理解有人把宗教、教育和法制并列为西方社会的三大支柱的道理了，宗教对西方人和西方社会的影响确实太大了。撇开宗教中迷信和唯心的成分不谈，其教人从善、助人和自省自律的精神对人的影响和对社会的影响都是强大的。比如说Hal，我一度难以理解他为什么会对我这么好，他是一个普普通通的装饰工程设计师，也没有"和平演变"我的义务，很明显他对我完全无所图，但是他费时费力那么热心帮助我，甚至到了"你高兴，所以我高兴"的程度，很明显是宗教信仰的助人精神在支撑他做这些事。

离开芝加哥之前，Hal穿着正装来参加了我在芝加哥大学的结业典礼，他说："Charles（我的英文名字），我以后会找时间到中国去看你。"我说非常欢迎，但是心想这大概就是一句客套话吧。没想到回国半年后我果真收到Hal说要来中国旅游的邮件。Hal到了我在县城的家，当时我母亲病重正在医院住院，Hal提出去医院看望母亲。在病床旁Hal拉着母亲的手问："Charles，我可以为你母亲祈祷吗？"我说："可以的，谢谢你。"那是我人生中做得最好的一次翻译，Hal拉着母亲的手轻声地为母亲祈祷，我小声地一句一句翻译给母亲听，母亲温暖地笑着说谢谢。

又过了一年多，Hal给我写信说到他的二女儿Marcy不幸罹患癌症，正在接受化疗，但是女儿很坚强乐观。Marcy后来幸运地康复了，康复后的第一件事就是去非洲做志愿者。我和Hal一家在交流生活经历的过程中结下了真诚的友谊。

5

在美国学习期间，我利用周末时间和春假走了不少地方。美国的公共交通发达，机票便宜，我回国前捋了一下，我的足迹经过美国16个州，其中最难忘的是美国东部之行。

2006年3月初的美国东部之行主要目的是去波士顿看当年的大学上下铺同学肖立。肖立当时在一家大保险公司做精算师，他的爱人左荣军又是我的清华校友，在一家研究所做科学家，我和肖立一家的缘分算是越结越深。肖立一个月前在网上给我订好机票，经过约3个小时飞行，我到达Boston（波士顿）时已是当地时间晚11点，走出机场远远看见肖立在出口处等我。这是我们分别七年后第一次见面，肖立似乎一点没变，还是当年热情、率直、阳光的样子，只是他漂亮的"坐骑"和一口熟练的英语提示我这已不是当年的"吴下阿蒙"了。

按计划我准备在Boston待3天，肖立已给我详细安排好了行程。第一天的计划是参观Harvard（哈佛大学）和MIT（麻省理工学院）以及中心城区的Freedom Trail（自由小径）。上午8点半，我们搭乘地铁来到了Harvard。现实中的Harvard和我想象中的世界第一名校的特点完全吻合——古朴、典雅，似乎空气中都弥漫着书卷的香气。在正中心的Harvard Yard（哈佛广场），正好赶上一个哈佛女学生在给一个Campus Tour（校园导览）做向导，我们于是跟着队伍一起走。我们先是到了Widener Library（魏德勒图书馆），向导告诉我们这个图书馆有一个非常感人的故事。大约100年前，一个叫Widener（魏德勒）的小伙子从哈佛毕业，迷恋莎士比亚戏剧的他又到英国继续学习，两年后Widener夫人出于对儿子的思念，召唤儿子回来。Widener于是带着他在英国收集到的很多书乘船回国。不幸的是，他搭乘的正好是Titanic（泰坦尼克）！当Titanic碰触到冰山即将沉没时，本来已经上了救生艇的Widener想起他的书还留在船上，于是折回去拿。可是，他这一去就再也没能回来。Widener夫人伤心欲绝，为了纪念儿子，她决定捐出100万美元家产在哈佛修建一个图书馆，这就是我们今天看到的Widener图书馆。Widener夫人在捐赠时提了三点要求：一是在图书馆内布置一间和她儿子的书房一模一样的房间，也以她儿子的名字命名；二是每天给她儿子的书房放一枝鲜花（这一点一直持续到现在。每天，这间屋子里都会有一枝鲜花）；三是无论过多少年，这个图书馆都不能从外部扩建。因为Widener夫人捐修的这个图书馆是把旧的小图书馆推掉之后新建的，Widener夫人担心以后会有人捐更多的钱把这个图书馆推掉重建，于是提出了第三条。100年来，图书馆的藏书量不知翻了多少倍，哈佛领导人为了不违背当初的承诺，想了一个办法，那就是向下挖。现在，这个图书馆的地下已有五层。

以图书馆为中心，Harvard Yard还有八栋古色古香且风格统一的大楼分属不同的系。再往西走是Brattle Hall（巴特勒楼），这就是当年感动了全世界少男少女的*Love Story*（《爱情故事》）的拍摄地。据说这是最后一部在Harvard校内拍摄的电影，原因是拍摄*Love Story*时导演嫌哈佛学生不够多，在外面请了不少群众演员扮作哈佛学生在校园内走来走去，而哈佛学生认为这影响了他们的学习，提出了抗议，于是哈佛从此拒绝在此拍摄电影。Campus Tour的最后一站就是著名的Harvard铜像雕塑。据说这是全美每年被合影第三多的景点，仅次于自由女神像和国会山。到这里来的人都会用手摸一下Harvard的脚尖，以沾一点世界第一名校的灵气。200年来，Harvard塑像的左脚尖已被摸得锃亮。校园游览结束后，我们又特地走了两个街区找到John F. Kennedy School of Government（肯尼迪政府学院）留了影。这是一栋不起眼的五层楼砖红色建筑，但是所谓山不在高，有仙则灵，这里为美国培养了多位总统，被称为"政治家的摇篮"。

从Harvard出来，我们换乘绿线地铁三站路就来到了

MIT。与Harvard建筑自由的风格截然不同，MIT整个校区建筑都比较规整，显得气势恢宏了许多。这两所学校的格局有点像我国的北大和清华，彼此相隔很近而且位居国家的前列，但是风格各异。

吃过午饭，我们从Boston市中心的Boston Common（波士顿公园）开始走Freedom Trail。整个Freedom Trail长约5英里，由路面正中一条宽约20厘米的红线指引着，游人可以不操心地随着这条红线一直走到小路的终点。在这条自由小径上，分布着包括Massachusetts（麻省）州新老议会大楼，美国独立战争发起人Washington（华盛顿）、Samuel Adams（山姆·亚当斯）、Benjamin Franklin（本杰明·富兰克林）等人的雕像和独立战争打响第一枪的地方以及独立战争纪念碑等众多历史遗迹。从1776年独立战争以来，美国历史不过200多年，Boston似乎就是这个历史的起点。在这里有独立战争爆发前后几乎所有重大事件的遗迹，有在《独立宣言》上签字的众多历史人物的墓碑和雕塑，有众多美国人对为他们奠定了自由国度的先辈虔诚的纪念，这些都构成了Boston十分独特的景观。这条小径给我最深的感受是美国人对待历史的态度，一是保存得完整，二是维护得很好，处处体现着美国国民对历史的珍视和尊敬。

5英里的Freedom Trail我们走了大约4个小时，到终点站Bunker Hill（邦克山）旁的海湾时已是下午5点半。长长的海岸线上好像只剩下我和肖立两人，夕阳的余晖暖暖地洒在我们身上，我们都感觉有点累了。坐在海边的长椅上，我们聊起了许多过往的事情。3月的风已经吹面不寒，此刻的我们真有点面海临风、人生几何的感觉了。

第二天上午8点半，我和肖立、陈文宏（肖立的中学同学，也在Boston工作）驱车一个半小时来到Plymouth（普利茅斯）。这里是1620年Mayflower（五月花号）登陆美洲大陆的地方，海边还停放着Mayflower的复制品，一艘很漂亮精致的帆船。当年100多名英格兰人乘坐这艘船从南安普敦出发历经几个月来到这里，成为这片神奇新大陆的第一批移民。据说因为瘟疫和冬天的寒冷，其中一半人在第一年死去了。当地的印第安人帮助他们度过了最艰难的时期，教会这些移民耕种粮食，使新移民得以在这片土地上生存下去。当新移民第一次获得丰收的时候，为了表示感谢，他们请当地的印第安人一起分享了丰收的喜悦，这就是美国最重要的节日之一的感恩节的来历。沿着海岸线分布着众多的历史遗迹，记录着这个移民国家最初的脚印。

从Plymouth出发，我们经过一个小时左右车程来到临近麻省的Rhode Island（罗德岛），这是全美面积第二小的州。我们来到海边小城Newport（新港），街上人流如织，还有很多的游行队伍，我们这才记起来当天是St. Patrick's Day（圣帕特里克节）。Newport的尽头是一片开阔的月牙形海滩，细细软软的浅白色沙滩映衬着深蓝色的海水，海鸥就在人的身边飞来飞去，恍若仙境。海滩的右手边尽头是悬崖，悬崖顶上有一条Cliff Walk（悬崖栈道），长约5英里。人走在上面，左边是悬崖，海浪就在崖底拍打着；右边是古庄园式的豪宅。这个情景让我一下子想起了《蝴蝶梦》中的场景。说实话，这是我迄今为止见过的最美的海。我们三个在海边坐了很久，都有些神迷，我们古今中外天南海北地聊着，似乎一切尘世的喧嚣和生活的压力都不存在了，有一种洗尽铅华，返璞归真，"其喜洋洋者矣"的感觉。

我们从海边启程返回时已是下午5点过了。肖立特意开着车绕到Newport Bridge（跨海大桥）上兜了两圈（转第二圈是因为转完第一圈下桥时迷路不小心又转上去的），大桥很是壮观，当车开到拱顶时再看脚下的海，有一种在海面上飞翔的感觉。回来的途中，肖立买了很多海鲜，很大的龙虾和螃蟹。晚饭左荣军给我们做了一顿海鲜大餐，感觉在这里吃龙虾像吃猪肉一样，大块大块的。这顿饭我们一直吃到晚上9点50分。晚饭吃完了，大家还不想散场，于是又一起去看电影。我们驱车10分钟在附近的一家电影院看了10点10分开场的《断背山》，这是那时美国最热的影片，刚获得数项奥斯卡奖，其中包括华裔导演李安的最佳导演奖。这个故事以同性恋为背景，左荣军陪着我们三个大男人看，也让我们这个观影团看起来正常了一点。

在Boston的最后一天，我们游览了著名的Wellesley College（卫斯理学院），这里为全世界培养了众多的杰出女性，像我们熟知的冰心、宋美龄、赛珍珠等。学校古朴幽静，不知是不是知道这是所女校而先入为主的缘故，我觉得这里的所有景物都充满了阴柔的气氛。校内古木参天，曲径通幽，湖水轻轻荡漾，缓缓的山坡覆盖着绿绿的草，数栋别致的建筑掩映其间。来到湖边，肖立告诉我这就是冰心笔下的蔚冰湖。其实这个湖的名字是Waban Lake，如果严格按音译应是瓦班湖，但很明显冰心的译法要优美合适得多了。在学校Arts Center（艺术中心）旁边，有一座有趣的雕塑，这是一个正在行走着的健壮的男性，但是脖子以上就没有了。不知道这尊雕塑的寓意是什么，我们猜测是不是想告诉这里的女生男性都是没头脑的？当然，这是明显的无厘头。

美国东部之行虽然很累，但是肖立、陈文宏和我都很兴奋。我们在路上一直在谈天说地，默契程度几乎与"分"俱增，颇有《锵锵三人行》的感觉。以至于陈文宏在晚饭前找左荣军要润喉片，说是嗓子说疼了。我和肖立也差不多是口干舌燥。三个中年男人一起在北美大陆回望青春岁月，纵论天下，谈音乐，说人生，间或挖苦与自我挖苦。后来，我们一起唱起《光阴的故事》："遥远的路程昨日的梦以及远去的笑声，再次的见面我们又历经了多少的路程，不再是旧日熟悉的我有着旧日狂热的梦，也不是旧日熟悉的你有着依然的笑容……"我得承认，那一刻我虽然微笑着，但是眼角已有泪花；内心有一些伤感，但更多的是幸福。是的，那种感觉准确地说就是一种幸福——因为友谊，因为分别和相聚，因为人生的种种美好。

6

在美国期间我最刻骨铭心的记忆是2006年5月1日，那天芝加哥地区湖北同乡会在Chinatown（中国城）的会宾楼宴请我们湖北在芝加哥大学的学生代表，特邀了中国驻芝加哥领事馆刘参赞和包参赞出席，20多位湖北老乡到场。但是在我们的聚会中发生了一件十分不幸的事。同乡会会长黄镇东邀请了全美中国和平统一促进会副会长侯大正先生出席我们的聚会，在晚宴开始之前，黄会长先是请芝加哥侨界的代表人物讲话，侯先生被邀请第二个发言。侯先生那年62岁，5岁随父亲从成都到台湾，25岁从中国台湾来到美国，通过几十年的奋斗，侯先生已是非常成功的工程师和商人。几十年来，侯先生一直是海外的祖国统一的呼吁者和推进者，担任着全美中国和平统一促进会的副会长和芝加哥分会会长，他自己的公司就是芝加哥地区中国和平统一促进会的大本营，要场地就提供场地，要经费就提供经费。侯先生虽然看起来精神矍铄，但其实身体不大好，前几年还动过心脏手术。那天参加我们的活动，侯先生非常高兴，他在发言中先是简单介绍了他几十年的经历，然后他说给我们讲个故事，他讲到几十年前亚特兰大一家报纸曾经以 *They are all Chinese*（《他们都是中国人》）为题登过一篇文章，就在他刚讲到这里时，不幸的事发生了，侯先生突然停下来，然后马上支持不住倒在台上。我们马上冲过去试图扶起他，当时在场的邱先生是医生，他迅速指挥我们把侯先生放平，然后立即开始给他做人工呼吸，有人马上拨了911，大约5分钟之后，急救医生就赶到了。五六个医生就地赶紧给侯先生进行了急救处理，然后把侯先生抬上救护车送去医院。黄会长安排了四个老乡陪同去了医院，然后剩下的五六十人继续开始晚宴。说实话，由于惦记着侯先生的安危，这顿饭我们都味同嚼蜡。在匆匆结束晚宴后，同乡会的代表和我们几个学生代表赶到医院探望，我们都在心里祈祷着。晚上10点半，噩耗传来，由于心脏病突发抢救无效，侯先生已经走了。

听到这个消息，我满眼是泪，我和侯先生素昧平生，但是我觉得他是我的亲人，他亲切的笑容已牢牢地刻在我的脑海里。由于离得近，他倒下去之后，我是第一个冲过去抱他的人。在大家赶到医院后，侯先生的太太强忍悲痛，和大家一一握手，感谢大家的关心，她说这也许是天意，侯先生一直在做着他喜欢的事，他认为有意义的事，他以这样一种方式告别，至少他自己是高兴的，也算是可以告慰自己的心灵：他是在做自己喜欢的事情的时候离开人世的。

在芝加哥大学校园里，我曾在图书馆走廊碰到过两个来自中国台湾的同学，一个医学院的，另一个物理系的，一说起我们的来处彼此都非常有亲切感，真的有血脉相连的感觉。可是两岸的和平统一前景在这些年台湾民进党执政时期里一度云谲波诡，我知道侯先生在天之灵并不安宁，因为他的梦想还没有实现。

7

　　离开芝加哥之前，倒计时从一个星期前就开始了，我和在芝大认识的好朋友一一道别。说心里话，我很留恋这个城市，美丽的校园，迷人的密歇根湖，渊博亲切的老师，热情真诚的美国朋友……但是我知道这只是我人生当中的一个驿站，一次特别的筵席，而现在，是该说再见的时候了。

　　初晓是我来芝加哥不久就在校园里认识的中国老乡，他约好在我离开之前的周末给我送行，我们驾着他的凌志在密歇根湖畔的Lakeshore Drive（滨湖大道）上兜风，沿着湖跑了100多英里。穿过西北大学不远就是Lakeshore Drive的尽头，这里有一片极美的沙滩，100多米宽细细软软的沙滩沿着湖绵延数英里。下午三四点，人很少，成群的鸥鸟就停在湖边嬉戏，我们靠得很近了，它们仍不觉得害怕，并没有飞走的意思。我和初晓在沙滩上面对着无际的湖水坐了很长时间，我们聊起了我们共同喜欢的罗大佑、李宗盛、三毛，聊起了我们曾经的理想和现在对生活的理解。初晓出身于哈尔滨的一个艺术世家，天生的诗人气质，从小酷爱音乐，本来一直梦想着念音乐学院的他高考时却"一不小心"考了状元，最后"被迫"上了北大。但是初晓这么多年的音乐梦想一直没有破裂，在波士顿念博士期间，他居然顺便在波士顿音乐学院念了一个硕士，直到现在，他仍没有放弃创作梦想。初晓和我谈到他在写的一首歌《童话》，歌词非常有感觉："如果爱情不是真的，鸟儿怎么能在天空飞翔，你又怎么能听到我的歌唱……"面前是湛蓝的湖水，飞鸟在白云下纵情地拍打它们的翅膀划过，和好朋友在这样的天地间聊着共同喜欢的音乐，分享一些人生的体会，我能清楚地感受到内心的喜悦。

小师弟王帆约好给我送行的方式是带我在密歇根湖上游览城市的天际线。这种游览项目的名字就是architecture cruise（建筑游），顾名思义主要是在水中欣赏芝加哥的建筑。我们坐着船来到密歇根湖中间，船沿着湖岸线飞快地开着，眼前是芝加哥繁华Downtown（市中心）的大全景。从这个视角望去，一层薄薄的水雾托着鳞次栉比的高楼，高楼更显得伟岸了，甚至略带一丝神秘。解说员给我们逐个介绍这些大楼的建筑历史以及逸闻，好多我闻所未闻，长了不少见识。到了这里，就更能理解芝加哥"世界建筑博物馆"的美名何以得来了。

校园里认识的美国朋友Leonard跟我约好的送行方式则是陪我一起到芝加哥最大的教堂Moody Church（穆迪教堂）听唱诗。Moody Church位于繁华的Downtown

中心，可容纳1000多人。教堂外观古色古香，内饰一方面保持着教堂的古朴风貌，另一方面所有现代电器音像设备齐全。进到教堂，里面已几乎座无虚席，有很多工作人员在忙碌，乐池里已经坐满了演奏人员。我们的座位在第二排，正对着乐池和舞台。上午10点，唱诗正式开始。在优美的序曲之后，开始唱第一首赞美诗，约50个身着神职人员白色长袍的人在交响乐的伴奏下一边吟唱着一边从观众席的走廊慢步走上舞台，其情形十分圣洁肃穆。这是我第一次听宗教音乐，虽然词不怎么听得懂，但是旋律十分轻缓而且优美，在教堂这种气氛的烘托下，让人觉得这就是天使的声音。唱诗持续了一个多小时，每一首赞美诗几乎都是一种风格，安静、从容，充满感恩和欣喜，有些曲子简直到了让人动容的地步。

从教堂回来，天空下起了淅淅沥沥的小雨。下午，我又来到密歇根湖畔，雨天的密歇根湖完全是另一种风格，黑云低垂，湖水的波浪似乎更加细密，湖边的小草小花也似乎不再安静，在风的呼啸中战栗着。远处隐约传来赞美诗的合唱，眼前的情景让我陡然间记起了台湾著名作家白先勇先生在密歇根湖边的一段感受，深觉共鸣："……初来美国，完全不能写作，因为环境遽变，方寸大乱，无从下笔，年度耶诞节，学校宿舍关门，我到芝加哥去过耶诞，一个人住在密西根湖边一家小旅馆里。有一天黄昏，我走到湖边，天上飘着雪，上下苍茫，湖上一片浩瀚，沿岸摩天大楼万家灯火，四周响着耶诞福音，到处都是残年急景。我立在堤岸上，心里突然起了一阵奇异的感动，那种感觉，似悲似喜，是一种天地悠悠之念，顷刻间，混沌的心景，竟澄明清澈起来，蓦然回首，二十五岁的那个自己，变成了一团模糊，逐渐消隐。我感到脱胎换骨，骤然间，心里增添了许多岁月。黄庭坚的词：'去国十年老尽、少年心。'不必十年，一年已足，尤其是在芝加哥那种地方。"是的，我现在站立的地方，一定是当年白先生曾经站立的地方。白先生的大师文笔自是我等凡夫俗子不可比拟的，但是我们的感受却是共通的。

临行前一天，我夜里0点才睡，凌晨4点不到又醒了。可能因为告别的不舍，也因为归期将至，心里开始想家。试图再睡，可是辗转反侧怎么也不能入睡，索性起床穿好衣服看书。5点20分拉开窗帘，发现天边已经发白，湖面波光已清晰可见，于是披上外套来到湖边散步。两天没来，湖边的景色又有了一些变化，草丛中蒲公英漫天开放，洁白的花絮随着清晨的和风飞扬，使得温柔的湖岸线又多了一层妩媚。湖边小径上已零星有一两个人在慢跑晨练，我踩着护岸的大石头下到水边，长长的湖岸线上似乎只有我一个人了。此时水面的尽头天边已现出很深的红色，太阳马上就要出来了。随着云彩越来越红，5点46分，太阳一下子从水面冒出了头，猩红的颜色比得周边的云霞都失去了光彩，虽然红得耀眼，但是红得温柔。这时的太阳就像一个初生的婴儿，正一点一点地从母亲的身体里诞出，过了3分钟左右，太阳完全挣出了湖面。湖中的水鸟似乎被太阳惊醒，在水面上迎着阳光欢叫着飞来飞去。我静静地坐在湖边，一动不动，太阳映在水中的浅红色的波光从远处一直铺到我的脚底。此时的我有一种莫名的感动，觉得自己就站在天与地的交接处，谁说命运和理想是天和地的平行，只要把天和地都装在心里，再长的平行线也有相交的时候。

早上6点多，我沿着湖边散步到不远处的小岛。此时的太阳已升出水面不少，随着天色大亮，湖面一点点变成了金黄色，微风拂过，映在水面的阳光轻轻荡漾，就像一束燃烧着的火苗。站在清澈平静的密歇根湖畔，我知道这里注定会是我人生当中值得回味的驿站。我一生都会记得这片美丽的湖，就像记得一个心心相印的好朋友。

第六记

在峡江的
转弯处

清晨在云雾霞光中醒来，白天在大山大水中穿行，傍晚在船笛灯影中漫步，入夜枕着阵阵涛声入眠。回望在巴东的每一天，都是幸福。

你不是太阳，但你可以发出比太阳更温暖的光！

1

2011年10月15日，我正式离任宜都市市长到巴东上任县委书记。车行至野三关镇泗渡河，一出隧道，眼前是亚洲第一高度的特大桥，桥面下560多米的深谷，两旁雄健的山的轮廓，茂密的森林，山涧的清流，雄壮美丽的江山让人震撼。我当时不知道的是，命运中最大的挑战就在前面虎视眈眈地等着我，我即将与它猝不及防地相遇。

到达县城的当天下午，我做的第一件事是和县长刘冰在办公室谈了两个小时。刘冰年长我8岁，在巴东多年担任常务副县长、县委副书记、县长，此前当地都是传闻他将按惯例接任县委书记，但是省委考虑到巴东那几年连续发生轰动全国的恶性群体事件，社会生态有问题，决定在全省范围内选干部异地到巴东任县委书记，考察时强调了一个条件"到边远贫困地方任职选年轻干部"，我当时是全省比较年轻的县市长，于是被选中。所以我到巴东的第一件事，就是要和本来做好了准备接任县委书记而又没有接上的老县长交心。县长给我介绍了巴东的情况，并就最近要紧的工作提出了建议，但是自始至终他的脸没有放下来，没有一丝笑容，明摆着就是不高兴的样子。

头两天时间，我白天密集地跟32名巴东"四大家"领导班子成员一个个分别谈话，晚上分别上门拜访5位在巴东退休的正县级领导，了解巴东的县情，也了解巴东班子情况。大家普遍士气低迷，对县域经济社会发展持悲观态度，有几位直接说巴东这个地方这几年像是中了魔咒，每年发生一次轰动全国的恶性事件，而且很巧合地都是发生在每年的五六月份，个别班子成员干脆直接跟我预测下一次惊天动地的恶性事件可能是什么事。即将退休的时任政协主席林庭芳同志的一句"看你这么年轻单纯，我真怕他们欺负你"，让我印象深刻。尤其特别的是，有7名县级班子成员跟我谈到巴东的刁民很多，让我要有思想准备。

很快，这种"刁"劲迅速从线上线下向我扑面而来。

来巴东之前一周，我不认识一个巴东人，了解巴东只有通过网络。上网一搜着实把我吓坏了，由于巴东那几年接连出轰动全国的恶性事件，本地网络论坛是封闭的，但是不让人在本地网络上说，大家就跑到天涯、凯迪、百度贴吧上去说，骂巴东政府和官员的帖子多到删都删不完，其难听程度让人无法直视。到巴东的第六天，网上出来一篇名叫科比的网友写的《致巴东新任县委书记的公开信》，洋洋5000言，字里行间满是悲愤、暴戾、挖苦。但是，我还是从他的信中读出了一点对家乡的热爱。于是我深夜在网络论坛上实名给他回复："你好，科比！我是巴东县委书记陈行甲。我已看到你的帖子。我刚到任几天，目前正在乡镇调研。感谢你的意见建议，我会结合调研来参考。巴东是我们共同的家乡。你的言辞虽有过激之处，但是对家乡的热爱之情溢于言表。谢谢你。我的邮箱是×××，这段时间工作很忙，我可能不会经常来看论坛，但是我会每天看邮件的。欢迎你给我发邮件探讨家乡的发展。"从第二天开始，每天晚上打开邮箱，老百姓的各种邮件汹涌而来，平均每天超过50封。

网络上有民意，思考再三，我决定专程到县委宣传部办公，全面改版长江巴东网，做了很多听取老百姓意见的尝试，打开本地论坛欢迎大家进家门说话。为了加强与网友的沟通，县委办公室专门出台了《巴东县网络舆情及时回复管理办法》。我精心准备了对全县网友的致辞，欢迎大家提批评意见，希望大家多一些理性，多一些建设性。在那之后相当长一段时间内，随着本地网络放开言论，网上论坛越来越活跃。与我以前工作过的几个地方相比，巴东最大的不同是一些网友提批评意见不是光说事儿，而是出言必伤人，什么话都往极端里说，往往带着尖刻的挖苦讽刺，跟帖的也会越跟越气，不少的话含着仇恨的寒意。不少网友对县委、县政府即使是再明显不过的正面努力都含着一种深深的敌意。我给网络中心的同志定了一个规矩，只要不是违法的侮辱、攻击、谩骂，网友的帖子让他发，不要删，党委政府要有听不同声音的气量。再说，与其放任他们在天涯、凯迪、百度贴吧去乱骂家乡，还不如开门把他们请回来，我们自己人一起在家里说。那些天里我每天晚上忙完睡觉前都会上网去和网民交流，我注册了一个马甲，连管理员都不知道那个马甲的真实身份是我，有时我也在论坛里面和几个最极端仇视县委、县政府的网民"虫子虫子""小只只""石头会说话"等交流，我给他们留言说："记得小时候村子里一些贫穷的家庭，那些成天里话没个好腔，脸没个好相，看什么都不顺眼，总在抱怨争吵的家庭，过了多少年仍是穷得叮当响。倒是那些家庭团结和气，勤扒苦挣的，慢慢地都走出了贫困。巴东现在就是一个贫困的大家庭，我们是不是多提建设性意见少一些怨气戾气呢？"可是这种声音一上网就会被骂被讥讽，感觉巴东的网络像是一个愤怒的叛逆少年横竖看父母不顺眼，有时更像是一只头上长着角的愤怒怪兽在横冲直撞。过了一段时间，宣传部网管中心的负责同志向我汇报说是不是适当删帖控制，我坚决地制止了。我说让大家说话天塌不下来，让大家发泄出来，至少我们知道他们最在乎的点在哪里，那些点或许就是我们做得不好和不够的地方。话虽这么说，其实我的内心是充满了焦灼感的，在我到巴东两三个月马不停蹄地采取了很多举措后，网络论坛上一批网友仍非常顽强地对县里"五个严禁"狠抓作风建设，"全县干部结穷亲"贴近困难群众的一系列措施要么选择性忽视，要么选择性仇视，对党委政府的一切作为都满含恶毒地讥讽。我一度也不知道这么恶劣的社会生态到底是怎么了，我在深夜的灯光下自问，我的贫穷艰难的巴东、怨愤戾气的巴东，我到底该怎样来当好这个大家庭的家长？

　　网上不消停，线下就更忙乎了。在刚到巴东前一年半的时间里，我接待过30批大规模群众集体上访，最多的时候两三百人围着我，里三层外三层。当时最大的两拨上访群众，一是我到巴东一个月后强力喊停的县城535处两违（违规违法）建筑，当时县城长江两岸的两违建筑疯"长"，有的地方靠在山脚边几根细细的柱子上面可以盖十几层楼，有的群众搭起架子就开始私下里卖楼花，一平方米一两千块钱，只要胆子大，赚到就是钱。网上群众举报的帖子层出不穷，在巴东已经到了民怨沸腾的地步。我下决心整治两违的初衷之一，也是听到有不少干部、百姓预言下一次巴东出轰动全国的丑事，可能就出在这两违上，我感觉任其发展下去极有可能一语成谶。但是，又有一部分真移民违规建房掺杂其间，掩护了众多倒买移民户头建房的假移民，处理起来投鼠忌器。老百姓信访反映有干部违规建房，但他们伪装巧妙，很难锁定证据查实，这几百栋楼背后到底站着多少干部难以深挖。这件事费了我极大的心力。当我在到巴东一个月后下决心在全县开大会喊停两违的时候，大批"移民"涌到县委政府大楼门口集体上访。二是林业下岗职工信访案，这个信访案历时八年，横跨三届，涉及200多人，处理难度很大。那时又出现了新的信访由头，就是看着本届县委决心解决大家的困难和问题，一部分人的预期不断上涨，提出直接完全否定八年前的原改革方案，彻底推倒重来。

不过有一点让我极其自豪的是，巴东县委政府大楼有后门，领导是可以从那里出去避开上访群众的，县委办公室的同志曾善意地提醒过我，以前的书记碰到这种情况一般不会从大门口走出去，正常情况是喊信访办主任来处理。如果除了信访办主任，还派县委常委、办公室主任出去接待上访群众，就算是很对得起他们了。但是，在我任县委书记5年零2个月的时间里，我从来没有走过一次县委政府大楼的后门。

2

我刚到巴东不久，就出现了一个奇特的现象。一次我下乡到下午5点半回到办公室，刚回县委政府大楼时门口没人，但是下午6点钟过一会儿下班走出大门时，居然就有二三十人堵在门口要见我，一共是七八批人，信访内容各不相同。很明显有人给他们通气，发现我回县委政府大楼了，迅速召集大家来堵我。在前半年里，基本上形成了这样一个模式，凡是我下乡或者出差回来，只要一进县委政府办公大楼，出来时门口一定是黑压压的上访人群在等着，我一出门就是人群一拥而上，扑通一声下跪的，抱住我的腿的，抱住我的膀子的，有时是几拨人同时从两边抱住我的腿和膀子。有一次中午12点半我散会出来，被政府大门口里三层外三层数十人围住，我一批一批问他们的基本情况。其间有官渡口镇的两父子情绪激烈，在我正同东壤口的几位上访群众交谈时强行冲进人群扭住我的胳膊不放手，是那种用尽全身力气死死抱住不放的感觉，工作人员劝他们放手让书记带他们到旁边的信访办公室坐下来好好说话，但他们根本不听。两个工作人员把那位父亲的手掰开欲带他到信访办，我也拿了他的信访材料，承诺到信访办听他反映情况。可这位群众情绪激动，居然以威胁要撞墙的方式非要重新冲进人群将我抱住不可，混乱中他还真的撞到大门旁的柱子导致当场额头出血，他的儿子马上高喊父亲被打出血了，死活他都不管了，其父很配合地假装晕厥状欲倒，现场人多且杂，场面几乎失控。这种混乱情况我遇到过好几次，我总是告诉大家不要急，我不会走，我会一个个听大家讲，一个个收下大家的材料，然后扶起跪在地上的老百姓让他们平和地跟我讲。奇怪的是有时我和县长下班后前后脚从大楼门口出来，老百姓一拥而上扑向我，而县长大摇大摆走出去，老百姓根本不找他。

我渐渐地明白，除了正常上访的老百姓以外，还有在政府大楼里上班的人员在指挥这事。他们不光指挥上访人员在任何我回到县委政府大楼的第一时间堵我，还有更阴的招数，就是我刚到巴东一周时间，我的手机号码不知怎的就全县皆知了。我从到巴东第七天开始每天收到很多老百姓的直接电话和短信，上班的时候、开会的时候、吃饭的时候都有人打，晚上洗澡的时候也有人打，最晚的电话直至深夜12点多还在打给我。一次我在州里开会，下午4点多，我正在会议上发言，溪丘湾的一个老百姓给我连续打了14个电话，只要不接，他就稍隔一会儿再打，就是那种你不接，我一直打，非打到你接电话不可的架势。等我发言结束抽空接了电话，他说："你是陈书记吗？"我说："是啊，请问您是哪位？您有什么事吗？"他说："我是溪丘湾的老百姓，别人说这是你的电话号码我不相信，我要打了试试看。"然后说了没几句他就把电话挂了。刚开始我还纳闷，我才来不久，我的办公室电话号码公开是常理，可是我的手机号码知道的人应该不多啊，怎么会突然一下这么多找碴儿的老百姓和常年的"钉子"信访户都知道了呢？一次深夜有个信陵镇老百姓打电话，向我反映他家里下水道不通要我安排处理，措辞很不客气，态度很激烈，"你连一个下水道都管不好，当个狗屁的官！"我听他说完之后忍不住问了一句："您是怎么知道我的手机号的呢？"他说是一个干部告诉他的，再问是哪里的干部时他就支吾着挂了电话。邮箱里有人干脆直接警告我："你来的时间不长，搞这么多名堂，整了这么多人，别以为你是神，你没来，巴东人也在天天吃饭，也吃得好好的。"我终于明白了，我身边还有这样的干部，在等着看我的戏，甚至已经开始在导演这场戏了。你不是表现得亲民吗？让你亲个够吧。你不是说干部要贴近老百姓吗？让你贴个够吧。

面对那个极度困难的局面，我决定正面突围。我把原来一个月一次的县领导信访接待日制度，改成了每周一次。我亲自坐镇，在最初的几个月里每周一次县委书记信访接待日，县委办提前发通告，组织大家集中上访，我坐在那里一批一批集中接待。有时候原定的半天时间过去，一看信访接待室外面人群还是黑压压的，就马上安排取消下午的活动继续接待上访群众。我尽管这样下死决心消化信访积案，仍然逐渐感觉到巴东的积案矛盾似乎永远消不完，就像一个哭闹的小孩，你越是去哄他，他越发哭闹得厉害。到巴东以后，我对干部一直严格要求，但是对老百姓，即使是缠访闹访的老百姓也一直保持着充分的怜悯和耐心。我在心底坚定地认为没有焐不热的石头，没有暖不热的心，但是巴东的现实就是这么让人无奈。那个阶段巴东的群众不仅仅是好上访，而且是好极端访。最难受的是2012年5—6月，一个多月巴东发生了4起群众自杀事件，有长江大桥跳桥的，有法院门口割腕的，有村委会喝农药的，有野三关跳崖的，都和老百姓反映诉求得不到满足有关。人命关天，每一起都是闹到我这里才最终收场。我感觉到人民群众面对党委政府的心态是"我不得不找你，但是我不相信你""不给我解决问题就在你面前要横，甚至横到以命相拼"。当初面对的那个困境是我人生中最大的挑战，我以前工作过的地方从来没有出现过如此恶劣的民风民情。这就是典型的"塔西佗陷阱"了：当执政者遭遇公信力危机时，无论发表什么言论，颁布什么样的政策，社会都会予以负面反馈。

2012年6—7月，我终于顶不住患上了重度焦虑和抑郁症，这是我记事以来第一次住进医院，生病前后的过程几乎说得上是到鬼门关走了一遭，关键时刻是爱人给我力量最终陪我闯了过来。后来得知，在我向州委请假去解放军精神卫生中心住院治疗的半个月期间，刘冰县长专程赶到州里与时任州政府主要领导也是他多年的好兄弟商议，及时向省委组织部反映我的病情，提出我患了精神病，不再适合担任县委书记。当时的州委肖旭明书记在省委组织部那里坚定地认为我没有大问题，他委派时任州委常委、组织部部长周静专程赶到医院看望我、安慰我，说相信并支持我早日康复返回工作岗位。其实我当时住院时已经和爱人商量做好了辞去职务的准备，肖书记和周部长的鼓励给了我很大信心。至于刘冰县长和州政府主要领导的这些背后操作，我当时并不知情，多年后才通过其他渠道得知。2015年6月我被党中央表彰为"全国优秀县委书记"后，在东湖梅岭礼堂省委中心组向省"四大家"领导讲"严以修身"的学习体会，当时已经是省政协副主席的肖旭明同志特意等到散会后留在礼堂大门外跟我打招呼，他握着我的手说：

"行甲，看到你今天的成绩我好高兴，我为当年曾经顶住压力保护了一个好干部而感到欣慰！"

我还记得2012年底在省里开会时，和省里一个关心我的副厅级领导说起巴东的情况，他告诫我说在巴东这种"民刁官滑"的地方，最好别让老百姓对你期望高，否则你会顶着石磙唱戏，非常吃力，戏还不好看。

可是，作为党派到这个地方的代表，除了让老百姓对我怀有期望，难道还有别的选择吗？

3

巴东老百姓的这股冲天的怨气戾气是从哪里来的呢？巴东如此恶劣的民风民情，怪得着老百姓吗？我细细调研，细细思考之后的结论是，不能怪老百姓。

最主要的原因还是当地的党员干部作风坏了。在我去之前，巴东官方对邓玉娇事件的定性是一起偶发极端事件。作为新任县委书记，我觉得有必要把巴东历史上发生的这起轰动全国的恶性事件复个盘，我让县委办把邓玉娇事件的全部案卷调出来看了一遍，我看完后的结论是，这是一起必然要发生的事件。镇政府两名干部给企业办了一点事，企业给了好处还不算，还得请吃饭；请吃饭不算，还必须喝酒；喝完酒还不算，还得请洗脚；洗脚找小妹还不算，还动手动脚轻薄人家；人家姑娘愤而拒绝，他们恶语相向还不算，还把姑娘"推坐"，拿出一沓钱在姑娘头上敲……我在全县干部大会上说："这哪里是偶然事件啊！如果这姑娘是我妹妹，如果我在旁边，根本轮不到她动手，我会亲自动手拿刀子捅这两个王八蛋的！"我还说："不会无缘无故就发生极端恶性事件的。大风起于青蘋之末，这个'末'，就是干部作风，就是我们基层的党组织与人民群众的距离越来越远了。"

有一件事情最能简单地说明巴东干部作风症结在哪里。巴东前任县委书记在2011年明确知道自己马上要被调走之前，大规模地调换了一遍全县几乎所有重要部门的领导干部，牵动面达上百人，那一年的清太坪镇居然一年内让她给换了三任党委书记，这简直匪夷所思。但是作为继任者，我还必须遵守刚动过干部的岗位一定时间内没有特殊情况不得随意调动的规矩。等到党的十八大后反腐飓风刮到巴东前任县委书记身上时，省纪委监委四室才发现，就在换届之前的2011年3月，她居然在离天安门直线距离只有十几分钟车程的北京东二环某小区一口气买了两套房，当时那个小区的房价已是一平方米6.8万元，她竟然没有贷款，一次全款付清。他们两口子都是普通公务员，这笔巨款是从哪里来的？用脚趾都想得到。要想富，动干部，这基层的潜规则明摆着是被她用了。巴东就在长江三峡边上，长江上航行的船只全靠灯塔引领，我曾经在大会上说一个地方的一把手就好比是这个地方的灯塔，如果灯塔歪了、暗了，后果一定是灾难性的。当时巴东这些主要官员的言行，明明白白地揭示出巴东穷的原因、巴东老是出事的原因、巴东老百姓恨党委政府的原因。那个阶段巴东老百姓是真的"刁"，但是，真的不能怪老百姓。

巴东的民风之顽劣让我心焦，可是真正让我心力交瘁的还是巴东的贫困。上任后的第一个月我到民政、扶贫办、县残联三家单位集中调研，沉重的数据压得我心痛。按以往的人均年纯收入1196元标准统计，巴东全县有贫困户5.8万户16.1万人，如果按当时刚颁布的新的国家扶贫标准年人均收入2300元（2010年不变价）统计，全县的贫困人口还会大幅增加；全县共有各类民政对象5.1万人，其中，农村低保22885户40024人（占全县农业人口的9.2%），城镇低保3652户7351人；孤儿240人（其中艾滋病孤儿46人）；财政供养的五保对象（鳏、寡、孤、独）2655人，应保未保1200人；精神病患者1573人，其中重度精神病患者721人；办证残疾人12409

人，其中视力残疾2022人，听力残疾319人，言语残疾100人，肢体残疾7595人，智力残疾591人，精神残疾478人，多重残疾1232人。

最让我觉得沉重的是那么多老百姓生了大病的求助信，刚到巴东几天我就收到第一封求助信，是东壤口镇一个患肾衰竭的女孩子的信，我还吩咐县妇联和乡镇马上行动给予帮助。但是接连不断的信件发过来，动辄都是欠着十数万元医药费、等待救助的患者，面对这么庞大的一个群体，我感到如此的无力。我的巴东太穷了！想到老百姓无助的期望，翻翻捉襟见肘的财政，想想几个月前我在宜都任市长时还雄心勃勃地想实现全市免费医疗的梦想，恍如隔世。

最让我难过的是作为全省艾滋病重灾区的巴东，当时仍在世的在册艾滋病患者就有490多人，不知道在那些年因贫穷去卖血的人中还有多少没被检测出来。最严重的茶店子镇三坪村，一个村子就有35个仍在世的艾滋病感染者，这个村基本不与外界交流，成了孤村。我在到巴东的一个半月后到了三坪村，让镇政府出钱杀了一头猪，中午在一名患者家做饭，我先是走访了三户患者，然后让村支部书记把全村患者都请到一起，算是我请大家一起吃午饭。我坐的那一桌，除了我以外全部是艾滋病患者，我和他们互相夹菜，一起喝酒，用这种方式告诉全县的老百姓，艾滋病一般接触不传染，这些人已经够苦了，他们不应该受歧视。全县一些受艾滋病影响的特殊孩子让人揪心，46个艾滋病孤儿中有一个叫小燕的女孩，父母都因卖血感染艾滋病去世，她跟着爷爷生活，后来爷爷去世，15岁的小燕独自安葬了爷爷，无法想象孩子当时的悲凉。我去看她的时候，小燕不怎么说话，眼泪流个不停，她也不擦，任由眼泪像两条线一样流到脖子上。有一个8岁的艾滋病患儿小航，我去看他时，小航满脸满头都是红疮。小航母亲前几年已经因艾滋病去世，因治病还欠了5万多元外债，父亲在浙江打工，71岁的爷爷和68岁的奶奶带着小航在村里生活。简陋的家居和老人身上破旧的服饰，无不向我诉说着这个家庭的风雨飘摇。奶奶跟我说，这个孩子的妈妈就埋在屋场旁边，现在眼看着孩子一身的疮，一点点地走他妈妈的老路。他们家已没有亲戚来走动过了，村里的人从他们家旁边路过也都是绕着走，这个孩子也没法上学，没有任何一个玩伴，就是白天跟着奶奶下地玩一玩，晚上奶奶给他洗一下，他跟着奶奶睡。奶奶说，这孩子变了一世的人，我也对得起他了。奶奶跟我说这些的时候，语调很平静，她的眼中甚至都没有眼泪。临走前，搂着天真地笑着的小航，拉着爷爷树枝一样粗糙的手，我忍不住流下了泪水。

还有一点让我尤其心塞的是巴东的路难行。寇准1000多年前曾在巴东任过县令，当地流传着他的一句话"八百里巴东"，我原以为这是一句诗意的描述，到了巴东之后才知道，从最北端的沿渡河镇堆子村到最南端的金果坪乡泗井水村，整整397公里，基本上就是800里。可是巴东的山路崎岖破损，颠簸不堪，我作为县委书记坐的车还算是好的，我从县城出发到金果坪泗井水就要坐6个多小时的车，一般的老百姓呢？可以想见他们是多么的不方便。第一个月里，我走访了十多个偏远的村子，越看越沉重，越听越沉重。我每到一个村，有两个必看，一是问村支部书记这个村里最穷的是哪一户或者哪几户，无论多远多偏我一定要上门看；二是这个村有没有学校，如果有学校我一定要去看，并且在时间来得及的情况下在村里学校课堂上听一节课。巴东的农村太穷了，走到大山深处，有的贫困户甚至不能用家徒四壁来形容，因为我见过只有三面墙的老百姓的房子。有些村支部书记的描述和恳求让人心酸，我所到之处没有见到一个村级经济发展好、稍微有点豪情的书记。491个村，到底有几个稍微像样的富裕一点的村呢？我下决心要在我的巴东任内走遍全县的每一个村。我让县委办公室给我策划安排"县委书记边界行"，就是拿着地图从800里巴东最边远的村子走起，开始我的县委书记大调研。

4

　　经过充分的调研，我的结论是，老百姓的怨气戾气是被我们一些党员干部的恶劣作风给逼出来的，是被我们800里巴东崎岖难行的道路给颠出来的，是被贫困封闭的千山万壑给憋出来的。摸清基本情况之后，我给自己定的在巴东当县委书记的思路就是彻底走群众路线，带领全县党员干部回到人民群众中去。

　　我的第一个大的举动是号召全县干部"结穷亲"。在动员大会上我表态带头"结穷亲"，我就结艾滋病患儿小航，帮助他上学，帮助他治病。至于怎么结，我在大会上说了十个字："只要我还在，只要他还在。"我要求大家向我看齐，跟着我学。县新闻中心制作了专题"贫困乡亲，让我握住你的手"，我亲手为这个专题写了卷首语："我们这些穷乡亲，在等待着我们！他们期待的目光，早已穿越万水千山、风霜雨雪，我们奔向他们的脚步，大地会聆听。人间最冷的不是冰寒，而是麻木。你不是太阳，但你可以发出比太阳更温暖的光！"

我安排县委宣传部配合全县干部"结穷亲",开展"新闻记者访穷亲"活动,县委宣传部副部长曾冰亲自带队分头下乡。几天后第一篇稿子《熊娃子的家》出来,生动,有冲击力,看完我完全抑制不住泪水。我在那天晚上的日记里写道:"我艰难的巴东乡亲,我知道我的力量是弱小的,但是我要竭尽我的力量去帮助你们。也许我的步履沉重缓慢,但是请你们相信,我在一步一步走向你们。"

县委书记的号召力是很大的,很快,眼睛朝下关怀穷人的"结穷亲"活动在巴东变成了一场运动。我在县委组织部设立了结亲办,由组织部部长兼任结亲办主任,穷亲对象由村党支部和村委会筛选出来接受群众公示监督后上报到乡镇党委审核确定,我要求每一个副科级以上干部必须结一户穷亲,给穷亲多少钱物我不提要求,但是我要求干部必须每年至少到穷亲家去三次,至少在穷亲家住一晚。县委宣传部跟进报道"结穷亲"的事迹,网页的浏览量和大量的留言显示,网络的力量逐渐开始发挥正面作用。除了干部,一批社会人士主动要求加入"结穷亲"的队伍,而且表态不光是面子上结,而是要固定结,长期结。一位祖籍巴东但是在巴东之外工作的湖北大学师兄向吉贤也积极加入了"结穷亲"的队伍,他给我发来短信:"我也响应你的号召在老家结几户穷亲，在你身上我看到了一种实事求是的精神，诗人一样的激情，圣徒一般的真诚，你让我看到了家乡的希望。"

那年的除夕，我是在我结的亲戚小航家吃的团年饭。小航的爷爷奶奶欢喜地忙里忙外，小航围着我转，因为知道我要去他们家过年，小航的伯伯和姑姑也回来一起团年，一家人难得如此热闹。大年三十下午我经过野三关和清太坪两个镇的时候，两个镇的党委书记钱才东和肖谨成都还坚守在镇里，在慰问困难群众，我很欣慰。傍晚在小航家团完年从野三关回宜昌老家的高速公路上，我们走了100多公里居然没有碰到一台车，白茫茫的高速公路宽敞寂静，就像是我们的专用公路，司机刘师傅说，这种感觉从来没有过，这种感觉很好。

接下来的工作重点就是抓干部作风和干部能力建设。我到巴东后第一次开人代会之后的第二天晚上就临时通知开常委扩大会，让全体乡镇党委书记和乡镇长列席，议题直到会上我才告诉大家：我出题，乡镇党委书记和镇长们现场作答。虽然形式上是突然袭击，但是我的出题内容全是乡镇党委书记、镇长平常最应该熟悉的工作。我给乡镇党委书记提了三个问题：你2012年党建工作准备抓哪几件事？你所在的乡镇2012年经济工作的重点是什么？你今年准备怎样抓你所在乡镇的信访工作？问题一个个地问，每个问题由四个党委书记随机作答，答到第四个人就换下一个问题，这样的抢答设计便于让党委书记们保持紧张感，避免挨到后面答问题的吸取前面作答的经验教训可以答得更好。提问镇长的则是固定的每个镇长必答的三个问题：按照乡财县管制度，你所在的乡镇离财政自给差距数字是多少？2012年开门红你所在的乡镇做了哪几项工作？效果如何？这种临时考试，考的是干部平时学习、思考、积累的水平。结果是整体情况不理想，书记中有个别出色的，整体一般；镇长中只有个别回答问题到位的，多数慌不择言，显示出情况不熟悉，思路不清晰，重点不突出，整体水平差。乡镇党委书记、镇长属于一个县的大员，就是这样一个状态和水平，这就是当时巴东干部队伍的基本写照了。我最后给当晚这个特殊的座谈考试做了一个点评，要求大家要有学习的状态、思考的习惯、担当的勇气、务实的作风。

从那以后，我改变了县委中心组的学习制度，以前每两个月一次的县委中心组学习都是外请党建专家来讲课，我决定从下一次开始每次安排一个乡镇党委书记或乡镇长以及一个县直的局长讲一课。党委书记、镇长和局长们的讲课顺序由抽签决定，每一次的讲课主题由县委确定，题目和内容讲课者自定，讲课内容录像制作后在县电视台播出，是骡子是马拉到全县人民面前让老百姓看看。我想通过这种制度设计倒逼乡镇党委书记、镇长和局长这些重要干部学习思考，提高水平。在调动县级领导的工作和学习热情方面，我制定了"四大家"打通分工，以及每月最后一天召开"四大家"联席会的制度，县委、县政府、县人大、县政协"四大家"32个领导坐下来认真分析盘点这个月完成的工作，大家一起摊到桌面上亮出自己做了些什么事，会议制度规定"四大家"联席会上除我最后做总结以外每个人发言不得超过5分钟，让大家的状态、能力、水平互相有个比较和促进。对于普通干部的作风建设，我布置成立了"五个严禁"办公室，安排一个快要退休的铁面干部县政协副主席谭庆山同志担任办公室主任，公布监督举报电话，他还经常带队暗访，查处普通干部工作时间中午晚上饮酒、打牌赌博、对人民群众办事吃拿卡要等恶习。谭庆山同志老当益壮，状态很好。一度，只要他一脸严肃地走到哪个单位，哪个单位的领导和办事员就像碰到黑猫警长一样紧张，生怕被暗访出什么问题。从人民群众来电来信反映干部作风问题的密度和网上论坛留言看，老百姓对这项工作是认可的，而且充满了期待。

在严管干部的同时，我也在经济发展指标上给全县干部松绑减压。在我去巴东之前，2010年底的恩施州综合目标考核结果，巴东县的经济发展指标增幅（GDP增幅和财政收入增幅）高居恩施州8个县的第二名。没新企业和新项目，增长何来？当时巴东县的本级财政收入只有3亿元出头的样子，可是在2010年财政年底关门的最后一天，居然入税6000多万元，不排除这里面有真的该收的税，但是在这一天这么大规模的入税，明摆着多数是列收列支的空转。前任县委书记和县长为了在换届之年有亮眼政绩作为提拔的资本，"灌水"也是拼了命。可是后人还必须要保持经济增长，除了加快发展项目，给各级干部施压报数字也几乎是必然选择。前面的乌龟爬坏路，后面的乌龟跟路爬，后人大概也不会觉得继续这样做有多少道德压力，"一级压一级，压出生产力"曾是那个年月有些干部挂在嘴上的正面经验。我在去巴东的第一年年底，就在县委常委会上统一思想，财政据实关门，不灌一分钱的水，这一点我一直坚持到在巴东执政的最后一天。

5

　　回到人民群众中间去，最重要的是站在人民群众立场上想问题，集中力量解决老百姓最关注最头疼的问题。我抓住了两个全县老百姓最关注的痛点——出行难和办事难。针对老百姓出行难，我把到巴东后的第一年确定为"交通建设年"。我下大力气争取省州交通部门的支持，集中全县的资源狠抓交通基础设施改善，那段时间几乎每两个月新开工一段主干道的改造加宽和刷黑升级，双神线、太溪线、巴野线、大清线、巴鹤线，五个大段覆盖了397公里巴东南北大通道，趁着"交通建设年"的年味浓，我提出的"三横一竖"的"丰"字形交通大格局在两年内初步形成。针对老百姓办事难的现象，我探索设立行政时钟，实行"限时办结、超时默认"的制度。巴东对已经纳入县、乡、村三级政务服务机构且审批权限在县级及以下层面的行政审批服务事项，按照循序渐进原则，逐步实行"限时办结、超时默认"制度。第一批将林木采伐许可证、村民宅基地审批及初始登记、食品药品流通许可证等人民群众很关注、很恼火的事项纳入"限时办结、超时默认"事项进行试点。凡是无正当理由超过承诺时限不能办结的，县政务服务中心予以确认为"超时默认"，并自然赋予申请人相应的许可权利，同时按情节对经办人、分管领导、主要领导追责。在我下决心动真过硬处分了一个超期办理服务事项的林业局干部之后，行政时钟的作用开始充分发挥，干部对于来办事的老百姓，别说吃拿卡要，就是拖拖拉拉都不行。

　　然后是保障社会治理中群众的参与权、知情权，让老百姓真正"当家做主"。在精准扶贫中，精准识别是第一关。如何精准识别"谁穷、谁不穷、谁真穷、谁最穷"，群众心中有杆秤，朝夕相处的乡里乡亲最有发言权。贫困户的精准识别与评定，从过去的村党支部村委会提出名单报乡镇政府和县政府认定，改为全体老百姓集体讨论确定。针对巴东大山区"看山跑死马"的实际，为了方便老百姓，确保每家每户至少有一人到现场参加，我根据小时候在农村生活的体会探索了"屋场院子会"的开会模式，我亲自设计了屋场院子会"八步走"的开法。全县12个乡镇所有村组以屋场院子为单位，共开了5000多场会，到场的老百姓共12万人。大家集体当面锣对面鼓评定贫困户，从会议通知记录到会场签到记录，从群众发言记录到最后公示记录，全部有档案，可追溯。所有流程公开，在全体群众"眼皮子底下算账"，精准程度大幅提高。全县的屋场院子会核查调出建档立卡贫困户5780户14017人，重新调入建档立卡贫困户5810户14752人，收集村民意见建议近6万条。2016年1月16日，中央电视台《新闻联播》以6分多钟的时长报道了巴东的精准识贫屋场院子会，刷新了整个湖北省《新闻联播》的单条时长纪录。习近平总书记在中央扶贫开发工作会议上讲："要同群众一起算账，要群众认账。"我可以自豪地说，这一点巴东彻底地做到了。其实，要真正做到这一点并不容易，动用大量的人力、占用大量的时间还在其次，最重要的是当官的有没有彻底地、真正地面对全体老百姓的勇气，有没有面对过去可能的失误甚至错误的勇气，有没有面对可能爆发的复杂矛盾的勇气。这件事我是想清楚了的，"打墙不坏头一板"，精准识别这一关不过硬，后面的精准扶贫举措都是瞎扯，所以就算有再大的困难我也要推行到底。我亲自带头，到茶店子镇的教场坝村三组实地参加那里老百姓的屋场院子会，老百姓当着我的面吵了大半天，我就自始至终坐在老百姓中间见证，最后终于吵出了结果，3名本来不穷却在贫困户名单里的人被拿下，5名原本不在贫困户名单里的真正的穷人进入了贫困户名单。

我很自豪的一件走近老百姓的事，是信任人民群众，赋予全体老百姓公开评价干部的权利。干部的表现好不好，民心是杆秤。一个干部只有群众说好才是党组织信任的理由。有些干部只看领导脸色、不看群众需求，只联系上级、不联系群众，对其工作评价也是年终由领导说了算，形成领导认为好、群众感觉差的状况。我在巴东的探索是县委委托第三方独立开展民意调查，通过移动、电信和联通三家公司，将全县所有群众的电话号码采集进了数据库。第一批群众评价干部的电话访问随机打出去48000个，有效接通了28000个。这次的民意调查针对乡镇党委书记和乡镇长，分别问老百姓5个问题："1.你找你们乡镇书记（镇长）办事，或者听说别人找他办事，他的态度好吗？2.你对你们书记（镇长）在给你们解决实际困难方面还满意吗？3.你们书记（镇长）经常到村里或农户家走访吗？4.你感觉你自己的生活水平这两年有没有提高呢？5.你见过或者听说过你们书记（镇长）插手工程项目建设吗？"这5个问题分别对应"德、能、勤、绩、廉"五个考核维度，老百姓不同的答案对应相应的分数。群众的眼睛是雪亮的，只要基数够大，结果就一定是公正的。调查结果出来与我平时掌握的情况基本一致，信陵镇综合排在第一，这个镇的书记、镇长平时在对待老百姓的态度上、作为上确实是不错的。巴东把民意调查满意度作为组织评价考核干部表现最重要的指标之一。县委出台制度规定，在可比较范围内，对群众满意率排名后20%的单位不得评先表模、领导干部不得提拔重用，就算你有再高的学历，有再大的领导为你打招呼都不行，用这条制度卡死群众评价不好的干部的晋升之路。对民意调查满意率达不到60%，群众意见较大的领导干部必须作调整。

　　这是一个倒逼干部眼睛朝下的探索，效果是积极的。曾有一次我中午从绿葱坡镇路过，给镇党委书记田恒勇打电话约一起吃午饭，顺便听听他最近的工作情况，竟然被他不假思索地拒绝了，原因是他约好了下午2点去枣子坪村开群众会，不好跟群众爽约。我后来在大会上表扬他，他在接电话的瞬时反应是选择去赴人民群众之约，而不是留下来陪我这个可以决定他升迁命运的县委书记。这就对了，我们共产党的执政伦理是为百姓执政，我们是人民公仆，既然是仆人，就该看主人的脸色。主人有时可能没法选择仆人，但是至少让主人有实实在在地评价仆人的权利，让主人可以给那些不顾主人感受的恶仆差评，通过影响这些恶仆的晋升之路来逼着仆人看主人的脸色。我这个尝试是想试着在管理干部上靠制度设计，不靠道德号召。我感受很深的是在对各级领导干部的要求中都强调了"不得买官卖官"，可是为什么还是有那么多人买官卖官呢？我想是因为制度方面的不足让他们可以卖可以买。手握重权的领导一言九鼎，点谁是谁，收钱又是私底下一对一，只要谨慎一点巧妙一点，被发现的概率其实不那么高，能卖为什么不卖呢？想当官的下属只要搞定个别主要领导就可能升迁，能买为什么不买呢？不靠制度，只靠道德上的号召，反而像是在提醒某些人，让他们明白原来官是可以卖、可以买的。巴东当时的这个实践，至少往前走了一步，就是在我们还做不到让民众把他们认可的干部推上去的情况下，至少可以从制度上让群众把他们不认可的干部拉下来。让那些老百姓眼中"莫名其妙"的干部买官不那么好买了，也让想卖官的县委书记官不那么好卖了。

6

除了走地面的群众路线，我还带着全县干部走网上群众路线。十几年前在清华的课堂上，胡鞍钢老师曾预言，下一步拉开贫富差距的元凶将是数字鸿沟，也就是老百姓跟信息社会的接驳度。回到基层，我感受到老师的预言确实变成了现实。偏远贫困山区对信息社会的无知、无视，不断在拉大山里山外的距离。认识到这个问题后，我和县委班子谋定而后动，在清华大学和中国社会扶贫创新协作办公室的帮助下，通过信息化在巴东实现了"农民办事不出村"。巴东山高路远、地广人稀，最远的村离县城250多公里，一个来回需要花2天时间，群众进城办事难的问题曾长期被百姓诟病。从2013年4月开始，巴东县将推进"农民办事不出村"信息化项目作为突破口，让农民足不出村，即可办理与生活密切相关的各种政务类、商务类等服务事项。自2014年起，在这个信息化平台基础上，运用"农民办事不出村+"理念，增加了金融、电商等多项服务功能。2015年7月7日开始，巴东每月选择一个偏远村庄举办"农村信息赶集"活动，编发农村"扫网盲"读本，并将"农民办事不出村"服务平台和一家电子商务平台的资源进行整合，打造成集实体网店、信息发布中心、特色农产品销售于一体的新型信息服务中心。我辞职之前，巴东已在260个村（居委会）建成"农民办事不出村"信息化项目，26个部门100个审批服务事项授权村级受理，累计办结行政审批事项3.67万件，承办商务服务近7万件，使42万名农村群众从中受益。

2014年4月，巴东的"农民办事不出村"信息化项目引起了中央高层的重视，中央党建工作领导小组办公室周新群处长一行专程来到巴东考察总结"农民办事不出村"的经验，回去后不久印发了第22期《党建要报》，刊登了《让数据多跑路，让群众少跑腿——湖北巴东利用现代信息技术实现农民办事不出村》，时任中央政治局常委刘云山同志在专报上做了大段批示。随后中宣部新闻局组织《人民日报》、中央电视台、新华社、中央人民广播电台等主流媒体组成新闻采访团来巴东实地采访，在巴东多个村子采访了整整三天。特别巧合的是，中宣部新闻采访团结束采访的日子正好是5月10日，这是一个全体巴东人都特别敏感的日子。五年前，邓玉娇正是在这一天把她手中仇恨的刀子捅向了两个官员，导致一死一伤，随后在全国网民的关注下以"民杀官的烈女"轰动全国，甚至可以说是轰动世界，"巴东"两个字随之传遍世界。当时的巴东县委、县政府忌讳说"邓玉娇"三个字，管这个案件不叫邓玉娇案件，而是叫"5·10"案件。5月10日，过去是巴东的伤心日。五年一个轮回，巴东在五年后的5月10日这天终于以正面形象登场。很快中央电视台《新闻联播》加《焦点访谈》播出《湖北巴东：农民办事不出村》，新华社发出通稿《湖北巴东：政务服务送进村，农民办事不求人》，《人民日报》在第六版要闻版头条登出《小山村通了信息高速路，湖北巴东农民办事不出村》，让这个尝试真正成为全国乡村治理的典型经验。

在村庄开通网络的基础上，我决定在全县开展新时期的扫盲运动——扫网盲。从2015年7月7日开始，每个月逢日月同数的这天，在一个偏远村庄举办农村信息赶集，每一次我都到场参加。说到赶集，大家的印象就是老百姓背着农产品，手揣毛毛钱或者块块钱，在集镇上沿街为市卖东西买东西。农村信息赶集则是在偏远村庄的村委会旁边的空地上，一字排开摆上8到10个竖立2米高的大Pad，我们在现场教老百姓学会用Wi-Fi上网，给大家派发由我来担任主编的《巴东县农民扫网盲读本》，教农民学会上网，学会通过网络了解山外的信息，学会通过网络买东西卖东西。全县有条件的村委会都开通免费Wi-Fi，接入名统一都是"gongchandang"，我想让老百姓知道，是共产党在给老百姓提供信息基础设施，让山村封闭的老百姓跟上互联网信息社会的步伐。一个难忘的尴尬细节是那年底我在州里工作汇报会上讲到巴东正在推行的乡村信息化建设，说到在偏远山村开通免费Wi-Fi，接入名就是"共产党"的拼音，当时就被主持会议的时任州委主要领导打断："等你到了中央再用这么大的名字吧！现在你还用不起！"满座哗然。不过，这件事在基层老百姓那里是满堂彩，每一次信息赶集都是偏远乡村的盛大节日，附近村子的老百姓摩肩接踵来赶集，每次现场都达数千人。2016年6月30日，中央电视台为庆祝建党95周年拍摄的大型专题片《筑梦路上》播出收官的第31集，题目是"决胜小康"。在这一集的开头习近平总书记关于扶贫的讲话之后，从第五分钟开始，第一个例子，就是巴东的农村信息赶集下乡惠民。坐在电视机前，我忍不住热泪盈眶。这意味着巴东这几年在基层党建上的探索，已经写进了党的历史，我作为一名县委书记，作为党派到这里的代表，没有辜负党的重托。

除了教农民上网，我还不惜羽毛带头做人民群众喜欢的"网红"。巴东地处偏远，重峦叠嶂，地无三尺平，发展工业空间有限，农业也只能靠特色农业，但是巴东地处长江三峡的巫峡口，大山大水孕育着大美，这里千年文脉不断，是土家族苗族聚居地，民族风情浓郁，发展生态文化旅游是一张绝对的"好牌"。旅游是注意力经济，必须向外界宣传推广，否则无论你多美，孤独地美着也是不行的。为了节约宣传成本，同时考虑到宣传效果，我自己出镜录MV演唱用于巴东旅游推广的县歌《美丽的神农溪》，这首歌原打算请一个知名歌星来唱，4分钟，对方要价20万元，我让旅游局长去讲价，讲不下来，我有点心疼这钱。电视台台长刘波说："在神农溪听陈书记跟艄公对过歌，陈书记唱歌还不错，又有知名度，要不请陈书记唱个试试。"到底是非专业，我在录音棚录这首歌的时候有一个音唱破了，不过录音师说破了正好，书记为旅游代言，重在参与，嗓子越破越接地气。MV放到网上，一个晚上的点击量就达到了15.5万次，这是一个一般的二线歌手都难达到的点击量。后来我又和清华校友策划翼装飞行世界杯巴东分站赛，自己上阵持"秘境巴东"的旗子直播从3000米高空跳伞，宣传巴东的奇山异水。这些举动给我个人带来一些争议，使我被媒体称为"网红官员"。相比实实在在的宣传效果，我个人的那点毁誉简直可以忽略不计，人民群众是喜欢的。后来每逢假期，神农溪、巴人河等各主要景区爆满，所有停车场完全塞满之后，公路上还停了几里路。很多干部加班加点搞服务，大家乐此不疲。一个典型的例子是2016年5月茶店子村有个农民新开的农家乐，曾一天接待了300多名游客，收现金12500元，他们家除盐和味精之外，食物全是自家产的，纯收入应该在60%以上，他们一家忙到很晚收工的时候，这个农民数着数着钱就哭了，幸福地哭了，因为他活了大半辈子都没想到会有今天。

　　我在巴东的这些探索和实践，收到了意想不到的效果。我在巴东执政的后期，全县的民风相比最初出现了几乎180度的逆转。"干净、自强"的巴东精神深入人心，信访量断崖式下降。我走之前，巴东共举行了17次不同偏远乡村的信息赶集，每次我都一定到现场，每次都有上千名村民参加，最多的一次现场达5000人。现场极偶尔也有老百姓向我反映情况的，但更多的是老百姓争着和我握手，围着我照相，无论老少，大家都叫我"甲哥"。几乎每一次都会有好多老百姓把他们的孩子塞到我怀中，让我抱着他们的孩子照一张相，说是好鼓励孩子将来好好念书。有意思的是，民风变了以后，当年在某些干部眼里的刁民好像一夜之间都变成了我们的朋友。有一件典型的事最能说明这一转变：2015年12月11日，巴东发生一起协警持枪意外伤人致死案件。经微博报料，当天各大媒体云集巴东，一些媒体直播翻炒，给事态带来舆情发酵的险恶态势。这次事件被很多人认为比邓玉娇事件更敏感、更有炒点，可能很难收拾。但是我们只用了两天时间，就完完全全地妥处。在省有关部门的事后总结报告里，有这么几句话："所幸巴东县委书记陈行甲同志政治形象清廉，在巴东民间和舆论场凝聚了广泛的正能量。'相信陈行甲、相信巴东政治生态'成为本次事件的'压舱石'，帮助公众回归理性，而不是瞬间否定，为事件平稳处理赢得了宝贵的时机。"

7

我在巴东的5年多时间，对巴东干部的最大影响是扭转了全县基本的政治生态。我到巴东之初就在大会上对着台下的干部，也通过直播的镜头对着全县的干部群众说我不会收大家的钱，我甚至在我的宿舍外安装了摄像头，告诉大家在非工作时间我不会在家里接待干部。

可是很明显大家不相信县委书记会真的不收钱。年底春节前仍有一些干部试图给我送钱，而且还是我认为能力很强的综合素质不错的干部。这是尤其让我难过的地方，就是大家已经不相信了，就像不相信猫儿不会偷腥一样不相信县委书记会真的不收钱。我听县委办公室的同志跟我讲，过去的县委书记和县长办公室有一道特殊的风景线，就是只要一进入腊月，各乡镇党委书记、乡镇长还有县直各局的局长就开始络绎不绝地来找县委书记、县长汇报工作，大家在县委书记或县长办公室对面的秘书办公室排队喝茶等候，每一个等候的人都知道这屋子里的人是来干什么的，彼此心照不宣，一起喝茶聊天气氛十分融洽自然。然后大家逐个进书记或县长办公室"汇报"一两分钟，"汇报"内容不过是奉送一个信封，送的不脸红，收的更不脸红。至于单个信封的厚度，在我后来抓了那么多干部之后，根据他们的交代可以看出信封里面内容的进化轨迹，2006年底给书记县长拜年的信封里装的还是5千元，2008年底就有部分干部上了1万元，到了2010年底，可能考虑到2011年是换届之年，信封里面的厚度升级，有部分干部送的信封里数额开始上升到2万元。事实上，这还不是买官的钱，大致可以理解为保官的钱。其实这些进入腊月到书记县长办公室外面等着进去汇报一分钟献上信封的，还真的只能算是和书记县长关系一般的干部，真正关系好的干部是在大年二十九或三十那天翻山越岭驱车几百里赶到时任书记县长的老家一起团年的，这样的干部不在少数。通常是书记县长在邻县老家的春节团年饭要摆好几桌，接待这些"忠诚"的部下来"朝拜"。那么一般的党委书记、镇长和局长们是否可以不送呢？据我观察，过去送的应该是多数，不送的是少数。有一个退居二线的局长后来跟我倒苦水，说他曾经有一年春节前后家里有事，忘记给领导拜年，结果等到正月初五在街上碰到了主要领导，他主动跟领导打招呼说新年好，领导笑眯眯地跟他说了一句"你的年过得很好嘛，忙得没看到人啊"，吓得他赶紧回家准备了1万元，当天晚上送到这位主要领导在巴东的宿舍，领导笑眯眯地收下了，他才算心里踏实了。

我后来在2015年春节前的人代会闭幕式上透彻地谈了这个问题，按照以往惯例，讲完就由县委办公室整理出来挂在网上。因为说了很多人想说又不敢说的话，这篇讲话很快"火"了，微信朋友圈很多人转发。

关于春节前工作安排，我给全县干部提四点要求：一、深入做好干部结穷亲活动（内容略）。二、切实抓好安全生产（内容略）。三、扫干净，摆整齐，守规矩（内容略）。四、过好"廉"关。春节将至，迎来送往、拜年送礼的高峰时节也将来临。按说中央八项规定、省委六条意见、州委四个不准都已明令再三，可是为什么很多人还会为"拜不拜年，送不送礼"纠结呢？这说明在这些明令下面还有很深的潜规则。今天，我想就这个问题跟大家谈谈我的看法。

我到巴东来的第一年春节，曾经有个乡镇党委书记正月初二给我打电话，说已到了宜昌我家楼下，想来给我拜年，我当时说谢谢，电话拜年就好，面就不见了。随后该同志又发短信，说就给我带了两只腊蹄子，就表示个心意，而且已经这么远来了，希望我体谅。我当时就回信"心意收到，东西就不用了"。事情的结果大家也可以想到，这个同志肯定是扫兴地回去了。而我呢，一天都在纠结：大过年的，人家这么远来了，饭都没请他吃一口，礼数不到啊；再说我其实很喜欢吃腊蹄子，就算接受他几只腊蹄子也不是什么了不得的事吧？而且不是说"水至清则无鱼"吗？你搞得这么拒人于千里之外还有谁愿意靠近你呢？结果果然如我所担心，这个同志随后见到我就有些尴尬和隔膜，虽然工作很努力，但是很少到我办公室汇报，也几乎没跟我交过心。今天这个同志就坐在下面第一排，你的工作、人品我很欣赏。但是我知道你心头也许有个没放下的包袱。

还听说一件事，前年腊月二十九或是三十，我们有个局长驱车到县外给领导拜年，回来高山冰雪，险遇车祸，据说当事人后来跟人说起历险经历时还差点落泪。你说当天要真出了事，这算个什么事儿啊？

有的人可能把春节视为融洽上下级关系，沟通联络感情，结"兄弟"、拉"圈子"以期得到提拔重用的机会。有的人本不愿送礼，但担心不拜年送礼会被视为另类，更担心"送了未必能看出效果，但不送立马就有后果"，自觉不自觉地加入到送礼的队伍中。还有的人"过去年年拜年送礼，今年突然不去了，总觉得欠了人家什么"，同时又担心"你不送别人送，自己不是吃亏了吗"。有些人还可能把送礼当作与领导关系的试金石，比如一个送礼者同时给书记和镇长拜年，书记没收，镇长收了，送礼者就会想，书记是不是不信任我？看来还是镇长把我当兄弟，今后就站镇长一边吧，对书记可要防着点儿……这些送礼心态我可能还没说全，大概人人共知的"潜规则"就是这么来的。

以我个人的经历来看，潜规则并没在我身上产生作用。我过去在宜昌得到提拔重用，从来没有给宜昌的历任书记、市长和组织部部长送过一分钱。省委把我跨地区交流到巴东，三年多来我也从没给恩施州的书记、州长、组织部部长送过一分钱。而且我以后也不会送，一是我没有送钱的动机，我从兴山县高桥乡下湾村三组走出来，能当个县委书记已是祖坟冒青烟，官当到多大算是大？以我这点底子，能当这么大的"官"，太够了！二是我也知道，就算你想提拔送钱也不顶用，踏实工作才是正道。

我今天和大家谈这些，是希望大家都放下这个沉重的包袱。我和艳平同志深入沟通过这个问题，我们有决心有信心带好巴东的风气！大家想啊，如果我不收，艳平不收，书记县长都不收了，那么你给别的领导送钱干什么呀？有什么用啊？

我要跟大家说明的是，我也不是一个"不食人间烟火"的人，同事、朋友之间正常的人情往来我也常有。来巴东三年多，我赶过20多个人情，同事的红白喜事我也去过，一般是200元至500元，只上过一次1000元，就是畜牧局长覃业东同志突然去世的时候，当时我非常悲痛。过去几年，我收到的最喜欢的礼物是才东同志的岳母给我送的一罐豆腐乳，我说这些的目的当然不是希望大家给我送腊蹄子和豆腐乳，我家只有三口人，多了我也吃不了。再说，今年过年的豆腐乳县政府办的田爱翠大姐已经说好准备帮我做了。中国是个人情社会，完全出于感情的人情往来是社会的黏合剂，是美好的。我想说的是我希望和大家有这种美好的、没有负担的交往。我现在欢迎大家用短信、电话给我拜年，特别提倡微信，因为微信不要钱；我渴望将来在我离开巴东、不"管"大家之后，有人上门给我拜年。到时候我一定会热情地拥抱大家，亲自下厨炒几个菜，我们一起小酌几杯。

希望大家把我说的话听明白，我们一起过好这个"廉"节！

有意思的是我在讲话中提到的政府办公室田爱翠大姐，那两天收到好多电话找她要豆腐乳，她开玩笑说"这下完了，光是买做豆腐乳的坛子我都要买穷了啊"。我离开巴东之后，几年里先后有七个巴东的干部在春节前后跋山涉水到宜昌老家来给我拜年，我兑现了当初大会上的承诺，亲自下厨炒菜，陪他们喝了几杯。

8

关于我在巴东和腐败分子做斗争的事，这些年老百姓以各种版本在流传，这大约说明了民心所向，反腐是老百姓认为绝对正确的事。回想起来，这场豁出去的战斗最胶着的时候，我在2015年3月2日县纪委全会上的那篇讲话是分水岭，这是我正面跟腐败分子团伙"亮剑"的标志。敌人的力量强大，我斟酌再三之后选择公开宣战，让50万名老百姓站在我身后。

这是一篇值得记录下来的讲话，过去多年，我仍清楚地记得当初在深夜的灯光下，写下每一个字时心中澎湃的愤怒与激情。

同志们：

下面，我讲三个方面的意见。

（一）不允许有令不行。（内容略）

（二）不允许"为官不为"。（内容略）

（三）不允许插手工程项目。今年，整顿工程建设领域秩序是县委拿在手上抓的一件大事。不允许领导干部插手工程项目建设，搞"暗箱操作"，谋取私利。今后，此类情况一经发现，一律停职接受调查。

去年9月，我和艳平同志带了70多人到宜都考察学习，宜都的工业好，我们学不了，我们主要看的是宜都的农业。站在八卦山顶，1.6万亩连片柑橘园尽收眼底，巴东在场的每一位同志无不震撼和折服。当时在发展这个项目的时候，宜都市整合了农业、林业、国土、水利和能源五个部门7000万元项目资金，现在十多个山头1.6万亩柑橘园内路相通、田成方、渠相连、旱能灌、涝能排，基础设施完善，建成了现代高效农业示范园，真正发挥了项目资金的作用。反思我们巴东，这些年我们花掉的国家项目资金共有多少个7000万？大家心里有数。可是我们有没有哪怕是一个像八卦山这样的项目？

我们的钱都到哪儿去了？！

给大家讲一个纪委去年查处的案例。东壤口镇小流域综合治理项目投资300万元，中标者田某交代项目前期费用就花了30万元，给时任镇党委书记送现金50万元，给具体负责该项目的镇党委副书记送现金20万元（此人没敢要，上交了镇政府机关），还给镇政府上交了20万元管理费。这才300万元的项目，送都送出去了120万元，多么的舍得！他还要赚钱，可想可知，真正落到工程建设上的资金有多少。这个项目的地址就在东壤口集镇旁边的山坡上，现在大家去看一看，哪里还看得出一丁点国家投过钱的痕迹？！

2月2日，省委第一巡视组开大会向恩施州反馈巡视意见，指名道姓指出巴东县工程建设领域问题很多，政府工程招投标严重不规范，有干部带薪离职插手工程，三峡后续工程中的项目有的未公开招标并全部转包。巴东看守所搬迁项目，国家下达的投资计划为2984万元，中标价为2932万元，最终结算价却增至近8000万元。

这种乱象不管怎么得了？今后五到十年，巴东后三峡时期的项目还有30亿元，国家还会有不少扶贫项目，那可是改变巴东贫困面貌的血汗钱啊！如果任由这些人恣意糟蹋瓜分下去，我们怎么对得起巴东50万人民，怎么向巴东的历史交账？！

有一个典型案例最能说明这一切，就是最近社会高度关注的平阳坝河堤工程。去年7月以来，我陆续收到不少群众举报，反映国家投资4500多万元的平阳坝河堤存在重大工程质量建设问题。老百姓的举报很详细，有图有真相。我抽了一个周末的时间，只带了办公室的一个同志，亲自到现场看了，感觉确实如老百姓所说。随后我签批到县纪委和公安局调查处理。案子的调查历时四个多月，过程很是吊诡。我认为吊诡的不是一些说情打招呼的情况，而是调查工作的举步维艰，似乎县纪委和县公安局经侦大队的一举一动、所有进展，被调查对象都一清二楚。在1月初公安局掌握确凿证据已经抓了几个人的情况下，外边居然还有人能买通看守的警员与其见面传信息！能量之大让人瞠目结舌。最后被调查对象坚定地认为是我县委书记个人坚持硬要抓他的，从而采取了很有"针对性"的措施。1月21日，案子初步收网，抓捕6人，包括后来被省委巡视组在今年2月2日全州巡视反馈会上点名、已在2009年拿着县医院开具的"完全丧失劳动能力"证明提前退休的公职人员"中标大王"。据说社会上对此案的细节传得沸沸扬扬。既然大家都在传，还不如我在这里说清真相。

这个案子我签批过两次，亲自督办过一次。过程中我是完全对事不对人。去年12月，在案子基本没有进展的情况下，我亲自听过一次汇报，那一次只有8个同志参加。会上我的确拍过桌子发过火，我说的原话是："面对这么明显的工程质量问题，如果我们几个部门联手都还查不出问题，那只能说明我们共产党的体制有问题！"后来证明我的原话居然也被传达给了被调查对象。

查办这个案子的过程中，我有压力，也有困惑。我收到过不少电话、短信以及传话，意思大概有三类，一是"遇事留一线"，"工程质量问题花点钱再把工程搞好不就完了吗"。二是"其实你住的地方我们知道，不要把这事闹得全县人民都知道吧"。三是办案过程中意外发现的"既然陈行甲想搞死我们，我们也要搞死他，搞不死也要搞臭他"，"我们到省纪委住着去告他"。这三层意思，我都不怕。虽然去年州委王书记在跟我做"落实两个责任"单独谈话时曾表扬我，说我身上充满正能量，当了三年多县委书记，极少接到关于我的举报。但是，我也不会爱惜眼下这身还算白净的羽毛。我不知道你们掌握了什么，我也不敢肯定我的言行没有瑕疵，但是我坚信我有一样东西你们不一定有，那就是"底线"！所以你们去"住到省纪委"告我的时候，可以告诉我一起去，我可以就你们举报我的每一件事情向组织说明。

有同志曾善意地提醒，说我的讲话"尺度"大，肯定有人听着不舒服。对此我是这样想的，既然50万名巴东人民信任我，省委州委信任我，还让我当这个县委书记，我该说的要说，我该做的要做。如果少数人心里有冷病怕吃稀饭，我说与不说他的冷病都是在那里的。也有朋友真诚地提醒我"收着点"，做人不要高调，说："又没人逼你，你自己何苦主动站出来做靶子？这简直就是作死的节奏啊。"但是，既然他们都把话说到这份儿上了，也算是在成全我了。我从小就有英雄情结，总梦想有朝一日白马轻裘仗剑天涯，去斩妖除魔惩恶扬善。这一次，虽千万人，吾往矣！

我在这里正告巴东那些"中标二王""中标三王"，你过去中的标还没做完的你好好地做，有任何质量问题政府和老百姓都不会饶过你的，平阳坝河堤就是活生生的例子。以后，老百姓传说的"即使是巴东街上拉板车的，只要搞定个把关键人，借个资质就能中个标"，"倒手就是钱，中个标就好像中一次彩票"，这种"好日子"一去不复返了！

我也要正告各种项目主要的业主单位：水利局、交通局、水保局、林业局、农业局、环保局、住建局、国土局、移民局、发改局、财政局、扶贫办、教育局、招投标中心……还有12个乡镇，你们这些局长、主任和书记、镇长，不要再在工程项目上想任何心思、做任何文章。在我们这样贫困的县，领导插手工程项目捞好处，就是在搜刮可怜群众的福利，用农村话说，是在"摁着叫花子拔眼屎"，怎么狠得下心？怎么下得去手啊？你必须明白，你的权力是公家的，你的位置是组织任命的，组织可以任你，也可以随时免你！

我还要正告32个在职的县级领导，大家在50万人中脱颖而出，身上有组织的信任、群众的期待、个人的汗水、家庭的荣光，走到今天不容易。我真心希望邓明甲是巴东走进监狱的最后一个县领导。

光辉同志在工作报告中已具体部署如何抓好工程建设领域的综合治理，两办也出台了《巴东县政府投资项目招标后设计变更及工程量增加管理试行办法》，请大家不折不扣地落实。在这里我要强调的是，各位主管领导千万不能迷信制度，制度是死的，人是活的。平阳坝河堤的一标在初查时完全符合制度，按公开招投标严格走了程序，但是在18个报名单位中，所谓的专家一审就刷下来13个单位，只有5个单位进入最后程序，开标后一、二、三名都是"中标大王"的队伍。纪委给我汇报这个情况的时候，我半天说不出话来。我宁愿被明火执仗地抢夺，也不愿制度的尊严如此被羞辱！在这些人眼中和手中，制度算什么？就是一纸空文，就是一个玩物，就是一个他们搞鬼的工具和在世人面前的遮羞布！很多时候道高一尺魔高一丈，如果"道"不跟着高起来，必然会群魔乱舞。这必须跟着高起来的"道"，就是监督，就是建设项目主管部门对执行过程的监督和纪委对他们的再监督。

同志们，党风廉政建设和反腐败斗争是历史的选择，是人民的选择，是党的选择，任重道远。我们必须"下定决心、不怕牺牲、排除万难，去争取胜利"！

那天的会议现场反应很特别，800人的会场座无虚席，我讲话的一个多小时期间，没有一声咳嗽声，气氛绷得很紧。当时坐在主席台下的乡镇和县直单位的一把手中，后来我亲自签字抓了9个。我的气势彻底震住了敌方力量，特别是我在大会上把州政府主要领导给我打招呼的原话说出来，就是不管不顾跟你们决一死战的架势了。面对我这样一个油盐不进且不按规矩出牌的对手，他们慌了神，很快溃不成军。

这场战斗，我和巴东50万名老百姓一起，获得了完胜。按规定副科级以上干部双规或者直接抓捕都需要县委书记亲自签字，一些社会影响大的商人要动的话也需要县委书记签字，那段时间前前后后我亲自签字双规或抓捕的官员和不法商人多达87人，直接牵连出5名县领导，还牵出了2名州领导。由于县领导由州纪委直接查办，州领导由省纪委直接查办，有很多案情是结案后才将跟基层相关的部分反馈下来，由基层处理相关后续事宜。我最恼火的是原县长刘冰和原县委副书记薛昌斗被抓获以后，交代出来现在还在巴东重要岗位上的给他们送过钱的领导干部多达81人。这些人按要求都必须处分，但是由于牵扯面太宽，我也要区分一下情况，这些人当初到底是被迫还是主动送钱，毕竟工作还是要有人干的，我也不可能一夜之间统统撤掉这些人。最后的处理办法是处分了一部分人，对情节相对轻微的人通过诫勉谈话的方式批评教育。

9

2015年5月21日，我在下乡时接到省委组织部干部二处凌慧敏处长的电话，问我在不在巴东，说要到巴东考察我，说得我丈二和尚摸不着头脑，细问才知道省委组织部确定我为"全国优秀县委书记"差额考察推荐人选，考察对象8人，最后确定约3人。两天后省委组织部正式来到巴东考察。考察组在考察之初先是给恩施州纪委交了个任务，"请你们帮我们挖地三尺找陈行甲的毛病。如果提拔错了一个人，还可以纠正；但是这次是20

年后我们党第二次评选'全国优秀县委书记'，荣誉太难得，推选这个先进典型如果推错了，可就丢整个湖北的脸了"。结果州纪委查遍了州纪委各室、州检察院、州信访局，居然没查到一封我的举报信。这个结果连州纪委陈江龙书记也感到吃惊，他说他才来半年就有人举报呢，而我当了三年半县委书记，而且也不是一个不得罪人的好好先生，这种情况的确罕见。考察组还特别征求了正在巴东巡视的省委巡视组樊仁富组长对我的意见，樊组长给我的评价是"一身正气、一身杀气、一身朝气，难得的基层老百姓认可的好干部"。8天后的5月29日，州委组织部周部长电话告诉我省委常委会刚表决通过，我正式入选湖北3个"全国优秀县委书记"之一，让我放下手头的事，马上准备2500字的材料，第二天下班之前要报中央。2015年6月10日，中组部正式公示"全国优秀县委书记"人选名单。有网友说，邓玉娇为巴东代言太久了，巴东终于可以换一个代言人了。

2015年6月25日，我在省委中心组学习时就"严以修身"做主题发言，在东湖梅岭礼堂，省"四大家"领导参加，所有的厅长在后面列席旁听。说实话那天我非常紧张，紧张倒不是因为在全体省领导面前发言，而是和我的人生偶像吴天祥老师一起发言。听吴天祥老师讲的时候，我忍不住热泪盈眶，再一次受到震撼和教育。我在发言中汇报了四点体会：做一个有信仰的人，我感觉活得才有力量；做一个干净的人，我感觉活得很轻松；做一个有爱的人，我感觉活得很幸福；做一个心存敬畏的人，我感觉活得才踏实。最后，我谈到一个县委书记就是党在一个地方的形象代言人，头顶三尺有党性，县委书记是干部群众精神的灯塔，行动的坐标，道德的尺度。

2015年6月29日，我飞往北京，上午到中组部附近的万寿庄宾馆报到。下午2点30分，中组部王秦丰副部长带队来住地看望我们102个即将受表彰的县委书记，然后分组召开预备会。30日上午，我们8点出发，9点来到人民大会堂，在西大厅列队等候时间不长，习总书记就健步进入了会场。我在第二排中间靠左的位置，我们第一排和第二排的代表都和习总书记及各位中央领导握了手。下午中组部安排我们到国家博物馆参观《复兴之路》展览，晚上我们全体受表彰对象一起到国家大剧院观看交响京剧演出。

2015年7月17日，省委书记和省长来到巴东，准备在巴东上船接待中央首长。在等候上船之前一个多小时，省委书记和省长，还有州委书记，我们四人在码头旁的小休息室里，话题基本上一直集中在我身上，能明显感觉到我的一些讲话和媒体对我的报道，省委书记和省长都认真看过。中间我几次试图把话题推到州委书记那里，但是总是刚推走又回到我这里。省委书记还问到我原来搭班子的县长被抓后现在的新任县长怎么样，问巴东现在的班子情况，然后意味深长地对州委书记说"如果我们要用，你可要舍得啊"，州委书记答"谢谢您！我们求之不得"，我赶紧在旁边补了一句："恳请省委给我时间，让我做一个名副其实的优秀县委书记！"随后首长的船就到了，省委书记和省长就上了船。

　　我不是一个善于揣摩领导心思的人，但是我也不是一个蠢人，省委书记那句话的含义我还是听进去了。晚上我回到宿舍，思来想去，虽然自大学毕业到矿山开始工作以来，我还从来没跟任何一个领导就工作讨价还价过，这一次我想还一次价了。我连夜给省委书记写了一封信，托留在岸上的省委办公厅副主任回去后转交书记。

　　尊敬的书记：

　　　　您好！

　　　　我怀着忐忑的心情给您写这封信。今晚您对我的鼓励，每一个字都刻在我的心里，我觉得我遇到了人生中懂我的恩师。"行甲身上能看到难得的理想主义。一个理想主义的人，目标不会那么具体，所以不会因为具体的目标实现了而懈怠，也不会因为目标没实现而气馁。这种人还是有目标的，他的目标其实只是自己的内心……"这会儿是深夜11点，回想起您的话，我止不住眼泪。我在很多人眼中是个不按常理出牌的人，其实我一直都是在听从自己的内心，我不敢奢求有人真的懂我，更无法想象有您这样一个大领导来真的懂我。

您跟州委书记说的那句："如果我们要用，你可要舍得啊"，我听见了。我知道那句话的含义，所以我跟您说："恳请省委给我时间，让我做一个名副其实的优秀县委书记。"可是在码头上时间太短了，我没能表达完整我的心情。

尊敬的书记，我想请求您给我时间，让我在巴东做到明年底换届。我热爱巴东，我还有很多想做的事情没做完，如果换个人来做，效果可能会打折扣。比如，我清华的老师王名准备发动清华教职员工助养巴东贫困儿童，这对贫困山区儿童的精神激励将是巨大的。首期50名清华老师已召集成功，一批很有影响力的老师加入，将于9月初开学时启动。这项活动如果没了县委书记是清华校友的身份，效果可能就会不同了；再如，巴东的农民办事不出村今年全面升级，通过乡村信息赶集，打造信息化新农村，这项工作有很强的我的印记，是一次乡村治理的有益探索，我真的想把它做得更好啊……

我在县党建工作会上谈学习习总书记"心中有党、心中有民、心中有责、心中有戒"的要求时，深入讲了我的理解：我们党员干部要做到心中有戒，先必须心中有止。止是上限，戒是底线，没上限的人往往没底线。请您一定要相信，我给您提这个请求不是矫情，不是欲擒故纵，我是真的对仕途前景心中有止。我宁愿我的行政生涯顶点就是县委书记，我想把它做到极致，特别是这次意外地得到这么重的荣誉之后，我更有理想做一个名副其实的优秀县委书记，不负苍生，不负本心。

陈行甲

2015.7.17

10

在巴东工作后期，我在和州委州政府个别领导的工作交往中遇到了一些挑战。我多年都有写日记的习惯，巴东5年我写了20万字的日记，对遇到的这些挑战和我的应对都有详细记录。行笔至此，我曾犹豫过要不要把这些经历写出来，但是仔细思考后决定不写。因为在我辞职之后，这几个人已经受到了组织和法律的严肃处理，我不需要再去证明其中的是非曲直，而且在我看来这些挑战根本不能和我来巴东之初所面对的困难相比。有了当初重重压力下身陷抑郁症而又逃出生天的经历，我的心大了许多，可容人容事的空间也大了许多。

那段时间，我时常去巴东县城背后的大面山顶，长江最大的急转弯就在大面山脚下的巫峡口。从山顶俯瞰，滚滚长江从天边奔涌而来，遇到大面山的阻挡向右急转弯90度进入西壤口，然后在不远处的官渡口转入开阔平静的江面。站在长江三峡的巫峡顶，我想起了唐德刚讲的"历史的三峡"。历史如此，人生何尝不是如此呢？大自然的鬼斧神工其实隐喻了我们的人生，一个追求理想的灵魂就像奔向大海的河流，路途注定是艰难曲折的，但是只要向着大海的方向不变，最终就会绕过那无数的漩涡和暗礁，奔向一马平川东流入海。在巫峡云巅的山顶，我悟到了自己应该怎么做。要解决看似复杂难解的问题，不能停留在问题产生的层面来求解，因为如果在这个层面有解的话问题就不会产生了，我必须提升维度来思考和谋划。把人生长河看远，把个人名利看淡，许多问题迎刃而解。

我最终的选择是在任期届满后辞去公职，然后以一个普通共产党员的身份上书中央，反映基层一些行政文化的弊端，而且写出我的思考和建议。这项工作必须是纯粹的、无所顾忌的，半遮半掩就没有任何意义。所以我只有在彻底辞去公职的情况下，才能证明我做这件事的纯粹，也才能实现这件事的纯粹。做出这个决定时，爱人跟我提到了谭嗣同，我觉得我比他幸运得多，他选择牺牲生命来证明和实现一件事情，而我并不需要牺牲肉体的生命，只需要牺牲世人眼中的政治生命而已。而这种"牺牲"，对我来说并不存在。我从下湾村出发，人生起点低至尘埃，从来没有想过要当多大的官。整个从政生涯，每一个岗位我都只是当成一份必须做好的工作而已，也得到了服务过的老百姓的认可，我可以没有遗憾地转场。此时辞职简直有点像是就着河水来洗船，是顺顺当当的事。一是我没有对不起老百姓，我并不是一时兴起扔下老百姓不管了去奔自己的前程，而是自然而然地干完了一整届，就好比是陪着自己的亲人走了人生中的一站路，我到站了，该下车了；二是也没有对不起党组织，我尽心尽力踏踏实实地完成了党组织交给我的任务；三是我多年来都有从事公益的理想，原本想退休之后从事公益事业的，现在不过是在自己年富力强还充满激情和创造力的时候提前开始，在公益领域以一个普通共产党员全心全意为人民服务的努力，让党的阳光在弱势者那里引发更多的光合作用，不是很好吗？当你真正把一件事情想得澄澈透明，你甚至会觉得整个宇宙都在帮你论证这件事情的合理性。我非常崇敬管理学家德鲁克，看过他的很多书和文章，尤其喜欢他的那一篇《管理自己》。德鲁克讲到人生就好比一场足球比赛，也可以分为上下两个半场。足球比赛上下半场分别是45分钟，而我任期届满的这一年，正好就是45岁。那段时间正逢周有光老先生在112岁高龄仙逝，互联网上有很多纪念他的文章，其中一篇的题目是《这位112岁的"汉语拼音之父"走了，他一辈子活出了别人几辈子……》，这个"几辈子的感觉"，极大地鼓舞了我。如果说人生好比爬山，上半场这座山，我已经到达了山顶，已经没有遗憾。假如命运给我机会让我把过去的岁月重过一遍的话，我确信不能做得更好。当跑的路我已经跑尽了，所信的道我已经守住了，这场美好的仗我已经打完了，而且胜利了。人生下半场，我可以轻装上阵去爬另一座山了。

定下来这个方案，我在离换届还有8个月时就开始行动，给省委主要领导写了一封信，表明了自己在任期届满后辞职从事公益的愿望，希望不给省委在市县换届人事安排时带来被动，算是跟省委提前沟通。在和省委沟通的8个月中，省委组织部主要领导和省委主要领导先后三次跟我谈话，真诚地提出挽留，但是我最终坚持在2016年底和新任县委书记完成交接后辞去了公职。辞职后，我以一个普通共产党员的身份给中央写了一封信，在信中我跳出了和州委州政府个别领导的个人恩怨，主要写了我这些年在工作中感受到的基层行政文化存在的问题，分析了这种行政文化产生的土壤，提出了我的思考和建议。薛澜老师亲自指导我字斟句酌地修改，他说："行甲你没有给清华丢脸，我为你感到骄傲。"

和巴东最后的离别是温暖的。网上巴东老百姓的留言铺天盖地，我珍藏了不少，后来投身公益后遇到挫折备感疲倦的时候都会找一些出来看一看，这于我有充电的功能。走的前一天我分别和新任县委书记单艳平和新任县长郭玲单独长谈，嘱托每一项我认为重要的工作。艳平说："跟在你这样一个'全国优秀县委书记'之后做县委书记，我是有压力的，但是我会把压力变作动力。请你放心，你定下的'干净自强'的巴东精神永远不会变。"郭玲是女性，所以比较感性，眼里一会儿就有了泪光。她说："我不知道您将来去哪里，去干什么，但是请您记住一句话，无论在哪里，您一定要好好的。您只有过得好，才会让我们这么多崇敬您的人看到这个社会的光明和希望。"我笑着说："不要说得这么伤感，我一定会好好的。"

2016年12月1日晚上，我一个人在宿舍收拾好在巴东五年零两个月的行李，然后沿着山城的百步梯走到县委大楼我的办公室，把母亲的遗像从办公室书柜正中间取回。到巴东的第一天我把母亲安放到这里，在母亲干净美丽的目光中，我度过了丰富踏实的五年。离开前的最后一天，是时候再把母亲抱走了。回宿舍的途中我反抱着遗像，让母亲的面容紧紧地贴着我的胸口，又想起了母亲最后说的那句"甲儿，带妈回家"，眼里不禁有了泪水，但是心中充满了力量。第二天早上6点，我和司机两人在黑蒙蒙的天色中上路回家，路上越走越亮堂。早上9点，我通过好朋友一诺的微信公众号在朋友圈发出《再见，我的巴东》，向50万名巴东老百姓道谢并道别。

附：再见，我的巴东

就要离开巴东了，心里有太多不舍。窗前是夕阳下西壤口远山的轮廓，连绵起伏若波涛，就像我此刻的心绪。五年多时间，似乎一晃就过去了，有很多的话想说，又不知从何说起。

来巴东之前，我生命中和巴东只有两次交集。一是小时候11岁之前，在兴山县高桥乡下湾村长大，那里离巴东县边界的白湾村只有十几里路，我知道姨妈就嫁在巴东县一个偏远的村子；二是十年前从宜昌坐船到重庆，曾经在烟雨蒙蒙中经过巴东，同行介绍巴东县城旁边的巫峡口就是5元人民币背后的图案。

2011年10月9日，接到省委组织部通知要来巴东工作。"巴东"两个字遥远而模糊，我只能通过网络来了解我的新家。至今仍记得最初在百度键入"巴东"之后给我的深深震撼。在悠久的历史和美丽的风光背后，邓玉娇、冉建新这些名字，把"巴东"两个字牢牢地链接在大量网络负面信息中，夹杂着怨气、戾气，汹涌扑面而来。

我用了一周时间全面地搜索巴东，了解巴东，我的笔记本上记满了整整十页，人未到，心已先至。2011年10月15日，我离开宜都，踏上巴东的土地。我带着沉重的责任而来，带着深深的担忧而来，带着满腔的热情而来。

2011年11月，第一次登上大面山，在漫山红叶簇拥的轿子岩上，远眺穿越巫峡从天边奔流过来的长江，心里涌起莫名的感动，想起了泰戈尔的那句"这是最最遥远的路程，来到最接近你的地方……"我觉得我在这里找到了"自己的门"。

那天晚上，我写下了来巴东后的第一首诗：

终于，我来到这条河流，
穿过斜阳，穿过密密的山林，
我看见了你，
在红叶尽处，你孑然而立，
这就是梦中遥远又清晰的你吗？
你在这里默默地等候了多少年哪？

亲爱的，我来了！
我找到了你，就在今生！
我要告诉我前世的前世，
我们已经在今世相遇；
我要告诉我来生的来生，
因为爱，我愿意做一块幸福的石头……

这些年就这么过去了，此刻，我觉得我就是一块幸福的石头，在生命中最好的时光，落到这里。清晨在云雾霞光中醒来，白天在大山大水中穿行，傍晚在船笛灯影中漫步，入夜枕着阵阵涛声入眠。回望在巴东的每一天，都是幸福。

用最简单的词汇来表达此时的心情，就是

"感谢"。

感谢巴东50万名父老乡亲，感谢你们的接纳，让我在第一时间就感觉回到了故园。我在巴东的10多万名穷亲戚，虽然不为你们直接服务了，但我还会牵挂你们，还会尽力为你们做一些事情。

感谢我的同事们，感谢你们的支持，县委这几年每年确定要干的几件大事都得到大家的拥护。希望你们将来念起我时，能体谅、忘记我的严厉和苛刻。以后我不再是你们的领导了，但我还是你们的微友，你们的笔友，你们的球友，你们的驴友。

感谢我苍老的亲亲姨妈，妈妈生前最牵挂最心疼的大姐。还有我的三个表哥，你们在偏远的村子里默默地劳作生活，这些年，你们从来没找过我，没有让他人知道你们是县委书记的至亲，哪怕姨妈病重到县医院来住院，都没有让我知道。

感谢众多的网友，感谢你们满怀热情的鼓励、监督和批评，其实这几年我一直和你们在一起。我在论坛有ID，名字是五个字（别猜，管理员也不知道那是我哟），偶尔也发过言，参加过讨论……也要特别感谢石头、虫子、小只只，你们爱之深，责之切，一直坚持从批评角度发声，对我的工作是很好的帮助。

最后感谢默默奉献、支持和服务巴东乡村公益的王名老师、濮存昕老师、狄森、邓飞、袁辉、陈静小师妹、李杰大哥、鹏飞、安玉、周健、米燕……以及所有长期或短期，有名和无名的支持者。你们不图名不图利，对弱势者充满悲悯，并付出满腔热忱，你们的精神和情怀温暖着这方仍然贫瘠的土地。巴东五年，与你们为伍，也让我时时直面来自草根的真正的自己，深深感受到服务于草根才是我一直追寻的幸福。

我在巴东所做的工作，自己最满意的是和大家一起凝练了"干净、自强"的巴东精神，并带领大家一起身体力行。我不敢说自己不负苍生，但我敢说自己不负本心，敢说自己是个不收钱的县委书记，敢说自己已经拼尽全力。

我最遗憾的是，近五年来，巴东的产业发展一直步履艰难。这几年我们用力最大的生态文化旅游业直到今年才算是真正地起势了。去年底和今年启动的几个大项目——国网光伏扶贫、高铁小镇、长江盈彩水岸让我们看到了曙光，但实施过程中困难不会少。我的后任同事们，你们带领全县乡亲们脱贫奔小康的任务还很重。

艳平既勤奋又正直，郭玲有情怀有担当。相信我的后任同事们会比我干得好。相信未来的巴东一定会政治生态山清水秀，社会生态山清水秀，自然生态山清水秀，是长江边上最干净最美丽的小城，是一个外地人来了都不想走的地方，是一个生活在这里的人们都感到幸福的地方！

　　"轻轻的我走了，正如我轻轻的来；……我挥一挥衣袖，不带走一片云彩。"再见了，我的巴东！天空中没有翅膀的痕迹，而我已飞过。此去经年，山长水阔，你在我的心里，在我的梦里。

第七记

你好，
我的下半场

为众人抱薪者，不可使其英名消逝于风雪。

为大众谋福利者，不可使其后辈困顿于荆棘。

英雄为我们，我们为英雄。"传薪计划"，用传薪者的信仰守住抱薪者留给世界的温暖。我们的承诺刚刚开始。

读书，带我去山外边的海。

1

　　决定投身公益后，我就在细细地思考和谋划我该做什么样的公益。多年农村基层工作让我切身感受到在一个转型的时代，一些底层的人民群众承受着与他们的付出不对称的冲击。一度贫富差距拉大是不争的现实，广袤的乡村里，一些老人、妇女和孩子在无奈地承受着贫困、病痛和孤独。对乡村社会发展中的这些难点、痛点，党和政府尽了极大的努力，情况在不断改善，但是要根本上解决问题也非常需要社会力量的广泛参与，公益就是其中最重要的渠道。过去我们讲到公益慈善，就想到富人对穷人的救济，乐善好施的富人被人们尊称为善人，他们开粥铺、办学堂，接济穷人。传统的公益机构就是讲好穷人的故事，向社会展示穷人的苦难，从而博取富人的同情，为穷人捐生活费、学费、医疗费等。这种公益也很好，但是很难从根本上解决社会问题，因为社会上需要帮助的人太多了，靠这样一个一个晒穷晒惨博同情的方式筹钱去帮是帮不过来的。蔡康永曾在《奇葩说》里讲到他捐钱之后的无力感，他说"因为我知道这个我给过钱的乞丐明天早上还会来这里"。常言道，授人以鱼不如授人以渔，我希望尝试着去做授人以渔的公益。那么社会最需要公益人去探索的"渔"是什么呢？

近些年，精准扶贫是我国重要的国策。以习近平总书记2013年在湖南省十八洞村考察时提出精准扶贫这个号召为节点来统计，2012年底中国的贫困人口是9899万人，经过全社会的努力，这个数字到2018年底变为1660万，2020年底按照党的十九大报告的部署整体上完成了告别贫困的任务。那么我们国家近些年那么多贫困人口的致贫原因是什么呢？根据国家卫健委（当时的卫计委）和扶贫办2016年6月发布的数据，中国贫困人口整体上最大的原因就是因病致贫，这个比例高达42%。在巴东县，根据精准识别贫困户过程中一家一户数出来的数据，这个比例是48.7%。对老百姓来说，大病的灾难性花费，已经是一个广泛而沉重的社会问题。如果不能消除因病致贫这个罪魁祸首，尽管2020年底国家让数千万人都脱了贫，那么之后也还是会有人源源不断地因病返贫。仅以癌症为例，我国癌症的平均发病率约为278/100000（2018年中国癌症协会统计数据）。按平均比率来算，近几年9000多万脱贫人口中，每年新增的癌症患者将会达到近30万人。一个残酷的现实是，越是贫困的人口，由于医疗服务水平相对较低，小病变成大病的概率越高，患癌症的比率会更高，事实上每年脱贫人口中新增的癌症患者不止这个数。如果找不到因病致贫的规律性解决办法，对他们的医疗保障水平不跟上，这些人注定会返贫。

我在深圳创立了恒晖公益基金会，最重要的初衷就是做公益社会实验来帮助寻找因病致贫社会难题的解决办法，这就是我反复思索后认定的"渔"了。在这条探索的路上，我遇到了三位志同道合的公益伙伴：在北大读书期间不幸罹患白血病、康复后创立了志在帮助白血病患者的北京新阳光慈善基金会的刘正琛，中国社会科学院健康业发展研究中心副主任、国家医疗保障改革重要的智库专家陈秋霖，著名的癌症科学家和科普作家、深圳市拾玉儿童公益基金会创始人李治中，我们共同发起了公益项目"联爱工程"，愿景就是"联合爱，推动因病致贫从现代中国消失"。我们四个人中两人毕业于北大，两人毕业于清华，而且后来推算我们四个人曾经21世纪初同时在清华园和燕园待过，或许当年校园中匆匆擦身而过的白衣少年就是彼此，只是当时我们都不知道。"联爱工程"愿景中"联合"两个字，就是取于我们四个人共同的母校——抗战时期的西南联合大学的校名，我们希望秉承母校"刚毅坚卓"的校训，为国家做一些事情。

通过广泛的调研，我们看到我国医疗保障制度还有可以进一步完善的地方：这些年我们国家的医疗保障虽然已经实现了广覆盖，但是整体上还是处于保基本的水平；欠发达地区对于重大疾病的治疗能力薄弱，使这些地区的大病患者被迫背井离乡到大城市求医，额外加重致贫负担；对于过度医疗等痼疾，缺少有效的控制和管理；缺少科学透明的方法评估新药，导致很多新药纳入医保目录不及时。

　　除了政策性医保，商业保险能多大程度上解决因病致贫问题呢？目前医学发展迅速，越来越多的癌症患者生存期得到延长，需要长期治疗，但是一旦被诊断为恶性肿瘤，理赔一次后，商业保险就不允许患者继续投保了。至少在现阶段的中国，指望商业保险解决因病致贫问题很难。那么除了医保，现阶段公益慈善组织能在多大程度上解决老百姓的因病致贫问题呢？目前国内的医疗类公益项目多数是通过向社会筹款给患者资助治疗费用。慈善组织一般来说资源有限，极少有机构能一年筹资超过1个亿的非定向资金来资助患者。即使有1个亿，慈善组织也只能每年为1000名大病患者提供每人10万元的资助，但中国如今每年新增的癌症患者就达到400万人，其中的贫困人口比例是很大的，靠慈善组织一个一个去展示他们的苦难向社会筹款是不可能帮得过来的。这些年我们也看到有少数患者通过轻松筹等互联网平台能募集到几十万元的资金，但其原理是利用朋友圈筹款，个人能力越强、朋友圈的实力越强，越容易筹款。一个报社记者的妻子患白血病可以一夜时间筹齐60万元，但对于那些最需要帮助的贫困者，他们的朋友圈实力都弱，筹款效果很差，事实上75%的患者三个月筹款量小于1万元。没有资源的患者，只能用"出位"的方式博得媒体关注和报道，所以一些印象中只有旧社会才有的极端悲苦的表达方式在我们的现实生活中时有出现，"女大学生卖身救兄""中年汉子卖妻救女"，为了博关注求得捐助，一些弱势者在更彻底地放弃尊严来求生。

所以，现阶段仅仅靠商业保险、靠慈善救助、靠自己求助，都不可能从根本上解决因病致贫的问题。一个更加完善、高效的国家医保系统，才是解决因病致贫这个社会痛点的最公平、最根本的办法。

"联爱工程"的逻辑是，我们国家太大了，贫困人口太多了，疾病种类太复杂了，所以我希望选一个"小国家"——一个400万左右人口的贫困地区地级市做试点，以一个社会痛点难点疾病——儿童白血病为试点病种，通过对这块试验田里所有儿童白血病的兜底治疗来做一次公益社会实验，在数据和实证的基础上为国家探索因病致贫的规律性解决办法。"联爱工程"的目标是为国家做一个医疗保障领域的"小岗村"，帮助国家试错。就像40年前的农村包产到户，那时的中央层面不可能贸然宣布农民包产到户，但是，安徽凤阳县小岗村的那18名农民可以试。医疗保障领域太敏感了，国家层面来试错是试不起的，因为一旦失误代价高昂，但是草根公益组织可以试。如果失败了，也就是几个草根公益人失败了而已；但是如果成功了，就有可能对国家产生意义。

"联爱工程"以"消除因病致贫，让每个白血病儿童获得90%报销比例"来破题，以广东省的贫困地级市河源为试点，联合政策内资源和社会力量救助，消除儿童白血病的因病致贫。更重要的是，借此机会在试点区域内开展医疗服务能力提升、药物评估等工作，探索出一整套基于实证的工作流程、工作方法，以期推广到其他的疾病领域、地域、年龄段。我们在河源成立了三个中心：患者服务中心，致力于服务患儿和家属；优医中心，致力于提升贫困地区对于重大疾病的治疗能力；卫生技术评估中心，致力于用独立公正透明的第三方卫生技术评估的工具、流程和方法，推动药物政策的完善。患者、医生、药物，这三个方面的规律找到了，因病致贫的规律性解决办法就找到了。

三年多时间，"联爱工程"在河源取得了不小进展。对河源本地超过120名儿童白血病患儿补充报销了430多万元，将患儿的目录内报销比例从60%左右提升到90%；为患儿和家属们提供了政策咨询服务、医疗信息服务、预防感染知识培训服务、心理支持服务等系统的社工服务；支持骨干医生到广州的中山大学孙逸仙纪念医院培训，帮助河源市人民医院建立了儿童血液科，实现了河源市儿童白血病治疗能力从零到一的突破。这对河源白血病患儿意义非凡，以前河源的孩子患了白血病只能去广州治疗，而广州各大医院的儿童肿瘤科一床难求，最长要等两个月，现在本地能治就不用跑广州等床了。另外根据公益实验的调研发现：一个患了大病的孩子，如果本地不能治而被迫去北上广等大城市的话，他花在病房里的费用和花在病房外的费用几乎是一比一。以白血病患儿为例，吃药打针做手术要20万元左右，路费、住宿费、吃饭的费用和误工费也要差不多20万元。今后，河源的孩子，这笔钱可以大幅降下来了。2019年10月9日，河源本地治疗的第一个白血病患儿顺利结疗出院。

在河源实验期间，"联爱工程"委托北京大学公共卫生学院和复旦大学公共卫生学院，对儿童白血病临床使用广泛而又不在医保报销目录内的两种贵药（培门冬酶、伊马替尼）进行了独立公正的卫生技术评估，然后组织独立的专家组对评估结果进行评审。这一系列的流程记录和结果，"联爱工程"都书面报告给了国家医疗保障局，并当面向国家医疗保障局副局长陈金甫和三位司长汇报了"联爱工程"卫生技术评估的思路和方法。2018年10月，国家新纳入医保目录的17种抗癌药中，就有培门冬酶。针对费城染色体阳性儿童白血病的伊马替尼也在2019年8月被纳入了国家新一期医保目录。仅以培门冬酶为例，每年大约有8000名新增患者需要服用该药，纳入医保目录后每位患者的治疗费用将节约30000元，每年为全国患者节约总治疗费用2.5亿元左右。"联爱工程"不敢贪天功为己有，说这两种药被纳入国家医保目录就是我们做的工作。但是，我们可以自豪地说我们的实验思路和实验成果得到了国家相关部门的肯定和采纳，这对我和我的团队是一个巨大的鼓舞。

　　"联爱工程"我会扎实地做下去，下一步我会在做好河源项目的基础上，尝试着在时机成熟的时候去做病种上的扩展和地域上的扩展。这种探路式的公益，不是一个简单活儿。它既需要有对当前社会各阶层的深入了解以及对弱势群体的同情关怀，又需要有宏观的视野和广泛的资源整合能力，还需要有一个正直的、值得信赖的公众形象。更重要的是，要有耐得住寂寞、愿意扎根基层一步一个脚印去做的状态。而这些恰恰是我在长期的基层工作中一点一点锻炼和积累起来的东西，所以我觉得自己是做这件事的合适人选。谋划"联爱工程"的时候我就在想，如果我不做，那么谁去做；如果现在不做，那么什么时候去做呢？

2

在我的公益人生之初，我就遇到了一个贵人，他的名字中还真的有一个"贵"字。

2017年5月6日，我在微信朋友圈发出文章《你好，我的下半场》，辞职半年之后宣布在公益领域复出。朋友圈的力量果然强大，很快，5月中旬，在我仍然处于转换跑道的忐忑期时，中兴通讯公益基金会的杨文忠老师通过朋友联系上我，专程到我在深圳国际公益学院的办公室交流了两个小时。随后，中兴通讯公益基金会的谢怡秘书长又和我通过电话取得了联系，谢秘书长邀请我到中兴通讯做客访问，对此我欣然应允。来自中兴通讯这种大企业基金会的正反馈成为我下半场最初的几缕阳光之一，对我意义非凡。十年前我在内地做开发区副主任时，带队到深圳招商，曾通过在深圳市委工作的老乡帮忙联系，到中兴通讯参观学习过，深知中兴通讯在深圳乃至在全国的分量。

5月23日下午，我打车到中兴通讯大楼，这座我十年前就来瞻仰过的国家科技创新的"灯塔"。车子快到楼下的时候，谢秘书长给我打来电话："陈老师，您走到哪儿了？我们侯总想要亲自见您。"在那一瞬间，我突然脑子有点短路，侯总？哪个侯总？稍微发了一下愣，我马上请求确认，谢秘书长明确地答复："就是中兴通讯创始人侯为贵老总要亲自见您！"

几乎是放下电话的同时，车子也到了，杨文忠老师等在大楼门口热情地欢迎我。我一边跟文忠老师寒暄着跟他进大厅，一边快速地在头脑中闪回。侯总，侯为贵老总，这个深圳的城市英雄，这个远在天边的传奇前辈，我马上要去见他吗？这是个什么情况啊？在这之前，我对侯总的了解仅仅是知道他创建了中兴通讯，我曾读过一篇文章，讲述他带领的中兴和任正非先生带领的华为"相爱相杀"30年，共同成就了中国通信领域对西方世界的追赶和超越，记得那篇文章用武侠世界里的西门吹雪和叶孤城来比喻这两位巨匠……幸福来得太突然，可是我还没准备好啊，不，是完全没有准备啊！

要感谢中兴大楼严格的安检登记程序，这中间耗去了五到十分钟，给了我紧张的打腹稿的时间。上到会议室楼层，谢秘书长在电梯口等我，这是一个清爽、干练、亲和的大姐。握手时我注意到谢秘书长胸前挂着的工号牌上的数字是127，中兴有8万多名员工呢，这个号，代表她是一位不折不扣的元老啊，这就是和我通话中一直称呼"您"的中兴通讯公益基金会秘书长吗？那一刻我又恍惚了一下。很快，我们来到了会议室，迎面走过来一位清瘦矍铄笑容满面的老人，是的，我在网上见过的，这就是传奇前辈侯为贵了！

说老实话，我经历过太多的讲话和会面，层次高的低的，场面大的小的，太多了。可是，从来没有哪一次像这一次这样极其突然而又极其重要。万幸，那天的汇报是成功的。我讲了整整半个小时，那几分钟的腹稿，让我迅速整理了一下孰轻孰重，孰详孰略，我用大约5分钟时间说了一下我过去的背景，20多分钟时间汇报了一下我未来想做的事。从侯总专注的眼神和慈祥的微笑里，我看到了希望。果然，侯总在我汇报结束后，对我愿意献身公益表示了赞赏和鼓励，对我的公益社会实验的想法做了点评，特别提出了两点建议。最后，侯总明确地表示，我的公益社会实验，中兴通讯支持！

很难描述那一刻我激动的心情。送别了侯总，谢秘书长把我留下来，和团队一起直接开始同我商量接下来中兴通讯怎么支持参与我的公益社会实验了。这就像是一个贫穷的小伙子仰慕一个美丽富贵而又才华横溢的姑娘，好不容易有机会路过时进门表达一下倾慕之情，根本不敢有什么奢望。没承想撞见了这家的大家长，关键是大家长还看上了这个穷小子，甚至越过了考察、说媒、提亲等阶段，直接表态准备将姑娘嫁给他了。

接下来，我开始仔细打磨我们的计划。谢秘书长和中兴通讯公益基金会团队成员同我们紧密衔接，经常性电话会议沟通，每月召开一次工作碰头会。7月15日，我们和中兴通讯公益基金会、山东大学医药卫生管理学院、复旦大学卫生管理学院、白血病华南协作组负责人一起，在河源召开了"联爱工程"启动工作座谈会，并就提升河源白血病医疗水平进行了现场办公。8月15日，针对河源白血病患儿的救助工作全面开始。9月15日，我们和中兴通讯公益基金会一起前往河源，与卫计、社保、医院等机构召开专题会议，推进各项工作具体落实，并与河源市人大张文主任深入座谈，交流项目进展。有了中兴通讯这种量级的大企业在经验和资金上的加持，"联爱工程"迅速从最初的概念设想落地为实实在在的工作。

现在回过头看，我第一次和侯总见面那天给侯总汇报的想法，其实还只是一个粗浅的轮廓。到现在我仍然不是特别确定我何德何能，能够进入侯老前辈的"雷达"视野并最终得到他的认可与支持。一个是目光如炬，开疆拓土，功成名就，德高望重的工业界传奇人物；一个是刚刚转场公益，虽然充满热情，但毫无经验，在很多人眼里甚至是有点像堂吉诃德的愣头青，这两者怎么会有交集？我曾经不止一次地想过这个问题。我想除了我的幸运，侯老的以人为本的人文情怀也许是这个问题的答案。因为以人为本，他对自己的要求特别高，以70多岁的高龄仍然努力工作，而且眼光超越企业本身；因为以人为本，他能理解弱势群体的痛苦和无助，深知企业的社会责任和标杆意义；因为以人为本，他能超越世俗的光环，给我这个后生小子如此关键的扶持。和谢怡大姐以及后来接任她的中兴公益基金会的秘书长胡丽等中兴通讯同事们的交往，也让我看到侯老前辈这种以人为本的精神已经成为中兴通讯企业文化中耀眼的一部分。我很幸运自己成为中兴通讯的公益合作伙伴。

在三年多的公益实践中，我和侯总保持了每两个月见一次面讨论项目进展的频率。中兴通讯在支持我的公益实践三个板块中，最终聚焦于药物板块，也就是HTA中心（卫生技术评估中心）板块。侯总跟我说："行甲你有一定的公众影响力，为患者补充报销筹款，和为医生能力提升筹款，都比较容易向公众讲清楚，这两块你就向公众来寻求支持。推动药物政策完善这一块，因为HTA是一个新东西，是探索实验性质的，对公众一下子讲不清楚，这一块的钱，中兴通讯全部支持了。""联爱工程"评估药物的300多万元，每一分钱都是中兴通讯支持的。后来侯总根据工作进展，决定在中兴公益基金会成立HTA中心，在世界范围内招聘卫生技术评估专业人才，每年以数千万元的额度投入支持，除药物评估以外，扩展到对医院管理、医生行为规范和医疗政策完善的卫生技术评估研究。"联爱工程"的愿景就是希望能够形成解决因病致贫可复制的模式，因为侯总的宝贵支持，HTA中心这一板块率先开始了复制。

和侯总的交往中，我最难忘的是2018年4月17日，中兴通讯被美国作为中美贸易摩擦的桥头堡重击，举国震惊。侯总在退休数年之后以76岁的高龄连夜出征，他拉着行李箱在机场的背影被人拍到发在网上，我看到之后泪眼模糊。侯总原定于4月23日参加我们"联爱工程"的月度办公会，一起研究HTA中心工作的推进。我原以为发生了这么大的事，我们的会议肯定会被推迟，但是，中兴公益基金会第一时间给我反馈的意见是会议照旧进行。那天的会议结束后，侯总邀请我到他家做会儿客。车子行驶在大海边，车上除了司机只有我和侯总两人。侯总与我父亲同岁，海边金色的夕阳下，他的面容温暖慈祥。侯总跟我说："任何通往光明前景的道路都不是笔直的。你做的这些探索是有意义的，不要急，厘清头绪，一步步走扎实，每天进步一点点，每月进步一点点，坚持下去就好。"两年多时间过去了，每当想起侯总面临大事时的静气，还有他对我这个晚辈的谆谆教导，我的内心都充满了力量。

3

创立深圳市恒晖公益基金会之初，我把业务范围定为贫困地区儿童青少年的大病救助和教育关怀。大病救助这一块，算是从"联爱工程"起步了。贫困地区儿童青少年教育关怀这一块怎么做，我一直在打磨中。一次和好朋友李从文在深圳郊外爬山途中，谈起各自的成长经历，发现我们的过往是如此的相似。我出生成长于湖北省兴山县一个穷困的小山村，从文出生成长于湖北省通山县一个偏僻的小山村，30多年前的我们，共同经历过在绵延的大山中，在崎岖的山路上，在昏黄的灯光下，或放着羊群，或担着猪草，或抱着书本，想象着山外世界的样子。现在从文是一家全国业内知名的上市公司文科园林的创始人兼董事长，我算是深圳有一定影响力的公益组织负责人，同时是深圳400多家公益基金会的行业组织深圳市基金会发展促进会的执行会长。从文和我都是幸运的，我们通过刻苦读书考上大学，一步步穿越人生的山丘走到大海边。我们共同决定为和昨天的我们一样的今天广大山村里的孩子做些什么。

但是，具体怎么做才算是为山村的孩子们授渔呢？我一直觉得，改变贫困的根本渠道在于教育，在于教育给那些贫困孩子带来的希望感。我和从文算得上是"寒门贵子"，这些年人们不断在发出"寒门再难出贵子"的哀叹。中国发展研究基金会卢迈老师的研究显示，我们国家近年来贫困的代际传递情况仍然比较明显，底层25%的人群父代收入不高，把这个状况传递给子代的可能性是48%，也就是说有将近一半的可能性，穷人的孩子还是穷人，他们向上流动的通道是不畅通的。

贫困人口从社会底层往上升的通道越顺畅，社会才越和谐越有活力。我相信，教育是实现社会底层向上流动最公平、最有效的通道，阻止贫困代际传递的根本渠道只能在于教育。用社会实验的方式，探索为贫困地区孩子提供向上流动的通道，阻止贫困代际传递，就是我作为公益人该授的渔。2019年10月14日，班纳吉、迪福洛、克雷默三位经济学家因在贫困地区进行对照试验为减贫研究做出的贡献而获诺贝尔经济学奖，这对我有巨大的启示。

要搞清楚这个社会实验怎么做，首先要搞清楚现在的贫困地区儿童青少年在教育上最需要什么样的帮助。回望我自己的人生旅程，支撑我走到今天的根本力量在哪里？只有把这些捋清楚，才能把力量传递给和当年的我一样的山区孩子们。

30年前，中国公益的启蒙项目，也是最经典的教育公益项目——希望工程，通过向社会筹集善款，给贫困地区的孩子们筹集书本费、学杂费、生活费，帮助孩子们完成九年制义务教育，得到社会各界的广泛共鸣和参与支持。30年过去，现在国务院已将全国义务教育阶段所有孩子的书本费和学杂费全免了，这个需求基本上消失了；中国数以亿计的青壮年农民进城务工，主要目的也就是为孩子改善生活条件和学习条件多挣点钱。从整体上，农村的留守儿童也不那么缺一个月三五百元的生活费了（不排除极少数贫困孩子仍然需要，但是整体上这个需求已不强烈）；通过这些年各级政府对基层教育基础设施不断的高强度投入，即使是在偏远农村的小学很多也已经接入了网络，有了电子黑板等先进设备（我在黔东南州从江县西山镇顶洞村小学驻点调研，发现这里已经有了这些先进设备）。可是这些年贫困地区教育的客观条件大幅度改善的同时，是近些年重点大学里来自农村的孩子相对比例越来越小的无奈现实。我当年在清华读书的时候，学校还有近10%农村考来的学生，可是现在到北大清华，已经很难碰到农村来的孩子了。2019年一个河南农村的孩子捡政策的漏子上北大又差点被退学引起全国舆论轩然大波，就很说明问题。虽然客观条件越来越好，但是贫困地区孩子整体上的教育水平和城市孩子的相对差距越来越大是不争的事实，这其实是阶层流动上升通道变窄的信号。

那么问题出在哪儿？按照国际上通行的KSA教育理论，孩子的教育可以分为Knowledge（知识）、Skill（技能）、Attitude（态度）三个层面。K、S层面，现阶段的乡村教育一直能认识到培养学生工具理性的重要性，希望通过应试教育实现阶层流动。城市和农村用的是相同的教材，教学水平的差距如何弥补，可以探讨多种办法。但是在Attitude这个层面，城市和贫困地区之间有巨大的鸿沟需要去填补。

把Attitude简单翻译成态度，并不能表达其真实的含义。Attitude表示的是孩子通过审美教育获得的对于美好事物的体悟能力，通过开阔视野获得的对于世界的好奇心，通过梦想激励获得的对于人生成长的内动力。这些考试不考的能力，也是不好教的能力，往往决定孩子们通过教育这个通道来提升人生成长的效率和持续性。我的成长经历最能说明这个问题，曾经我童年时的人生目标就是当一个走村串户的木匠，因为山村木匠不愁吃不愁穿，走到哪里都被人需要被人尊重的生活，曾是我见过的最体面的人生。但是，小学三年级的一篇课文《在山的那边》，如远处闪耀着的微微的光亮，从此改变了我的梦想。想去山外边的大海看看，就成了一直支撑着我走出大山的梦想。这个梦想对于我人生的意义，就是一直在遥远的地方若隐若现，提醒着我，召唤着我，让我在漫长的求学生涯中保持了刻苦努力的状态。

在这方面，现在的贫困地区孩子和城市孩子比较起来面临巨大的差距。

实现这个Attitude教育的方式，主要是西方教育理论中的Liberal-Arts Education，通常翻译成博雅教育。城市里的孩子，由于老师的视野更开阔，知识储备更丰富，课堂里这种教育优势明显，课堂外家长的条件各方面都更好，还有博物馆、科技馆、图书馆，有动辄几百元一次的各种音乐美术兴趣培训课，有各种梦想体验的机会。农村没有这个条件，上面讲到的每一点，对农村的孩子基本上都是奢求。

我决定在贫困地区孩子Attitude的教育提升上积极行动。我设计了"童行中国·我要去看山外边的海"公益游学活动，和贵州省的共青团黔东南州委员会合作，帮助黔东南州山村留守儿童走出大山，到深圳的大海边来公益游学。我们希望通过这一项目，使社会意识到对于贫困山村的教育，审美教育、视野拓展、梦想激励等"软性实力"的培养不是奢侈品，而是必需品：通过带领贫困地区学生进行诗歌阅读，增强孩子们的审美体验；通过参观博物馆、科技馆、大学，让孩子们认识最前沿的科技成果，拓展他们的认知边界，丰富他们的知识结构；通过梦想激励挖掘和激发他们的内动力，为他们补上一堂缺席已久的"博雅教育第一课"，点亮山村孩子们通过读书获得人生成长的梦想。

2018年夏天，我和从文一起举办了第一次"童行中国·我要去看山外边的海"夏令营，把30名黔东南州从江县西山镇顶洞村和捞里村的留守孩子带到深圳的大海边，度过了快乐的一周。第一课由我来给孩子们讲。我给孩子们讲的是《山与海》诗歌赏析，我从《诗经》开始，按历史脉络，梳理了十首我认为代表着山与海的灵魂的诗歌，与孩子们一同赏析，体会诗歌的美好意境，希望对他们的学习、生活，甚至今后的人生成长有所启迪。

2019年夏天，夏令营正式更名为"梦想行动"，范围扩展到黔东南全州。我们通过团州委向全州的适龄孩子发起梦想征集，孩子们通过音乐、绘画、书法、诗歌、作文等一切他们喜欢的方式表达梦想，然后我们在2000多名参与表达梦想的孩子中选择了50名带到深圳大海边度过了充实快乐的一周。所有参加梦想征集的孩子都得到了一份礼物，就是我在《山与海》诗歌赏析课的基础上整理编写，人民日报出版社出版的《读书，带我去山外边的海》，还有一套精美的大海风景明信片。

2020年夏天，因为疫情影响孩子们不能来深圳，于是我决定自己去黔东南，把大海的气息，也把梦想的气息送到孩子们的身边去。我约上人民日报社会版的主编李智勇老师一起，在从江县西山中学旁边的山林田园边上，幕天席地，给孩子们开讲"梦想课堂"。寂静的村庄，葱郁的山林，绿色的田园，蜿蜒的小河，我仿佛回到了下湾村。那一课我讲得特别动情，我回到了我的主场。

4

创办"知更鸟计划"这个公益项目，源于一个叫小乐的孩子。2017年8月，一个朋友联系上我，说他朋友的孩子小乐陷入了困境，看我能不能帮助一下。小乐从小懂事，学习刻苦，成绩优秀，读高三上学期时不幸陷入精神困境，被诊断为抑郁症。在治疗和休学大半年之后，小乐坚持回学校参加了高考，仍然考出了高出一本重点录取线不少的好成绩，被一所211大学录取了。

但是小乐随后抑郁症复发，住进了医院。小乐是那种特别懂事的孩子，特别痛苦的时候想到了自杀，但是又担心爷爷奶奶和爸爸妈妈难过，逐一跟他们交流试图说服他们，万一自己挺不住，希望他们不要难过。家里人又是轮流陪小乐聊天，又是带他去任何他可能感兴趣的地方旅游，想尽了办法，濒临崩溃又束手无策。朋友找到我，是听他爸爸说小乐看过我的文章，有些崇拜我，或许我能帮忙想点办法。我二话没说答应下来。我当时马上和小乐父亲通电话，告诉他既然孩子崇拜我，那么他面向我的"天线"就是打开的，我一定能帮到他。

因为有过身患抑郁症而又康复的经历，我已经因病成医，那几年陆续帮助过好几个同事和朋友走出了抑郁。小乐这个情况，听起来就让人心疼，我甚至有一种责无旁贷的感觉。大约一周后，我就和爱人一起专门请假到了小乐住院的城市去看他。带着爱人的原因是爱人曾经陪伴了我从住院治疗开始到后面几年时间漫长的康复历程，她有经验。

那天上午小乐的父亲带着小乐到高铁站来接我们。

见到小乐的第一面，我就被这个孩子的面容震住了，这是一个多么英俊的孩子啊！一米八的身高，脊背挺直，浓眉大眼，清清爽爽，干干净净，英气逼人。小乐跟我握手说叔叔好，虽然礼貌地微笑着，但是面容明显是僵硬的，眼神恍惚不定。从那一刻开始，我就拉着小乐有些冰凉的手，一直到晚上9点多钟分开，基本上没有松开过。

我没有试着跟小乐谈心，因为我曾经患过抑郁症，我知道跟他说"你是有什么想不开的事吗，以及生活多么美好啊"之类的，是最扯淡最没用的事情。我详细询问了小乐最近的治疗状况，问他吃的什么药，根据我的经验对他吃的几种药的组合提出了建议，并且当着他的面和主治医生电话交流了药物方案，最后医生采纳了我的建议，调整了其中一种药物。

那天我拉着小乐的手在医院旁边的公园走了很久。公园里有一座13层的高塔，我们爬上了最高层。在塔顶的风中，我搂着小乐有些颤抖的肩膀，给他讲我当年在同一家医院住院时的情形，告诉他我那些年是怎么走出来的。在从塔顶往下走的过程中，我感觉到了小乐的手开始湿润，那是小乐在不停地出汗了，然后小乐的手慢慢地变得有点温热。晚上吃饭的时候，小乐坐在我的旁边，我注意到小乐举起手机放在面前看了看，手机并没打开，我知道小乐这是在照镜子了。我和爱人彼此交换了喜悦的眼神，因为我们知道那是一种什么信号。

一周后我在无锡的太湖边接到小乐的电话，小乐告诉我他想出院了。听得出小乐的语气有一点轻松的喜悦，我问小乐"假如幸福指数的满分是10分，最低是1分，你现在的这个指数是多少呢？"小乐说是7.5～8分的样子，我说你可以出院了！然后我告诉小乐，今后任何时候，当你觉得这个指数低于6的时候，无论何时何地，放下一切事情，给叔叔打电话！

我到现在还记得当时放下电话时的情景，我在湖边泪流满面。后来小乐去大学上学了，总体情况还不错，但是也有一些波动。那一年多时间他跟我通过五次电话，有一次是在深夜11点多，那一次我们说了一个多小时。微信上我们也有不少互动，2018年我要把贵州黔东南山区的孩子带到深圳的大海边举办夏令营，我把备课方案发给小乐请他帮忙提意见，小乐不仅提了建议，最后还非常快乐地给我留言"陈叔叔加油"。那年春节期间，我还专门问了小乐爸爸小乐的情况，他爸爸说感觉小乐已经好了，学习生活都挺正常的。

噩耗是在2019年5月初传来的，朋友告诉我，小乐在4月17日走了，是在学校自杀的。放下电话，我难过得完全不能自已，怔在那里不知如何是好。打电话告诉爱人，爱人当时就哭了，她非常自责地说，为什么自己当初没坚持把小乐留在身边，她说自己只有一个儿子，本来就想多要一个儿子的，她又有照护经验，如果小乐跟着她一定一定不会发生这种悲剧的。朋友告诉了我小乐自杀前的一些细节，我深深地理解了小乐那一刻的绝望，他挣扎过，努力过，可是太难了，他最终还是决定放弃了。他曾经那么怕爷爷奶奶爸爸妈妈难过，他曾经那么热情地鼓励叔叔加油，但最终这些牵挂都没能拉住他。

那种深深的悲痛锤击着我的心，我决定要做点什么。我们的孩子咳嗽了，流鼻涕了，他们知道自己患感冒了，会跟大人说，要去看医生。可是，当他们精神上遇到困惑了，即使严重到了抑郁的程度，他们可能都还不知道这是生病了。家长们也是，以为孩子吃饱穿暖，学习进步，就万事大吉了，殊不知孩子们有着千奇百怪的成长的烦恼。前年上海那个孩子以百米冲刺的速度从母亲的车上冲下去跳高架桥的视频震惊了那么多人，可是我们有多少家长是和这个妈妈一样，在孩子已经濒临崩溃的时候仍毫无知觉呢？我们学校的老师们，除教给孩子们知识让他们考高分上好大学之外，有多少老师认识到孩子们的精神健康是一件多么重要的事情呢？我们的社会，什么时候能够把孩子的精神困惑当成和感冒一样的正常现象来平和地科学地对待呢？

我想发起一个公益项目，致力于帮助精神困惑的青少年。我希望联络专业的大学、研究所、医院，进行青少年精神困惑现象的科普；我希望和民政部门的困境儿童救助中心合作，为困境儿童提供专业的心理支持；我希望和全国相关的公益组织合作，共同推进对青少年精神困惑问题社会认识的提升。

我给这个项目起名"知更鸟计划"。我喜欢美国诗人艾米丽·狄金森的一首诗，其中有一句"假如我能够让一颗心免予忧伤，我便没有虚度此生；假如我能够让一只昏厥的知更鸟重回它的巢穴，我便没有虚度此生"，我希望能够和公益伙伴们一起，让更多可爱的"知更鸟"免予忧伤。

这个项目，也是为了纪念小乐。小乐，相信你在天堂已经变成了一只快乐的鸟儿。我记着你的话，叔叔会加油的。

5

我投身公益后，最难忘的是新冠疫情期间的特殊经历。2020年1月19日（阴历腊月二十五）我从深圳坐高铁返回湖北宜昌家中，想着和家人一起过一个祥和的春节假期，正月初五返回深圳。次日晚就看到钟南山院士确认武汉新型冠状病毒肺炎人传人的消息。1月23日武汉封城，次日湖北封省，29日，我居住的楼栋发现第一例确诊病例，就在我的正楼下，我们整栋楼被封闭隔离。我住的小区不大，短短一周时间就有了6个确诊感染病例和一些疑似病例。在疫情期间，我整整63天时间被封闭在小区里，其中有29天是封闭在自己家里，不能迈出家门一步。

1月24日大年三十，我在网上看到武汉各大医院急需防护物资的公告，24日晚上我作为深圳市基金会发展促进会的执行会长召集线上会长办公会，和同事们商量深圳公益人如何行动。1月25日正月初一上午，我们向全深圳基金会行业发起抗击疫情联合行动倡议，动员深圳的基金会参与湖北疫情的救援，当天就有30多家基金会积极响应。我们大年初一当天组建了深圳基金会联合行动小组工作群，短短三天这个群里的人数就达到了184人，基本上深圳活跃的基金会全部参与进来。深圳市基金会发展促进会的同事从大年初一开始就全员上岗来支持深圳各基金会的工作，帮助大家整理需求、对接资源、协调物流清关等事宜，通过信息共享和紧密合作帮助深圳的基金会在最短时间内投入到这次抗击疫情的工作中来。

那段时间的感受只能用着急来形容。武汉协和医院在省领导接受电视台采访说物资充足的当晚向公众发布"防护物资不是告急，而是快没有了"，那天晚上我像疯了一样到处发信息，希望能多少凑一点医用防护物资送到前线；2月3日以后到决定建方舱医院之前的那几天，微博上连续有一些肺炎患者求助信息@我，各种求助无门的人间惨剧让人不忍直视。虽然我隔离在家，但是我在湖北还是认识不少朋友的，官员、医生、记者，那几天我不停地骚扰这些朋友，希望帮助这些求助者连接资源，可是这些朋友在前线也是忙得一锅粥。看着生命之灯慢慢熄灭的过程，我近乎绝望地着急，有好几次彻夜难眠。我相信这也是太多湖北人那些天的感受。朋友圈不敢看，又不得不看，因为我还要做相关的公益工作。为防止传染，新冠肺炎患者死亡后家属不能告别尸体直接被拖往殡仪馆，女儿跟在车后哭喊妈妈的视频，我看到后整夜难以入睡；长江大桥头司门口没等到检测试剂跳桥自杀的老人，为了给家里减轻负担而跳楼自杀的感染肺炎的尿毒症患者，流落在街头不知往何处去的疑似感染需要被隔离者……特别是2月4日到5日，微博上一个全家三口感染的求助信息@我，说他们家头两天已经因疑似肺炎走了一个老人，另一个老人也感染危重又等不到核酸检测和住院。我辗转帮助他们联系医院，好不容易2月5日晚上老人住进了医院，结果我收到的反馈是"住进医院直接进抢救室，晚了……"看到信息我对着屏幕瞬间泪崩。那些天我经常会不由自主地流泪，那种锥心的疼痛，武汉人乃至湖北人都知道。

除了苦难带来的痛感，也有强大的力量感动着我，感召着我。成千上万个奔向抗疫前线的医护"逆行者"是我们这个时代的勇士，数千名医务人员感染，数十名牺牲，数字是悲壮的，画面我们都是隔着泪水看的。春节晚上军队和医院人员大规模往武汉进发，他们小跑着登机的视频看得我泪眼模糊，湘雅二院的男医生全部剃光头、女医生全部剪短发穿着纸尿裤出征武汉的画面看得我泪流满面，李文亮医生牺牲的那个晚上满屏悼念的烛火，钟南山院士镜头前强忍着又没忍住的泪水，还有千千万万普通人的大爱善举，太多太多的力量支撑我走过那段灰暗的时光。

虽然身在疫区，我从内心深处却没有怕过，从最开始的态势我就知道自己正在面对一场战争，怕，没有用。病毒疫情虽然严峻，它终究只是自然界的生物病毒，真正可怕的是人头脑中的"病毒"，就是对底层疾苦的置若罔闻，我坚信这种"病毒"注定会暴露出来而被清理掉。回头看那60多天，我正好完整地经历了重大灾害救助的四个阶段：紧急救援期、灾害中脆弱群体救助期、灾情恢复期、减灾备灾期。我做的事不多，但是麻雀虽小五脏俱全。作为完整地经过了这四个阶段的公益人，我的经历在公益领域有一定的代表性。

第一阶段是紧急救援期。恒晖那时成立还不满三年，还没有取得公募资质，但是我一刻都没有等。我利用这三年公益生涯中积累的资源，四处求助，为前线募集一些急用物资。我们共募集到118436个口罩、1438副护目镜、2000副医用手套、100台车载空气净化器、10000个防护面罩、500支水银体温计等物资送到武汉前线的7家医院。一周之后，开始有认识和不认识的朋友主动找到我，希望捐款给恒晖来支持抗疫前线。这种我们没有主动募集但是凭借信任而来的捐赠我们共收到91笔，共1307604.68元。这些朋友的捐赠恒晖支出了1312247.23元，总执行率100.36%，多支出的部分是用恒晖在疫情前收到的非定向捐赠支持的。每一笔钱怎么来的，怎么花的，恒晖做了详细的公示，向众多选择信任我和恒晖的朋友做了完美的交代。

第二阶段是灾害中脆弱群体救助期。当武汉滞留人员及社区保障状况引起公众担忧时，恒晖联合武汉多个一线志愿者组织共同发起了"春暖武汉"困境群体救援行动，旨在作为政府力量的补充，改善疫情期间武汉困境群体的生活状况。

第三阶段是灾情恢复期。恒晖联合澎湃新闻、上海沿海建设开发有限公司、赠与亚洲等支持单位发起"传薪计划"公益项目，为抗击疫情中牺牲的医务人员、解放军指战员、公益工作者、志愿者、记者、警察、社区工作者、基层干部等英雄的未成年子女提供0～22岁成长教育资金及公益陪伴活动，陪他们一起长大。我们希望通过这样的公益项目让英雄的名字不被时间的黄沙所掩埋，让英雄的精神在他们后辈的成长中延续。

第四阶段是减灾备灾期。阶段性战胜疫情后，如何防止这类灾难的再度暴发是重中之重。恒晖也在积极地和相关医疗企业以及公益实践地的政府部门一起探索和实验。

抗疫全过程的倾情投入，让我从公益事业角度收获了许多成长。恒晖在这场战斗中凝聚了991名铁杆志愿者朋友，恒晖在外围，志愿者在内线，我们无缝连接，打出了许多精彩配合。疫情期间我通过微博及时发布每一项公益行动，我的微博粉丝数从14万增加到36万，大家从我做的事中看到了透明有效的公益是什么样子的。

从家庭角度我也成长了。我每天坚持至少给家人做一顿饭，爱人说疫情期间我为家庭做的饭，超过了过去20年为家人做过的饭的总和。爱人在抗疫期间担任了我的参谋角色，全方位支持我，最难忘的是在我难过得流泪的时候她从背后给我的拥抱。从儿子初中毕业以后，我还从来没有和他一起待过这么长时间。疫情期间我和爱人、儿子多次促膝谈心，互相推荐喜欢的书籍，互相分享记忆中的点滴，分享对生活、学习和事业的感悟，我从来没有感觉到我们三个人的心这么近过。以至于3月底乘坐解封后的复工专列回深圳前，面对回京上学暂时无期需要继续在老家待着的儿子，我居然难过起来，继续留在老家陪伴儿子的爱人也红了眼眶。我知道这有些矫情，可是我明明确确地感觉到，经此一役，我们一家三口的感情升华了。

这一次的经历也让我悟到了公益组织在国家社会治理中的定位。面对重大灾难，最终解决问题绝对只能靠国家队。特别是在我们国家，在党委政府的强力领导下，集中力量办大事的能量和效率首屈一指。但是国家队好比体积庞大的列车，也有块头大辎重多的问题，面对突如其来的灾害，从启动到高速运转需要一点时间。而公益组织好比小电驴，我们有"小快灵"说动就动的优势。在疫情暴发初期，前线防护物资需求缺口爆发式增长，国家队一时不能立刻补上，此时公益组织就好比众多的小电驴，即刻启动奔赴战场，既帮助前线解决了不少实际问题，也抚慰了疫情暴发初期慌乱的人心。大约十天时间，国家队全面进场，前线防护物资的压力大有缓解，这个时候公益组织再继续参与抢购防护物资反而有哄抬物价的副作用了。大列车加速冲起来了，小电驴就应该让道，不宜为刷存在感继续挡在主道上了。

恒晖在疫情过程中就经历了三次冲锋和三次退位。最开始我们和大家一样扑上去四处募集防护物资，十多天后这个需求缓解，我们又发现了一个新的需求缺口。2月中旬，我们收到好几个外地援助湖北医疗队的求助信息，他们紧急奔赴武汉前线，直接面对病毒，工作风险高，时间又长，但是连续两周天天吃盒饭、方便面，连食品都无法很好地保障，担心身体扛不住，又考虑到武汉市政府那些天在忙着大事，不好意思向政府反映。于是我们迅速联系武汉本地的志愿者朋友帮助他们改善伙食，连夜筹集挂面、羊肉、饼干等物资送过去，第二天就联络爱心人士支持给他们开自助餐。后又发现他们春节后紧急出征武汉时带的都是厚棉衣，而那几天武汉气温升高，他们无合适的换洗衣服，我们又帮助给前线医疗队员支持轻薄运动衣等衣物，以及内衣裤和卫生用品等。这是那个阶段一个很普遍的问题，全国4万多名医学战士驰援武汉，他们需要吃穿等后勤支持服务。那一阶段，我们联络前线志愿者共对61支医疗队援助了食品、衣物、洗衣机、烘干机等后勤物资累计50余万元。大约十天后，武汉市政府腾出力量集中提高了医疗队的后勤保障水平。这时我们再退位，又发现了一个新需求缺口，那就是外地滞留武汉的流浪无着人员、滞留武汉的大病儿童家庭、福利院和社区的孤寡老人们这些疫情中的特殊弱势群体，于是恒晖和火星联盟、九枪卫楚等多支志愿者团队又联合发起了"春暖武汉"项目。在"春暖武汉"项目执行过程中，我们也及时地向政府反映我们看到的这些弱势者的困境，很快得到了政府的重视。于是"春暖武汉"在成功地执行完三期援助之后，再次安心地退出。

让我特别有感悟的还有我们和前线志愿者队伍的强连接。这是一场战争，而武汉封城之后公益组织无法亲临前线，战场上就近有我们的人，就好比我们有一只手在那里，这一点特别重要。我们在抗击疫情最紧张的时候，和志愿者队伍保持着24小时在线的强连接，彼此结下了深厚的革命友谊。抗击疫情后期恒晖专门制定了对志愿者进行支持的项目，给前线志愿者颁发感谢状，购买长期保险，并且研究了和这些志愿者长期合作的机制办法。

6

在抗击新冠疫情这场战斗中，最值得铭记的是众多抗疫前线的牺牲者。2020年2月7日，武汉中心医院眼科医生李文亮在抗击新型冠状病毒肺炎疫情的工作中不幸感染，经全力抢救无效去世，全国上下陷入震惊与悲痛，而他的两个孩子（一个5岁，另一个当时尚在腹中）同样令人牵挂。只有29岁并原定于农历正月初八（2月1日）举行婚礼的武汉市江夏区第一人民医院呼吸内科医生彭银华，在疫情暴发后主动请缨到一线，坚守近一个月，不幸感染新冠肺炎，因病情恶化，经抢救无效，于2月20日去世。他的家中抽屉里还放着没来得及送出的婚礼请柬，同时妻子怀孕六个月，孩子还没出生。武汉协和江北医院医生夏思思为照顾病人感染新冠肺炎，2月23日，经救治无效不幸去世。夏思思的丈夫同样是武汉市的医生，两个人本来约定康复后再一起上前线，而夏思思2岁的儿子还以为妈妈在上班。这次抗疫行动中，志愿者和公益救援人员也做出了巨大贡献。2月21日，蓝天救援队志愿者许鹏在从山东济宁往武汉运送物资途中发生车祸，经抢救无效不幸去世，年仅39岁。许鹏的微信消息定格在"美丽的谎言"上。他对孩子说："儿子要乖，爸爸去武汉打怪兽。"

截至2020年6月底，据媒体统计，已有460多名抗疫前线人员牺牲，牺牲者名单中不仅有医务人员，也有志愿者群体，还有众多公安干警、基层干部、社区工作者等各行各业工作人员。牺牲者中有203人为50岁以下青壮年，家中多有未成年子女。这些英雄后代当时的心理状况，以及他们未来的健康成长和教育保障牵动了无数人的心。

　　抗击疫情后期，恒晖公益基金会牵头发起了"传薪计划"公益项目，为抗疫前线壮烈牺牲的医务工作者、公安干警、基层干部、公益志愿者、社区工作者等英雄的未成年子女提供长期的教育关怀服务。这个项目的设计过程中，我征求了多位公益同行、专家学者和合作伙伴的意见，反复打磨修改，力求项目能够扎实有效并且长期地帮助到英雄的孩子们。相比于其他几个公益组织抚恤英雄家庭的一次性资金支持，"传薪计划"的重点在于对薪火宝贝们长期的成长教育陪伴支持。从嗷嗷待哺直到大学毕业的全过程中，我们将为每个孩子提供每年12000元左右的教育经费支持，帮助孩子们顺利完成学业至大学毕业；同时我们对每个孩子会有教育成长陪伴关怀：为孩子的身边至亲赋能，连接相关权威专家资源为他们提供心理学、教育学、营养学等知识培训，帮助他们成为孩子们的最佳陪伴者；关注孩子们的心理健康，对于10岁以上的孩子根据他们的兴趣爱好配备适合的志愿者朋辈导师，一直陪伴他们到22岁；每年为孩子们举办公益主题夏令营或冬令营；为每一个上了大学的孩子提供暑期公益组织实习；为每一个孩子提供一份加强健康保障，一份每年赔付额达400万元的意外和疾病住院保险；为每一个孩子建立一份人生成长档案，记录陪伴孩子们成长中的点点滴滴，在每一个孩子大学毕业的那年生日，我亲手交给他（她）。我们希望为每个薪火宝贝提供像"家"一样的温暖陪伴来帮助他们健康成长，让他们在不完整的家庭中，仍有完整的爱，有足够的力量去积极面对人生，成长为身心健康的栋梁之材。

3月18日，澎湃新闻通过网络客户端、微信、微博同时发布了项目公告，并且以开机广告的形式发布了项目信息。澎湃新闻的网络订阅数达1.2亿，我期待着通过大媒体的信息传播能够迅速连接到英雄的后人，能够为他们做一点事情。一个星期后的3月24日，我们项目后台灵析表格收到的申报数字，只有七人。而且我们通过电话联系了解到，这七人几乎都是志愿者或者朋友帮忙填写申报表的。我和三个做得比较早的从不同角度关怀抗疫前线牺牲者的公益组织负责人沟通，他们收到的后台申报数字也不大，最多的有42个，有的二十几个，有的十几个。我们的服务对象有少数交叉，但是出于公益项目对参与者联系方式保密的伦理，他们也不能与我们分享牺牲者亲属的联系方式。

那之后的一个星期，项目专员桃子决定不再等待英雄亲属来找我们，他判断英雄们的亲属多数处于悲痛中或者忙于处理英雄后事无暇顾及社会救助信息，于是开始主动通过网络了解到的信息，一个一个地寻找牺牲英雄的单位的联系方式，希望通过单位联系到家属，推介我们的项目。一周的夜以继日的努力之后，3月31日，桃子又联系到了19位英雄的家属。桃子给我汇报工作进展时流泪了，一方面是因为和英雄亲属沟通时感动和悲痛的共情，另一方面是因为收到的"单位正在申请补助和资助，暂不接受民间援助"的回复，而与此同时桃子又明明了解到那位英雄的家属没有正式工作，孩子刚念初中，我们可以提供的帮助并不多余。能辗转找到单位本身就不容易，而收到的这种类型的单位回复还不止一个，也让他很有挫败感。

从那一天开始，我直接加入寻找英雄后代的工作队伍。我和桃子一起，把从互联网上找到的400多位抗疫一线牺牲英雄的情况作了一遍详细分析，按照我们项目的服务内容，50岁以下的英雄家里有可能有未成年子女。这样的英雄我们没联系上亲属的还有149人，分布在24个省市自治区。

我和桃子把互联网上能搜到的这些英雄的信息详细分省列成表格。我开始搜索我的强大的朋友圈，在每一个省寻找我的铁杆志愿者队伍。4月1日，我发出去了24封信，附了24个表格，拜托我的志愿者朋友们发挥他们在本省的亲戚朋友渠道去帮忙寻找英雄亲属的联系方式，并嘱托他们不用直接跟英雄的亲属们联系，只要把联系方式告诉我们，我们会非常委婉真诚地去联系英雄的亲属，去介绍我们可以为他们做的事，不会让他们感受到唐突的打扰。

　　一天之后，每个省开始给我反馈信息，两天之后，出现了第一个全省找齐英雄亲属信息的志愿者队伍，第三天，出现了三个全省找齐英雄亲属信息的志愿者队伍……好几个省的寻亲志愿者们的努力过程让人动容。截止到8月底，大家找到了全国20个省市自治区的159个薪火宝贝。几乎每一个英雄亲属都对我们的项目表示了感谢和接受，极个别不愿意接受帮助的英雄亲属也对我们的努力表达了感激。与英雄亲属们联系的过程中，我们一直被深深感动着，亲属们深切悲痛又深明大义，他们的泪水，他们的坚强，无一不在撞击着我们的心。

　　抗击疫情的战斗到了尾声，正常生活逐步恢复，随着新的一页翻开，旧的记忆开始慢慢褪色。大难之后，遗忘和放下是轻装前行的武器，对一些人来说甚至是疗伤的良药。但是对"传薪计划"公益项目来说，我们的目的是记住和回报。战疫的烈士们不应该被忘记，他们的故事应该被牢记和传承，他们的遗憾应该被尽力补偿，他们的子女应该被温暖地呵护。

六一儿童节，对于"传薪计划"来说是非常特别的一天，第133个薪火宝贝诞生了——彭银华烈士的孩子来到了温暖的人世间。我怀着万千的欣喜和祝福来欢迎小彭彭，我曾经想写一首诗，献给小彭彭以及每一个薪火宝贝。在和儿子讨论这首诗的架构时，儿子提到已经有一首特别适合献给薪火宝贝的诗了——北岛老师的《一束》。我们把这首诗找出来，反复吟诵，它通篇没有一个爱字，却洋溢着无限的爱与温情："在我和世界之间/你是海湾，是帆/是缆绳忠实的两端/你是喷泉，是风/是童年清脆的呼喊/在我和世界之间/你是画框，是窗口/是开满野花的田园/你是呼吸，是床头/是陪伴星星的夜晚……"真是"眼前有情道不得，北岛有诗在前头"，再也没有比这首更适合送给薪火宝贝的诗歌了。儿子突发奇想，我们是否可以试着联系北岛老师，请北岛老师授权我们把这首诗作为送给孩子们的礼物呢？

说动就动，我在深夜扫描我的朋友圈，凌晨就向一位我极其尊敬的老师发出信息，向她介绍我们的"传薪计划"公益项目以及我们的想法，请她帮助我试着联络北岛老师。

第二天的清晨，北岛老师联系上了！那一刻，我稍微有点晕眩，那些少年时代就熟背的北岛老师的诗歌在翻涌，如同彗星划过天际落到自己脚边，那种耀眼的光芒一下子照亮了我所有的记忆。北岛老师问我的第一句话是"我能为这些孩子做些什么？"我的请求是老师能不能亲自把这首《一束》朗诵一遍，作为送给孩子们的礼物。很快，我就收到了北岛老师的音频。

"传薪计划"的志愿者雪琨是一位影视传媒领域的企业家，她一直在深度参与我们的公益项目。她的先生王齐是一位作曲家，儿子王禹方是很有才华的少年歌手。他们一家子用很短的时间为《一束》作曲、编曲、录制，将这首动人的诗篇又变成了一首动听的歌曲。那天晚上混音师大鹏深夜赶制混音时说了一句话："这是'大鹏鹏们'给'小彭彭们'的一份动心礼物。"至此，我们的薪火宝贝们有了一首专门为他们而写的歌。王齐跟我说："这是一次终生难忘的创作，纯净的音乐遇到了一群有爱的人，就像种子遇到了水和阳光，开始呈现生命的样子。《一束》的作者北岛老师、'传薪计划'的每一位工作人员和志愿者、每一位薪火宝贝的身上都闪着光，我在写这首歌的时候，被爱的阳光包裹着、沐浴着。"

爱的力量是无穷的，太多太多的力量在向"传薪计划"聚过来。世界著名公益组织赠与亚洲倾情帮助我们连接资助力量，深圳交通银行通过联学联建活动组织企业捐赠支持"传薪计划"，中国银地投资有限公司捐赠再加董事长个人捐赠支持，光速中国全员参与支持薪火宝贝，徐大麟博士、曾宪章博士、梁少康博士、杨小青老师、王名老师等社会名人和专家组成高规格的传薪计划顾问委员会，为项目发展提供最专业的咨询把脉服务……得道者多助，我们有信心把这个项目做好。

每年的"5·12"汶川大地震纪念日，朋友圈都会有很多纪念的文章。在那一场大灾难中，也有很多为大众利益而牺牲的英雄。为了第一时间赶赴灾区救援，冒着低云大雾和强气流的风险飞往灾区中心而不幸在空中遇难的那个直升机飞行员李月，我们还有多少人记得他的名字？在教室房顶倒塌的瞬间扑上去护住学生的谭千秋老师，一天半之后被找到时身体已经僵硬，救援人员为了救出他舍身护住的四个还活着的学生，不得不锯断他的手臂才能拉出孩子，他的名字我们还有多少人记得？……时间是有掩埋的力量的，当灾难过去，历史的一页翻过，那些悲壮无畏的牺牲或被慢慢淡忘。我在想，12年前如果有这样的公益项目，替这些为众人抱薪而慷慨赴死的英雄照顾他们的孩子，让英雄的后代更多地感受到社会的关怀，或许那些英雄的名字会更不容易被时间的黄沙所掩埋，那些英雄的精神会更好地得到传承和弘扬，我们回想起那些英雄时，会稍微少一点点心痛。

为众人抱薪者，不可使其英名消逝于风雪。

为大众谋福利者，不可使其后辈困顿于荆棘。

英雄为我们，我们为英雄。"传薪计划"，用传薪者的信仰守住抱薪者留给世界的温暖。我们的承诺刚刚开始。

7

一转眼投身公益快四年了，在社会"大学"的公益专业，我即将"本科毕业"。"好之者不如乐之者，乐之者不如信之者""无论是在庙堂之高，还是在江湖之远，我们要做这个时代的信者"，我想对在我转场之初叮嘱我这两句话的长者隔空说一句，我还记得您说的话，我仍然坚信全心全意为人民服务的宗旨，坚信对弱势者的悲悯是人活着的意义之一。

回看我的人生上半场，我有一种迈过南天门之后回头看着自己的躯体留在云中的感觉，既真实又恍然，平静中有一点淡淡的幸福感。我想起刚到深圳不久，我租住在罗湖，一次应邀到南山参加一个企业家的活动，因为那个企业家曾透露出对我的公益项目感兴趣的意向，为争取到他可能的支持，我一直待到深夜11点他的活动结束。走到大街上，我用手机地图一搜，发现附近最后一趟回罗湖的公交车十分钟后抵达，但是公交站离我1200米。坐公交回家2.5元，打的回家这个距离约50元。我背着装有电脑和资料的包撒腿就跑，快到公交站台的时候，刚好公交车徐徐进站。至今我仍然清楚地记得那夜在南山的路灯下奔跑时耳边的风声，记得赶上车后擦汗时的喜悦。虽然那个南山的企业家最终并没有支持我的公益项目，但是这丝毫不影响我想起那个奔跑的夜晚里的喜悦感。

曾有一个好朋友跟我说，看到我在一个被邀请参加活动午宴的场合，主桌上没有我的名字，附桌上也没有我的名字，我仍然坚持没走，自己搬了一个凳子在附桌上挤着坐下的情景，他说他看到这个情景特别难受，说如果你还在继续当书记何至于被人冷落成这样。我当时笑着跟他说："可是我已经不是书记了呀，为什么我必须一直享受书记的荣耀尊重呢？"我在决定转场之前就已经想好了有可能面对的这些落差，事实的发展也大概如我所料，曾有多年很关心支持我的朋友，慢慢就联系不上了，发微信不回复，约见面不再理会。我知道的原因大概是一些人对我辞官不做有些失望，也有的可能觉得我成了一个"高级叫花子"，对我敬而远之。面对这种状况，我也并不难过。就算被当作"高级叫花子"，也不是一件令人羞愧难过的事情，要知道有些极端弱势群体，弱到连乞讨的声音都发不出来，我愿意帮他们发声。虽然平台变了，我还是我，"天空海阔，要做最坚强的泡沫"。我感激那些与我同行的人，感谢那些为我鼓掌的路人。而与我渐行渐远的朋友，我也微笑作别，尊重彼此的选择，不道德绑架。人生是一个过程而不是一个结果，我对我的选择很坦然。"洛阳亲友如相问，一片冰心在玉壶。"

其实我转场公益后遇到更多的是热烈的正反馈，我得到了太多太多的支持。转场第一年有很多重要拜访我都带着公益同事小伙伴一起去。后来小伙伴跟我聊天说道，跟我一起做过多次拜访或路演，他发现一个共同的特点，就是每次走出对方的办公室，我都会在走廊或者电梯里就充满喜悦地说："今天又完成了一个好棒的会见啊！"小伙伴跟我说，其实有些会见当初在他看来都好一般，不知道我那种喜悦劲儿哪儿来的，因为不好意思扫我的兴，他有时也跟着说两句还不错啊之类的话。但是，小伙伴也说有的当初在他眼中比较一般的会见，后来居然慢慢地变得结果真的好棒了。一次和腾讯公益慈善基金会的执行秘书长窦瑞刚聊天时，窦窦也曾打趣我："行甲大哥，我墙都不扶，就服你！好多我看来好一般的事，甚至扯蛋的事，怎么在你眼里都能看出那么多的好来……"小伙伴和窦窦的感慨，我仔细琢磨了一下，现在看来有一种歪打正着的感觉。我是一个外行一脚踏进公益领域来的，是新兵，所以每有一点点收获和进展我都会很高兴。无论拜访的对方是老总还是办公室普通员工，我都会调动起全身的每一个细胞，全神贯注地去向对方汇报，关注对方身体语言甚至是眼神的反馈，注意到自己的逻辑哪里不对，细节哪里不清楚，好下一次修改。我的这种态度，有些时候意想不到地决定了事情的走向。

脚下虽有万水千山，但行者必至。这些年网上有很多写我的文章，我最有感触的是那篇《山路带我回家》。我喜欢这个题目，我们终须远行，我们终将回家。从精神上，我们每一个人都是走在回家的路上啊。终其一生，我们都需要找回那个最本真的自我。有时候背着包走在路上，那种不知道下一个驿站在哪里的苍茫感，让我感觉越过人生的山丘重回青春。记得大学时唱过的那首根据弗罗斯特诗歌改编的《无名小路》："林中有两条小路都望不到头，我来到岔路口伫立了好久，一个人没法同时踏上两条征途，我选择了这一条却说不出理由；也许另一条小路一点也不差，也埋在没有脚印的落叶下，那就留给别的人们以后去走吧，属于我的这一条，我要一直走到天涯。"

　　是的，属于我的这一条，我要一直走到天涯。

第八记

再次的见面 我们又经历了多少的路程

依然是旧日熟悉的我有着旧日狂热的梦
依然是旧日熟悉的你有着依然的笑容

在瑞士日内瓦联合国办事处放飞。

1

2024年12月16日，人民日报出版社的编辑说出版社重新申请了书号，将精装再版《在峡江的转弯处：陈行甲人生笔记》这本书，叮嘱我写一篇这些年公益慈善路上的心得，趁再版之际和朋友们分享。我也确实感觉内心有好多话想跟读者朋友们说，可是该从哪里下笔呢？

这本书出版有4年多了，我曾把书名暂定为《峡江边的中国》，后来和儿子阿鱼讨论时，他建议用现在这个名字，我一下子有福至心灵的感觉。那时的我，确实就是在人生峡江的转弯处。

那时，我刚转场到公益领域3年多，虽然面上看着公益事业初步打开了局面，实则困难重重。最艰难的时候，我创立的恒晖基金会账上只有42万元，别说救助患儿、帮助医生和做药物的公共政策研究，就是只给团队发工资和应付行政差旅，都已经坚持不了多长时间了。以做社会实验的思路来做公益项目，基本上是在无人区前行，我自认为方向是看准了的，可前面到底是春和景明，还是风雨雷电，自己其实是迷茫的。虽然我以整个人生下半场来做公益的信念很坚定，但一些具体的困难不断扑面而来，经常让我身心俱疲。恒晖那时有6个人的团队，白天我在伙伴们面前一如既往地激情满满，晚上则在灯光下焦灼地反思梳理，寻找渡过难关的路子。

2019年秋天的时候，我和霞租住在50平方米的房子，小区没有可供散步的院子。霞晚上挽着我的手出去散心，只能绕着有点偏的街区路灯下走。那晚我们走了整整3个小时。霞感受到了那段时间我的心神不宁，她提出帮我梳理一下。霞的第一个问题是：关于恒晖，什么状况是你最不能接受的？我说，那就是恒晖办不下去了，关门。霞问：为什么恒晖关闭你不能接受？我说那就意味着我的公益之路结束了呀。霞接着问：为什么恒晖关门你就不能做公益了？这是一个很痛苦的问题。我反复逃避，试着换一个话题，但霞很坚持地说今天我们必须要讨论清楚。这确实是那个时间点我必须要面对的问题。

霞那天的话于我有醍醐灌顶的作用。霞说：你不能接受恒晖关门这件事，说明你的态度有问题，说重一点是改变了初心。你投身公益的初心到底是什么？是为了证明你自己多有能力，还是为了证明你创立的基金会有多成功？就像人是有寿命的，机构也有寿命。一个机构因为各种原因办不下去，完全是有可能发生的事情，这件事情是可以接受的。只要你初心不改，尽了全力，哪怕最后的结果不如意，那也是一种成功。况且就算没有恒晖，你的公益之路并不会结束，你还可以去其他公益组织求职，也可以去大学求职，做公益研究教学。霞补充说：如果你实在是在其他公益组织和大学求不到职，你还可以教别人学英语，你要办一个小孩子的英语培训班，肯定很火，然后休息时间去做志愿者，仍然是在走公益之路……

后来我和霞达成了共识。我们需要从心底接受一件事情，就是对于恒晖，当支持的力量大的时候我们就多做一点，支持力量小的时候我们就少做一点，也要接受在自己拼尽全力仍弹尽粮绝的时候停下来。

霞接下来问：如果恒晖能够坚持住不关闭，但是养不了这么多人了，你留谁？这是一个更加痛苦的问题。我告诉霞这个问题我实在无法回答甚至面对。我可以冷静地对事，却很难完全理性地对人。我可以对自己下狠手，却无法以这种方式分析和对待我的公益伙伴们。我对霞说，我只能把这个问题留到不得不回答它的时候。人在做，天在看，我们做的是正确的事情，我相信当我不得不面对这样的局面，老天会给我一个最好的答案。

我们的公益之路很长时间就是在这种充满不确定性、充满不安全感、充满焦虑的状态下且行且珍惜。走着走着，我发现支持我们的力量越来越多。我原以为在孤单地摸黑走夜路，但没想到我的身边有很多的朋友簇拥过来了，我是在大家的簇拥下做公益。认识的、不认识的，省内的、省外的，线上的、线下的，有太多太多让我感动的人和事了。我不是独行侠，我一点都不孤独，公益这条路我越走越宽阔。

一晃5年时间过去了，今时已不同往日。恒晖已经是5A级慈善基金会，几个项目已经在服务对象那里和中国民间社会形成了一定的影响力，众多的志愿者和支持力量纷至沓来。我也获得了华人慈善界奖金额度最高的爱心奖，还代表中国民间组织走到了联合国。我和恒晖被太多的温暖包围，前方的路看起来比5年前相对平坦宽敞得多了。

但我时常还是会问自己："我这算是走出了峡江的转弯处了吗？"

此刻的灯光下，我想清楚了几个问题。

一是，我的公益事业的阶段性进展，主要原因到底是我个人的努力还是时代的力量？我可以安然地享受社会对我的正面评价了吗？很明显，是时代的力量在推着我前行，我只不过是一个在正确的时间做了正确的事情的幸运儿。这份清醒我必须有。

二是，我个人的路更顺了，但格局有没有更高？面对百姓的苦难，要有一颗温热的心、一双湿润的眼，我从基层行政舞台到转场公益领域后，一直要求自己和同事的最重要的基本点，我有忘记过吗？没有！我扪心自问，并没有忘记过。就算有时出入的场面更大了，接触的人咖位更高了，我并没有沉迷于此，我一直记得那些低在尘埃的过往，那些曾经照亮过我的光，我知道自己是干什么的，我知道自己的来处。

我的身后有你们，我的朋友，我的亲人，我的服务对象，每一个平凡世界的普通人，让我回望来处有如此多的感激。

感激，是的，就是这个词，感激。这峡江转弯处的第八记，就跟大家分享几个充满感激的时刻吧。

2

2019年6月2日，中国人民对外友好协会组织公益"一带一路"访问团到菲律宾、马来西亚和越南的公益慈善组织学习交流，我是十名团员之一，也是唯一的深圳代表。其余团队成员都是从北京起飞，我一个人从深圳机场起飞，跟大部队到马尼拉机场汇合。起飞前在深圳机场接到北京出发团友的电话，告知我他们在首都机场候机厅召开了临时会议，选举本次访问团的团长，我被大家投票选举担任这个光荣的职务。我说，这很不公平啊，我不在场，你们怎么能这么干？团友哈哈一笑说你英语好，这劳心劳力的活儿你合适，你就给大家做奉献吧。事已至此，我只得被动地担起这个临时团长之责。

从落地跟大家汇合开始，我就感觉到这真的不是个好活儿。无论是参访，还是会议、讨论，甚至是吃饭，团长走路要走前面，座位要坐中间，就算是唠嗑也得团长主唠，全程一时一刻都不容你走神。第一天的行程是参访世界级慈善组织乐施会的菲律宾办事处，以及和当地政府服务慈善发展的部门交流。我全程紧紧张张地看，聚精会神地听，不时做笔记，以便在每天下午会议结束之前代表中方做总结发言时能够言之有物。

第二天的行程安排是参观位于马尼拉郊区的国际乡村建设研究院。学院面积很大，安排了半天时间的田间地头和建筑物的参观，半天时间的座谈交流。接待我们的是时任院长，他热情地向我们介绍了研究院的创立背景和发展历程。我惊奇地发现这个研究院的创始人竟然是我多年来一直敬仰的晏阳初先生。我是20多年前学习思考"社会主义新农村"这个主题时才初步了解到晏阳初先生的。作为中国近代史上著名的教育家和社会活动家，晏阳初先生毕生致力于乡村建设和平民教育，被誉为"世界平民教育之父"。

晏阳初先生祖籍四川省巴中市,塾师兼乡医的父亲将少年晏阳初送到几百里之外的基督教内地会创办的西学堂接受新学。1913年被牧师带到香港圣保罗书院(香港大学前身)深造,后转入美国耶鲁大学和普林斯顿大学学习,获历史学硕士学位。1920年,晏阳初毕业回到中国,他立志回国不做官、不发财,将终身献给劳苦的大众。晏阳初早期开展平民教育运动时,认为中国的大患是民众的贫、愚、弱、私"四大病",主张通过办平民学校对民众,首先是农民,先教识字,再实施生计、文艺、卫生和公民"四大教育",培养知识力、生产力、强健力和团结力,以造就"新民",从而达到强国救国的目的。

在晏阳初看来,"民为邦本,本固邦宁",当时中国虽号称有四万万人民,但其中80%以上是文盲,这些"有眼不会识字的瞎民"绝大多数在农村。因此,为平民办教育,尤其是到乡村中去为农民办教育,"开发世界最大最富的'脑矿'",这是关系"本固邦宁"的根本问题。

1922年,晏阳初发起全国识字运动,号召"除文盲、做新民",特别是在长沙实验的全国识字运动取得了重大的影响,青年毛泽东就曾经作为义务教员参与过晏阳初在长沙的平民教育运动。一些毛泽东研究者认为，毛泽东正是受到晏阳初思想的影响，才觉悟要以简单、务实和经济的方式真正地打到民间中去。晏阳初1926年8月在直隶定县（今河北定州）开始10年乡村建设实验，史称"定县实验"，是中国乡村建设在20世纪20~30年代最具影响的实验。2017年，习近平总书记在中央农村工作会议上讲话提到，"我在河北正定县工作时，对晏阳初的试验就作了深入了解，晏阳初在乡村开办平民学校、推广合作组织、创建实验农场、传授农业科技、改良动植物品种、改善公共卫生等，取得了一些积极效果。"

1945年抗日战争结束后，晏阳初曾试图游说蒋介石为乡村教育投入更多资源，但由于种种原因而遭到蒋的拒绝。在蒋介石处碰壁的晏阳初转而寻求美国的支持，他游说杜鲁门总统和美国国会议员为中国乡村教育运动提供资助，最终美国国会通过了一条名为"晏阳初条款"的法案，法案规定须将"四亿二千万对华经援总额中须拨付不少于百分之五、不多于百分之十的额度，用于中国农村的建设与复兴"。

1923~1949年，晏阳初一直担任中华平民教育促进会总会总干事。1949年晏阳初先生到了台湾，随后转到美国，再到东南亚实践他的平民教育理念。此后他的理论和实践在中国大陆传播得很少。

当我20多年前了解到他的思想和实践时，有触电一样的感觉，甚至看到照片上先生那种带着泥土味的笑容，我都有一种莫名的亲切感。多年后我在清华大学、浙江大学、兰州大学的课堂上跟同学们讲社会创新这堂课的时候，总是会讲到先生。我问同学们，知道晏阳初吗？晏子使楚的晏，太阳的阳，不忘初心的初……此时教室里通常是一片寂静，大多数同学一脸茫然。举手示意知道的同学总是寥寥。我跟同学们讲，这是一个不应该被历史的黄沙掩埋的名字。斯人如其名，他是带着使命来到人世间的，并用毕生的精力来践行其使命。如果说我有一个终极的人生偶像的话，那就是晏阳初先生。我希望身后有懂我的人在面对我的照片时，如同我之面对先生。所以说，在灵魂层面，我是见过先生的。

先生的墓地就在研究院内一片农田和树林围着的草坪中间，先生的墓碑静静地矗立在一个简单的圆顶亭子下面，上面刻着他的名字和生卒年月。先生那些年在这里居住过的屋子，里面的陈设依然保持着原来的样子：一张木桌、几把椅子、几排书架，书架上摆满了泛黄的书籍和手稿。墙上挂着一些老照片，照片中的晏阳初先生正与一群农民交谈，神情专注而温和。肃立在墓前，行走在先生当年走过的土地上，抚摸着先生坐过的椅子，我能感受到先生就在那里。

当天的参观和座谈交流结束后，按照行程惯例，我作为团长需要做一个总结讲话。整天的感受在我内心里激荡，我用了半个小时左右的时间，在会议结束前匆匆写下了一首诗，题为 *My Teacher, I Come to See You Here from Your Motherland*（先生，我从您的故国看您来了），直接用英文写成。

轮到我总结讲话时，我首先用英文将这首诗读给了在场的外国朋友。随后，我又将这首诗翻译成中文读给在场的中国朋友。

Knowing that this is your cemetery

My soul is trembling

What an unexpected encounter it was

得知这就是您的墓地那一刻

我的灵魂是颤抖着的

这是一次怎样的不期而遇啊

Tears fill the eyes instantly

I tried to restrain myself from being seen by others

It's not sad at all

Really, it's not sad at all

眼泪是刹那间盈满眼眶的

我努力克制不让别人看见

这一点都不是难过

真的，一点都不是因为难过

The sky here is so quiet

The trees are so green

The cottage you lived in is so refreshing and

clean that it retains your breath

The air around your cemetery is so peaceful

这里的天空如此明静

树木如此葱茏

您居住过的小屋还如此清爽干净地留着您的

气息

您的墓地周边的空气都是如此安详

The native people speak of you

Their eyes, their expressions

That feeling is not even reverence

It's just remembrance

The memory of the closest relatives

当地的老乡说起您

他们的眼神，他们的表情

那种感觉甚至不是崇敬

而仅仅只是怀念而已

那种对最亲的亲人的怀念

Walking on the land you have walked

Look at the things you used

Touch your chair

I speak to you in my heart

My teacher, I have come to see you from your

motherland

In the hearts of many of us

You' ve been there all along

在您行走过的土地上行走

瞻仰您用过的物品

抚摸您坐过的椅子

我在内心里跟您说话

先生，我从您的故国来看您了

在我们很多很多人的心底

您一直都还在的

How can I understand

You treat the disadvantaged

Such painful pity

Such a deep, obsessive effort

That' s the deepest karst in your heart

Has been burning for a human spirit

There is only one name for that karst

There can only be one name

——Love

该如何理解您对弱势的人们

如此痛彻肺腑的怜悯

如此深沉的、痴迷的付出

那是您内心最深处的岩熔

一直在为一种人类的精神而燃烧着

那种岩熔只有一个名称

只能有一个名称

——爱

International Institute of Rural Reconstruction
founded by you

Your colleagues are still flocking around the
world

The current president gave an enthusiastic speech

The incoming president can't wait to come on stage and share with us

您创立的国际乡村建设研究院

世界各地您的同行者仍络绎不绝

现任院长在热情洋溢地演说

即将上任的下一任院长迫不及待地要上台跟我们分享

Maybe many people don't know why you decided to stay here forever

It's so far from your hometown

Now I understand

You finally choose to stay here forever

Because there's too much love you give

And too much love you get here

可能很多人不知道您为什么决定永远安身于此

这里离您的家乡好远好远

此刻我明白了

您最终选择永远留在这里

是因为这里有太多您付出的爱

还有您得到的那么多爱啊

My teacher, you are not alone at all

Although you are eventually buried in a foreign country

But what does that matter?

Through 3000 years of history

Travel 90,000 miles around the world

Karst of human spirit

Hasn't been extinguished

Where is the love that illuminates life

Where is home

先生，您一点都不孤单

虽然您最终葬于异国他乡

可是那又有什么关系呢

穿越三千年青史

走遍九万里世界

人类精神的岩熔

一直不曾熄灭啊

哪里有照亮生命的爱

哪里就是故乡

My teacher

I am from your mother country

To come to see you

先生

我从您的故国看您来了

　　我读这首诗的时候，全场异常安静，是那种地上掉根针都会被听见的安静。

　　当天会议结束后，国际乡村建设研究院的院长找到我，要去了我的诗稿，他说听我念诗的时候没有忍住眼泪，他要把这首来自先生故里的灵魂追随者写给先生的诗，作为珍贵的留念保存下来。

　　回国途中，我编辑了9张跟先生相关的图片，配上我的英文朗读音频，将这首诗发到了朋友圈。许多朋友不仅点赞评论，还主动为这首诗配乐朗诵。其中有一位特别的读者——她是浙江广电的主持人，我们从未见过面，但她读的这首诗让我从心底知道她懂我写下这些文字时的感受。她将我的英文朗读和她的中文朗诵分段做了弱进弱出的交叉配音，背景音乐配的是《英雄的黎明》。在网上静静地听她的朗诵，当听到她读的那句"这里离您的家乡好远啊……"，我的眼泪夺眶而出。

3

    2021年7月，我的学弟陈禹玎给我发来一篇文章，说是一位读者看了我的书之后的读后感。阅读文章，我发现作者居然是陶斯亮。陶斯亮是陶铸同志的女儿……中学时候的语文课文《松树的风格》如此深刻地烙印在记忆中，我甚至记得当初语文老师讲这堂课时的情景。老师布置课后阅读陶斯亮写的《一封终于发出的信》，读来让人肝肠寸断。我后来还专门找了陶铸同志的《理想，情操，精神生活》来阅读。这是影响了我基本人生观和价值观的革命家庭啊，命运是多么神奇，我怎么会跟这样的人产生直接的联系？

    2021年9月12日，我在北京出差期间，禹玎约我在翠微路一个小土菜馆跟陶阿姨首次见面。陶阿姨明净的笑容亲切得可以融化冰雪，她的笑声爽朗得像个不经事的孩子，她拉着我的手说话的样子让我想起了离世多年的母亲。那天见面的还有几位社会成就很高的企业家和退休领导，即使是旁听他们交流对我来说也是一种学习。但我感觉到陶阿姨特别呵护我的感受，好像生怕我受冷落的样子，总是没几句话就会面向我亲切地笑着把话题引过来，让我时时参与到交流中来。陶阿姨成长在革命领袖家庭，而我只是一个山区农村长大的普通孩子，但她的一举一动让我觉得我们像是一个屋子里长大的人。

那年的春节，得知陶阿姨来南方过年，我和爱人霞一起去看望她，陶阿姨和霞第一次见面，欢乐拥抱的感觉就像是母女。我后来成了陶阿姨创立的爱尔基金会的理事，也到陶阿姨家里跟陶阿姨和她的爱人理由叔叔促膝畅聊，陶阿姨还带着爱尔基金会的伙伴来到深圳恒晖公益基金会交流。和陶阿姨打交道多了，我发现她对人对事真的是极度一致，就如她看待这个世界的态度，简单真诚，随心所欲，爱我所爱，无问西东。

2024年，陶阿姨的新书《热血难凉》出版，付印前她亲自给我打电话，约我为新书写一篇序。这篇序我想了一个题目"母亲的芬芳"，因为陶阿姨仅比我母亲大两岁，我爱人见陶阿姨第一面，回来跟我说恍然间好像见到了奶奶（我们都跟着儿子称呼母亲"奶奶"）。的确，陶阿姨的笑容酷似我的母亲。陶阿姨跟我说特别喜欢《在峡江的转弯处：陈行甲人生笔记》的第一记"我和我的母亲"，我想这是她们干净善良的灵魂在世间共鸣。陶阿姨的母亲曾志是一个民族在那个时代的母亲形象的缩影，提到她的名字，我们就会联想到母亲。

2024年11月30日，我主持了陶阿姨在深圳南山书城举办的新书发布会，我的视频号直播了我俩两个小时的对谈。那天我的直播线上共有12万名观众看过。其中有一位广州的年轻观众，是我很长时间的粉丝，全程听了直播。命运是多么的偶然，又是多么的必然，就是这个普普通通的观众，帮我们打开了一个尘封了多年的故事。

现在要转到这段故事的真正主角了，他是一位96岁的老人，叫曾云。

曾云出生在粤北山区，自幼失去双亲，成了孤儿，被族人养大。17岁时曾云参军入伍，在部队多年里多次立功受奖，曾上过抗美援朝战争前线。战争结束后，曾云转业到地方，被安排到广东省公安厅警卫处工作。曾云在岗位上兢兢业业，很快就被委以重任，担任了科长。

1961年的一天，公安厅厅长找到曾云说：曾云你简单收拾一下行李，带几套衣服，跟着我走，执行一个任务。曾云没有问去哪里，只是遵照命令迅速收拾好行李跟随厅长出发。此行的目的地，是中共广东省委大院。曾云的任务，是跟随时任中共广东省委书记陶铸同志担任警卫秘书。

从这一天起，曾云一直跟随在陶铸同志身边。陶铸同志从广东省委书记，到中南局书记、国务院副总理、中央政治局常委，曾云一直是他的贴身警卫秘书。文化大革命期间，陶铸同志遭到"四人帮"的迫害，身边的工作人员甚至亲人都被要求跟他划清界限。曾云一直坚持到最后一刻，无论"四人帮"如何威逼利诱，坚决不跟陶铸划清界限。他在首长身边多年，无论如何也不相信首长是坏人。风雨飘摇之际，陶铸同志被"四人帮"教唆的红卫兵围攻，曾云只身跑到周总理的警卫那里求救，当天周总理亲自出面安排解救。那些天里，曾云每天晚上睡在首长的门口。他孤独地坚持着自己的信念，谁要攻击首长，就先从他身上跨过去。

1969年的一天，曾云被"四人帮"派来的人强行赶走。不久后，陶铸同志含冤去世。曾云是陶铸同志生前身边最后一个正式的工作人员。

1978年，中共中央在北京为陶铸同志举行隆重的追悼大会，高度评价其革命的一生，陶铸同志被平反昭雪。

那些年里，无论是当年陶铸同志身在高位，还是后来身陷囹圄，还是再后来沉冤得雪，曾云都很少跟外人讲起他的这段经历。只是将他养大的曾姓族人一家知道他有过在首长身边工作的经历而已。

岁月流逝，曾云慢慢老去。最近几年他的身体每况愈下，视力逐渐模糊，腿脚也不太听使唤，已经有了一点轻度的阿尔茨海默病，生活只能勉强自理。族人家的侄子小曾时常去照顾一下，送一些吃的东西，帮伯父打扫整理一下房间。

这个小曾，就是那天十二万分之一的线上观众。

那天小曾去看望伯父，收拾房间的时候，手机在旁边一直放着我和陶阿姨的直播对谈。过了一会儿，小曾听见伯父在喃喃自语，"这是亮亮啊，这是陶斯亮啊……"！小曾不敢相信自己的耳朵，马上凑过去问伯父："你听出这个人的声音了吗？你确信吗？"曾云说："是的，这是亮亮！虽然几十年没见过了，但是她的声音我听得出来的，这就是亮亮！"

那天晚上小曾彻夜难眠，他在向伯父确认听到的声音到底是谁的时候，伯父笃定的神情深深地触动了他。算算曾云与首长家庭分别的时间，已经是50多年了，这是一种多么顽强的记忆、多么隐秘的坚守、多么深沉的眷恋。他决定帮助可能时日不多的96岁的伯父做一件事情——找到首长的女儿，他的亮亮。

小曾当晚给我写了一封长信，然后发朋友圈问有谁认识陈行甲老师，数天后省工信厅的莫处长最先回复了，说："我有陈老师的微信，你找他干什么？"小曾于是把这封长信转给莫处长，请他转给我，看看有没有可能帮助他联系到陶斯亮阿姨。

小曾这封信写得非常克制，上面那些曾云和首长生命中的链接细节都是我后来访问才知道的，小曾当时并没有详细描述。但这封信还是震撼了我，我没有丝毫的犹疑，当即直接将这封信转发给陶阿姨，并在后面留言："陶阿姨，这是一个故人看到我的视频后转发过来的信息，您认得这个人吗？"

陶阿姨是当晚10点半给我回的信息："天啦，这是曾云啊！我们一直在找他啊！他已经96岁了吗？他当年刚到我们家来的时候还是一个白净秀气的小伙子啊！我要去见他，请你的朋友告知电话和地址，我要去见他！"

收到陶阿姨的反馈，我第一时间完成了连接，小曾和陶阿姨迅速打通了电话。陶阿姨也已经83岁，身体不够好，再加上曾云那几天身体也有些不适，双方约定稍等几天，2025年1月6日陶阿姨专程到广州曾云家中拜访。

1月6日一大早，小曾就来到伯父曾云家，曾云已经穿戴整齐，在客厅的木椅子上端正地坐着，一副等待客人到来的状态。小曾看着伯父不禁笑了，说陶阿姨约定来访时间是下午3点啊，您这也准备得太早了吧。曾云也有些不好意思地笑了。

下午两点五十，陶阿姨由女儿搀扶着出现在曾云的家门口，她抱着一大束盛放着的玫瑰花，口里喊着"曾云，曾云……"。曾云双手撑着木椅子的扶手颤颤巍巍地站起来，迎面走来的也已经苍老的亮亮，他已经只能看到一个轮廓，但声音是如此清晰。曾云的眼里瞬间有了泪水，是的，是首长的亮亮来了，是他的亮亮来了。

陶阿姨走到曾云身边，说的第一句话是："曾云啊，我老觉得你比我大不了几岁啊，你怎么老成这个样子了啊？"曾云一直含着眼泪笑着，轻轻地点着头，有些笨拙，有些手足无措，陶阿姨捧过来送到他面前的花，他居然都不知道要伸手去接。小曾在旁边扶着他的手提醒，他才反应过来，颤抖着伸出双手把花接住。小曾说：伯伯你高兴不？曾云忙不迭地点头说：高兴，高兴！

那天陶阿姨在曾云家待了很长时间。陶阿姨说到当年她的母亲曾志老人对曾云的感念，对那个众叛亲离的时刻在陶铸同志身边坚守到最后一刻的曾云的感激，也问到这么多年曾云为什么没有找她们，还问到曾云这些年的生活，以及接下来生活中的困难。多数时候是陶阿姨说，曾云笑中带泪地听。人逢喜事精神爽，曾云那天很少有老年痴呆症状，他听得懂陶阿姨说的每一句话。小曾后来跟我打电话描述当天的情景，在场的人无不动容。

当天晚上10点钟，陶阿姨从微信里给我发来信息，感谢我带给她的这份神奇的连接，并发来一张照片，那是她抱着花跟曾云老人的合影。

我定定地看着照片上的曾云老人，那一刻我从灵魂深处共情了他。当年他被选为首长身边的工作人员，在首长身居党和国家高位的时候，他忠于职守，做好首长的警卫和助手。当首长不幸蒙难的时候，他不违背自己的良心，对首长不离不弃，保护他，陪伴他，直到最后一刻；当首长被平反昭雪，特别是首长的夫人曾志重新被任命为中共中央组织部副部长，成为协助胡耀邦同志做"文革"期间干部工作、拨乱反正的主要领导，他如果找到曾志老人，获得一官半职是多么正当和正常的事情，这该是多少人眼中攀龙附凤的天赐良机，可是他没有，他隐藏自己于茫茫人海，不去打扰首长家庭。"事了拂衣去"这五个字都不足以形容曾云的品格，陶铸同志的那句诗"如烟往事俱忘却，心底无私天地宽"，他配得上。那么多年过去了，他已经风烛残年，但他在内心最深处牢牢地记着一生中爱过的一切，一生中宝贵和神圣的一切。当首长女儿的声音穿越50多年的时光在他的生命中重现，他可以轻轻地喊出"这是亮亮……"。

还有最重要的一点，这一次的重逢不是曾云自己要求的，而是他的侄子想到的。而他的侄子想到的也是找到我来转弯连接，而不是直接去找陶斯亮阿姨，我相信凭他的工作性质，如果想直接找陶阿姨，一定是找得到的。通过我来转达，也是多了一层对陶阿姨的体谅，只是替伯父转达思念，并无所求，起心动念就不是帮伯父找好处去，所以陶阿姨应与不应，他都已经完成了这件事情。

想到这里，我从内心里感到喜悦。我一边从曾云身上投射到自己，感受到靠近一个干净灵魂的喜悦，一边为自己完成了如此美好的连接而感到喜悦。

看着照片中恬静安然地笑着的曾云，我想起了罗大佑的那句歌词"再次的见面我们又经历了多少的路程"。半个多世纪啊，对于一个人的人生来说是多么漫长。可是山有峰顶，海有彼岸，漫漫长途、终有回转，余味苦涩、终有回甘。

我给陶阿姨回了一个信息：祝福陶阿姨，祝福曾云老人，祝福这人世间的每一个念念不忘。

4

2023年9月21日晚9点，我从深圳宝安国际机场起飞，此行的目的地是位于瑞士日内瓦的联合国欧洲总部，我将作为中国民间组织代表，参加联合国人权理事会第54届大会，并在一般性辩论环节作为中国代表发言。

凌晨到首都国际机场，在机场邂逅一同去日内瓦参加联合国人权理事会第54届大会的北京至诚律师事务所主任佟丽华。丽华是中国法律界的翘楚，是广受社会认可的大律师，他创立的北京青少年法律援助与研究中心是中国第一批申请到联合国经社理事会特别咨商地位的民间社会组织，他已经来联合国开过一次会。我们凌晨2点25分从北京起飞，经过11个小时，瑞士时间早晨7点25分抵达日内瓦机场。飞机快要落地时，看到我在拍舷窗外的景色，邻座的瑞士小伙儿给我介绍，窗外山峦和森林围绕着的大片水面就是日内瓦湖，湖这边是瑞士，湖对面就是法国了。

　　从机场廊桥开始，感受到的第一印象是窗外的天空碧蓝，澄澈透明，远山历历在目，可见度似乎在极目的远方。从日内瓦国际机场排队入关，手续很简单，海关人员自始至终面带笑容。出机场的第一件事，是到对面超市买公交票，日内瓦城市不大，公交发达方便，出行靠公交可以解决全部问题。从机场坐5号线公交，5站路到达我在Airbnb（爱彼迎）上订好的房间附近，只用了20分钟。负责check-in（登记入住）的小伙子在楼下把钥匙交给我，进门演示了一下几个主要家电的用法，临走告诉我29号离开的时候把钥匙放在一楼大堂的一个指定地方，就算check-out（退房）了。这房子坐落在一个小山坡上，我在五楼的一室一厅套间，厨房客厅连在一起，宽敞明亮，最喜欢的是大阳台，山坡下小半个日内瓦城一览无余。联合国欧洲总部万国宫就在不远处的山脚下，步行只需10分钟出头。

放下行李，简单洗漱完毕，我和丽华一起到万国宫的联合国会议接待处办理参会的通行证。当天是星期五，等的人很少，凭借护照、联合国的邀请函以及参会代码，一分钟办好。丽华先带着我熟悉一下会议环境，进会议大楼的主会议室后排空座处听了一会儿，当天是阿拉伯叙利亚共和国的一个议题。结束后我们在联合国的餐厅里吃了一顿简单的午餐——一大盘牛肉+意面+炒蘑菇，共14瑞郎，这里的餐饮比外边餐馆的明显便宜。

下午两点半，我和事先约好的瑞士西区经济发展署中国区负责人兼首席代表周顺见面。用谷歌地图导航，发现从万国宫出发坐公交要22分钟，走路29分钟，我干脆选择了步行，一边欣赏日内瓦的城市风景，一边导航过去。会面地点就在周顺办公楼不远处的咖啡馆。周顺老家是武汉，父母都是武汉大学教授，他在武大本科期间交流到法国，一路读到博士毕业，曾经在法国政府工作，后来被国际猎头挖来瑞士工作。我们聊了一个半小时，相见恨晚，周顺少年时曾经跟着父母游览三峡神农架，去过兴山县，对那里有美好的印象，这一下子拉近了我们的距离。他对我来到联合国交流学习特别赞赏，他说瑞士西区有一万多家社会组织，是国际民间社会交流的中心，但中国人在这里创办的组织一只手数得过来，中国民间力量在国际上的声音太弱了。

第二天是星期六，联合国的大会通常一开就是个把月，周末照常休会。上午我先是去附近农贸市场买了点菜和面条，好对付这一周的伙食，然后来到万国宫门口的广场熟悉环境。广场上搭着两个帐篷，上面写着印控克什米尔地区的标志，看来是在这里抗议游行的人住的。人们来来往往，和在这里抗议集会的人相安无事。广场正对着联合国大门的地方，伫立着一把巨型椅子雕塑。这把暗红色的椅子高12米，重5吨，只有三只腿着地，另一只腿只有一半，残缺地悬在空中。走到下面看的时候，残腿不规则炸裂的脆断处，触目惊心。这是非政府组织"国际残联"于1997年树立的，是瑞士艺术家丹尼尔·伯赛特的作品，警示地雷给平民造成的伤害。椅子除了有坐的实用功能外，还是权力、身份以及尊严的象征，就像我们都坐在椅子上，我们是平等的，是一种对话和交流。所以，这个雕塑也寓意着战乱对国家、个人的权利和尊严的伤害。

广场对面就是万国宫，联合国欧洲总部所在地。走到联合国办公大楼跟前，居然看到一只悠闲漫步的蓝色孔雀。我走到离孔雀一两米远的地方，它根本一点都不怵，一副我的地盘我怕谁的架势。上网一查，原来这里有一个动人的故事。万国宫这块地皮是由瑞士人古斯塔夫·雷维里奥德于1890年的时候捐赠给日内瓦市政府的。雷维里奥德是一位富有的艺术收藏家和旅游家，生前酷爱孔雀，他一直认为孔雀是一种很有灵性和优雅的鸟类，自己也饲养孔雀。他无儿无女，只希望死后可以被埋葬在自己家族的一块土地上，还希望在这块土地上建一座花园。雷维里奥德将自己的墓地选定在以他母亲的名字命名的阿里亚纳公园。他在遗嘱中把包括阿里亚纳公园在内的一座庄园赠给了日内瓦市，后来日内瓦市把这块地转赠给了联合国。

雷维里奥德捐献地皮的时候提出三个条件：第一，阿里亚纳公园对公众免费开放；第二，他的墓地不能动，要保留在庄园内；第三，允许庄园内的孔雀自由漫步，以保持庄园的浪漫气氛。因为这一纸遗嘱，庄园内的孔雀可以在如此重要的国际机构内闲庭信步、为所欲为。

周日约了拜访世界卫生组织安全与出行处的官员罗芳芳。芳芳过去曾是公安部的干部，前几年通过万里挑一的全球公开招聘考试，考入世界卫生组织任职。我们在一起聊了对瑞士这个国家的感受。这是一个神奇的国度，典型的山地国家，自然资源说不上多好，且被列强环绕。瑞士其实是一个强硬的民族，并不软弱，在两次世界大战中占尽便宜，全世界超三分之一的资金存放在了这里。瑞士保持中立，其实是以强大的军事实力和经济实力做后盾的。日内瓦更是神奇，本地只有19万人，再加上联合国各机构的人员和家属10万人，一共也就29万人，芳芳笑称这里是瓦村，日常通勤基本在30分钟以内。但超过150个国家的人在这里工作，在某种意义上它其实是世界政策的制定中心之一，因为有很多大的决议在这里出台，也是世界的舆论中心和信息交流中心。

周一上午我准时进到联合国的会场，参加会议既是学习，又是为两天后自己的发言熟悉环境。当天会议的议题是性别平等。联合国的同传系统非常棒，我用中文和英文各听了一半。中午12点休会，出来经过大草坪上的"重生"雕塑，这是意大利艺术家米开朗基罗·皮斯特莱托的作品，193块分别来自193个联合国成员国的大小在30到50厘米见方的石头摆在一起，构成三个环环相扣的图案，从而向全球发出"联合国在新的起点上重新出发"的信号，号召大家通过对话弥合分歧，团结一致，共同促进世界和平与发展。我找到了中国赠送给联合国的这块石头，黄白相间，颜色温暖。我蹲在地上，手扶着这块温暖的石头照了一张照片。那一刻的感觉是很奇特的，手贴着石头，感觉到心连着祖国，纵使地理上与祖国相隔千万里，心却如此地贴近。

晚上芳芳约了几位朋友到我的住处交流，其中有新华社日内瓦分社社长陈俊侠、日内瓦大学儿童心理学研究员李婷。他们6点钟到的时候，天空还十分晴朗。俊侠指着阳台外面远处的白色山峰，告诉我那就是欧洲屋脊博朗峰，海拔4808米，距离我的住处80多公里，但是一览无余，能见度这么高，日内瓦的空气质量真的不错。

住处不远的地方就是世界公认的国际标准化组织——国际电信联盟（ITU），我们的话题就自然从ITU说起，这其实是今后的全球AI治理中心。俊侠介绍ITU上一任秘书长赵厚麟是中国人，为中国的互联网产业发展做出了历史贡献。但现在的秘书长多琳是美国人，换届时由原电信发展司的司长直接跳过副秘书长，当了秘书长，据说这个过程中连拜登和布林肯都出面帮助争取。ITU现在的格局是，核心位置上的秘书长、副秘书长都是美国势力，五个司局负责人中，除了一个非洲司长立场暧昧以外，其余四个司局负责人全是美国的势力。今后在AI的全球治理方面，这些国际组织的话语权对我们还是非常重要。我们需要多和他们互动。

俊侠、芳芳和李婷都是学贯中西之人，都有国内外工作的经历，我跟他们一起讨论中国民间慈善的未来，大家一致认为要有两个视角：一是数字时代的视角，二是全球视角。中国的民间慈善已经到了可以出去讲故事的阶段，世界也需要听到中国民间的爱的故事、正义的故事、创新的故事。但是，我们有没有这个意识？有没有这个能力？能不能抓住机遇？这件事是需要国内外的人一起来做的事情。知己知彼才能百战不殆，让世界听得懂、听得进、听得信，并不是一件容易的事。

现在的世界是中美欧全球三极。眼下的国际格局，中美之间处于一定意义上的对峙状态，但欧洲是可以争取的。欧洲如何争取呢？"民意即真理"是欧洲的政治正确，而民间社会组织是影响民意的重要通道，如何通过这个通道讲好中国故事、传递善意，是中国民间社会组织的重要使命。可以说世界舞台是给了民间社会组织空间的，但我们有能力参与进来吗？我们要怎么参与？第一步是要有能力跟别人正常地沟通交流，第二步是争取有能力参与规则的制定。

9月26日是我本次日内瓦行程中最重要的一天，一般性辩论环节的发言就在当天下午。为了熟悉环境，上午我还是准时到大会旁听，主题是Young people's engagement with climate change and global environmental decision-making processes（年轻人参与气候变化以及全球环境决策过程），因为是倡导性议题，发言风格基本上是你好我好大家好，一团和气。联合国的英语高级翻译功夫了得，我全程用英语听，相当于上了半天的高水平听力课。中午在联合国食堂简单吃了顿午饭，步行十分钟回到驻地睡了一个午觉，为下午的发言蓄力。

下午三点，我参加的一般性辩论环节Human rights situations that require the Council's attention（需要理事会大会注意的人权状况）开始了。这是本次大会最有火药味的环节，氛围和上午比较起来简直是风云突变。在政府代表发言环节，有几个国家在发言中攻击诋毁我国西藏、新疆和香港的人权问题，中国驻联合国使团的陈旭大使在发言中给予了严正的回应。轮到NGO组织发言了，我排在第12位，前面有几位在发言中含沙射影地说中国青少年的人权问题，特别是芬兰赫尔辛基的一个代表发言说西藏存在广泛的严重的儿童虐待，提请大会关注。我去过两次西藏，西藏的儿童福利状况我是亲眼所见，这人简直是望天打胡说、满嘴跑火车。后来我才知道这个组织是一个极端的反华组织，几乎逢华必反。我听得火从心头起、怒向胆边生。

轮到我发言了，我特别提高了声音，临时在演讲稿之前加了两句话，首先讲了中国的教育部和卫健委对青少年健康问题的高度重视，然后讲我对青少年人权中特别重要的一个方面——青少年精神健康的关注，分享我们民间公益慈善组织的创新做法。因为前面临时加的两句话要占用好几秒钟，为了能在规定时间内完成发言，我后面的发言就适当加快了语速，结果听起来更加显示出一种气势。我演讲结束后，大会主席明明确确地看着我说了一句"Thank you"，才接着介绍下一位发言人。我注意到我前面发言的人结束时主席并没有说这一句，而是直接介绍我开始发言的。

会议全部结束后，丽华说我的发言声音冠绝全场，听着很震撼，恨不得全场不用耳机都听得见。我说我就是要用事实、用气势来打脸回击那些对我们无端的攻击。

会议结束后，陈旭大使在联合国的二楼小会议室专门接见了我和丽华。陈大使对我们作为中国民间组织代表来到联合国表示赞赏，并一一听我们对如何面向世界讲好中国故事发表意见。交谈中能够感受到大使学识渊博、风度儒雅，不愧为中国在国际舞台上的形象代言人。

会见的最后，我突然想起来前一个月办理到瑞士的签证时，曾在北京跟全国妇联黄晓薇主席做工作交流，黄主席让我到了日内瓦一定代她向陈旭大使转达问候，我当时顺口答应了，但心想：我一个普通民间组织代表来参会，哪有机会见到大使啊！没想到还真见着了，而且还是这么重视的专门接见。最后我顺便转达了黄主席的问候，大使非常高兴。

5

2024年9月28日凌晨，我从深圳机场起飞，经法兰克福转机到日内瓦。在中联部的鼓励和支持下，我再次作为中国民间组织代表赴联合国参加人权理事会大会，并再次作为中国代表在一般性辩论环节发言。

在法兰克福机场的候机时间是5个小时。刚坐定，接到上海的月捐人朋友张军的信息，说此刻在黄山顶上，因为数月前刷到我在黄山顶上的视频想到了我，问我在哪里，我说我在法兰克福候机马上去日内瓦。结果他说他有好几个朋友在日内瓦，在国际电联ITU工作，他马上联系对方在日内瓦接待我。张军以前曾是摩托罗拉中国区高管，在通信领域人脉很广。这真是瞌睡来了马上就有人递枕头，我在本次大会的发言主题，就是呼应陈旭大使2024年3月在联合国人权理事会第55届会议上代表80国就人工智能促进儿童权利作的共同发言，介绍中国民间响应发言倡导的创新积极行动。2023年底我获得了港澳台湾慈善基金会颁发的爱心奖，个人奖金18万美元，我将这笔奖金捐出来在瑞士设立了国际健康慈善联合会（IHCA），使命就是致力于利用人工智能和其他先进技术改善全球健康慈善工作，重点关注服务不足的人群和地区。而为AI发展定标准的国际机构，就是国际电联。我们太希望能够连接到他们得到指导了。

很快，张军就拉群介绍我认识了在国际电联工作的中国籍雇员常若艇，他居然是我的视频号粉丝。常若艇马上说待会儿到日内瓦机场来接我。本来周顺已经安排洛桑华人留学生会主席陆晋来接我，我委婉推辞，但常若艇坚持要来接我，我也就恭敬不如从命了。

晚上若艇联络了中国银行瑞士分行的肖萍行长夫妇跟我一起吃晚餐。我们在日内瓦湖畔的外交餐厅吃晚饭，相谈甚欢。肖行长跟我讲到1954年周总理带队来日内瓦参加联合国会议的历史。当时周总理在离这里10公里的花山别墅居住了一个月，这栋别墅对中国有特殊的意义，是新中国外交的起点，问我有没有兴趣去看看。我说，好啊好啊，这么神圣的地方，我得去瞻仰。

第二天上午10点钟我们来到花山别墅。这是一座带院子的三层小楼，有1000多平方米、20多个房间，就在美丽的日内瓦湖畔。由于它坐落的街道外文名含"花山"之意，所以叫花山别墅。当年周总理在这里住的时候，可以坐在院子里直接看湖，现在别墅前面建的五层住宅楼遮住了湖景，但从别墅走到湖边也就5分钟路程。小楼入口处不显眼的地方，挂着一块铜铭牌，上面用中法文标注着中国总理周恩来1954年曾在这里下榻。

1954年日内瓦会议的主要议题有两个：和平解决朝鲜问题，恢复印度支那和平。这是新中国成立以来，首次在重要国际舞台上亮相。会议于当年的4月26日在日内瓦万国宫开幕，有美国、法国、英国、苏联、中国等40多个国家和地区的代表参加会议，中国派出了以周恩来为首席代表的180多人组成的代表团。会议期间，外交斗争异常激烈。周恩来总理举重若轻、处乱不惊的外交才能，不仅使中国代表团在会议期间广交朋友，甚至连对手也不得不折服。会议通过了《日内瓦会议最后宣言》，奠定了印度支那停战基础，在印度支那人民争取民族独立进程中具有里程碑式的意义。通过日内瓦会议，全世界看到中国为世界和平和人类进步事业、为通过谈判解决国际争端所进行的不懈努力和作出的重要贡献。1954年的日内瓦会议标志着新中国走向国际舞台。60多年来，日内瓦见证了中国从国际体系的旁观者到参与者、建设者和引领者的发展过程。

在会场之外的花山别墅，周总理的音容笑貌与外交风采，也成了永久的记忆。会议期间，曾有不少外国人士造访花山别墅，其中有两位格外引人注目。一位是时任英国外交大臣的艾登。当时在对华政策上，英国立场摇摆不定。正是中国代表团晓之以理和周总理的沉着真诚，使得艾登与中国代表团多次互动，成为赴花山别墅次数最多的客人之一。双方就中国向英国派遣代办达成一致，使双边关系向前迈进一大步。艾登后来在他的回忆录中对做客花山别墅津津乐道。另一位是当时定居瑞士的喜剧大师卓别林。在当时中国面临恶劣的国际环境下，卓别林对中国态度友好，并十分喜爱中国文化艺术。日内瓦会议结束前的一个晚上，周总理在花山别墅宴请卓别林和夫人，向他们介绍了中国艺术片《梁山伯与祝英台》，双方畅叙甚欢。

整个花山别墅的一楼都还保持着周总理当年在这里居住时的陈设，肖行长跟我介绍当年周总理在这里的活动场景，在哪个空间见的什么人，在哪个会议室举办的什么活动，周总理是从哪个门进出院子去散步，又是在哪棵树下品茗待客……空气中似乎仍弥漫着当年的氛围。人人都敬仰周总理，可我在很小的时候对总理除了敬仰之外，更有一种神奇的连接感，因为我的生日就是周总理的忌日。这是一个深埋在心底不敢对外人道的神秘感受，说出来怕人笑话我不知天高地厚。我总觉得我和总理之间有一种特别的连接，此刻的我就感觉到了总理当年在这里谈笑中的举重若轻、纵横捭阖。我绕着整个花山别墅慢慢地走了一圈，小楼清净庄严，院子里树木葱茏，绿草如茵。总理亲切的笑容就在脑际，时光飞逝，故人宛在。

下午3点半，我应约拜访国际电联的原高级官员谢飞波兄长。飞波兄出生于1957年，是原中国国家无线电管理局局长，2015年来到瑞士就职于ITU，去年退休。飞波兄的公寓住宅就在万国宫附近洲际酒店的正背后，按图索骥非常好找。我到楼下草坪的时候，飞波兄就在他家阳台上看着我，远远地跟我打招呼。

飞波兄的爱人回国了，他一个人在家。我进门就发现飞波兄的厨房里已经摆好了架势，三个锅一字排开，沙拉、水果、鸡肉、胡萝卜、黄瓜、半熟猪蹄、花生米，很隆重。我说晚饭还早我们先聊天，飞波兄马上泡茶，我们在阳台上喝茶聊天。飞波兄是河南洛阳人，到现在仍是一口河南普通话，听他偶尔接电话时的英语也带一点河南腔，很可爱。飞波兄说："行甲老弟，你是网红，我已经从网上知道你了，我来跟你介绍一下我吧。"听他分享过去的人生经历，非常感慨。这是一个给国家作出了重大贡献，但是人生经历坎坷、谦和真诚的老大哥，特别值得尊敬。

我跟飞波兄详细介绍了我来日内瓦的前前后后，我做的知更鸟公益项目，以及我正在推动的人工智能青少年心理陪伴工具和我想在国际舞台上学习交流的想法。飞波兄非常赞赏，说这是处在时代前沿的尝试，非常有价值，让我把产品设计发给他，表示愿意做我们的顾问。

飞波兄随后一边做饭，一边跟我聊天。晚餐我和飞波兄分享了一瓶红酒，吃完饭继续坐在餐桌上聊天，一直聊到8点半我才起身告别。

第二天上午10点来到万国宫，办理参会手续顺风顺水。进到宫里，我到20号大会议厅旁听了一个小时的会议。当天会议的主题是欠发达国家和地区的妇女权益保护，阿富汗塔利班治下妇女权益问题是大会讨论热点。

中午在联合国餐厅吃饭。牛肉、鱼肉、奶酪、汉堡台位前排队最长，我反正不饿，也随大流排这个队。事实证明群众的眼睛是雪亮的，这款联合国食堂的网红食品就是很好吃。我端着餐盘到食堂外的院子里吃，边吃饭边欣赏日内瓦湖畔的好景致，跟爱人霞视频连线分享。

晚上新华社瑞士分社的社长陈俊侠来访，我们在酒店畅聊。俊侠对我来日内瓦表示了特别的欢迎。俊侠说现在全球治理的中心不是纽约，而是日内瓦。大半个世纪以来，联合国的治理架构是以安理会和五个常任理事国为中心，大家在讨论磋商过程中达成共识，通过安理会的决议，从上往下铺开全球的治理结构。但现在的世界已经彻底改变了，安理会成了一个吵架的地方，全球治理共识可望而不可即。全球治理来到了另外一个逻辑——分领域治理。而世界上分领域的龙头组织，几乎都在日内瓦，世界卫生组织、国际电联、世界气象组织、国际难民组织、国际红十字会、无国界医生……他们是世界规则的制定者。得知我们在瑞士设立了国际健康慈善联合会，俊侠非常兴奋，说："我们过去在国际上常说落后就要挨打，贫穷就要挨饿，现在要增加一句'失语就要挨骂'。中国民间在国际上声量不大，我们太需要你这样的有能力、有意愿的人走到国际舞台上来讲好中国故事了。"

第三天上午在联合国会议上接到若艇的信息，他帮忙联络了国际电联人工智能板块中国籍工作人员崔晋，介绍我们认识，看能不能对我们的工作有所助益。这就是瞌睡来了送枕头，我要找的就是他们！

崔晋马上通过微信加我，问我什么时候方便交流，我说现在就方便。我们约好10分钟后国际电联门口见。我从会议厅出来，快步走出万国宫，穿过大椅子广场，对面日内瓦几乎最高的15层高楼就是国际电联。崔晋在ITU附楼的大门口接上我，办好参访手续，我们来到顶楼的交流区。崔晋给我详细介绍了ITU。

ITU有无线电管理局、发展局、秘书处三个部门，是国际电讯行业发展的标准制定者、行动引领者、秩序维护者。上一任主席赵厚麟先生是中国人，中国的华为、中兴等通信企业，阿里、腾讯、字节等互联网企业的飞速发展，与国际电联的支持也有一定的关系。

现在AI是全球的风口，ITU非常重视，从2017年开始举办AI For Good（AI向善）全球峰会，在2017年、2018年、2019年连续举办三届后，被2020年的疫情打断了，之后峰会改为线上，每年举办160～170场线上AI知识分享会，影响力慢慢扩大。

2023年再次举办线下峰会，效果很好。2024年5月最后一周举办的年度峰会，盛况空前，参会人员排队入场的长度创了联合国各部门举办会议的热度纪录。OpenAI创始人山姆·奥特曼做主旨发言，各国政要和相关企业家都踊跃参会。因为担心联合国这边的场地容纳不下，2025年7月初举办的AI For Good峰会，已经确定搬到机场附近的日内瓦国际会展中心去办了。

我跟崔晋详细交流了我们正在做的儿童青少年心理关怀的知更鸟公益项目，以及我们尝试探索的AI青少年心理陪伴智能工具。崔晋听了我们的基本逻辑和思路，表示这就是最好的AI For Good的例子，他为中国人在AI领域前沿的创新意识、强大的资源整合能力、一往无前的行动力感到骄傲。

　　跟崔晋聊完已快12点了，我快速再次进入万国宫，赶着去联合国食堂跟凤凰卫视瑞士记者站站长张博谛见面。博谛在瑞士生活了20多年，是个瑞士通。他同时约了一个新朋友跟我认识，联合国内刊*DIVA International*的主理人Marguerite，是一位挪威女士，非常和善。我们仨边吃边聊了一个半小时，Marguerite说她明年会到访中国，到时候来深圳拜访我创办的恒晖公益基金会。

　　10月3日是本次联合国之行我的重头戏。9点整我赶到联合国大会会议室，在大会发言登记处登记好之后，坐在位子上再次熟悉我的发言稿。联合国的发言时间一般都是控制在一分半钟。丘吉尔说过，如果让我讲一个小时，我随时开讲，如果让我讲3分钟，我要准备一天……时间越短的演说越不好讲，必须到多一个字嫌多、少一个字嫌少的地步。头天晚上我还在线上和俞敏洪老师一起改稿，力求极致、准确、精练。我把220个英文单词的发言稿又反复熟悉了几遍，用手机上的秒表试读了三遍，每一遍都能控制在1分29秒或1分28秒，于是坐下来安心等待，听大会其他代表的发言。让我惊奇的是，前面一些国家官方发言中也有好几个提到了AI，联想到昨天在走廊听大会工作人员说到本次大会已经接近尾声，大会上提出的"AI与人权"议案讨论十分热烈，最后也没有通过，不会作为本次人权理事会大会结束后的决议发布。看来AI的发展和共建共治共享，的确是一个世界热点。

我的发言开始了。我没有丝毫的紧张，语音洪亮，情绪饱满。此刻的我，自信满满地代表中国民间公益人在国际舞台上发言。

本次联合国之行最重要的任务完成，我感到浑身轻松。下午6点按图索骥来到湖边的网红点Bains des Paquis，这是日内瓦政府为喜欢太阳和渴望休息的人提供的一个温暖的港湾。大喷泉近在咫尺，坐在沙滩旁的椅子上，可以欣赏到令人震撼的湖泊美景。我点了一份当地特色奶酪火锅，配上切成小块的面包蘸着吃，还点了一盘风干薄片牛肉和酸黄瓜，这是典型的瑞士小吃。等我的菜上来，一群不速之客来到我的桌上，大大方方地跟我一起吃。先是一只麻雀落到桌边，我感觉好亲切。这些天在街头经常看到小鸟在人的脚边踱步，彼此两相宜。瑞士的鸟不怕人，因为人类太善待它们了。我没有赶这只麻雀，而是饶有兴味地跟它打招呼。似乎这只麻雀也感受到了我的欢迎之意，一会儿就大方地走到我的盘子边上啄我的面包。很快它的同伴也感受到了善意的召唤，一下子飞过来七八只，在我的盘子边上开啄，有两只干脆飞到我的火锅边沿站住，啄奶酪吃。

我就这样吹着日内瓦湖畔的清风，跟这群可爱的朋友一起共进晚餐，看着天边的夕阳在我面前一点点变红、一点点变暗，直到皎洁的月亮缓缓升起，湖对岸的山峰轮廓若隐若现。

我突然想起童年时下湾山谷中夜色下对门山峰的轮廓，当年山顶那条远远的线，那条和天连着的线，挨着星星的线，也是这般的温柔。其时明月在天，清风拂面，小鸟在身边叽叽喳喳地飞来飞去，我微笑着，眼眶却不自觉地湿润起来。

6

2024年暑假，传薪计划的夏令营来到第4年，团队商量根据薪火宝贝和家属们的状况变化，适当调整夏令营的举办形式。2021年在深圳和惠州交界处的大海边举办的首届夏令营，到了近300人，是全体抗疫牺牲英雄的孩子和家属的第一次团聚，那时在不少家属身上，我们还是能够感受到比较沉重的哀伤。2022年我们把夏令营开到了内蒙古呼伦贝尔大草原，宝贝和家属们在阳光下的白桦林里穿行，在额尔古纳河畔放歌，在大草原上骑马，大自然的力量和志愿者们的温暖陪伴在不断地帮助宝贝和家属们打开身心。2023年夏令营我们来到了浙江的横店影视城，宝贝和家属们在秦汉古城之间穿越，体验宋朝的市井生活，到明清故宫里角色扮演，欢乐的笑声飞满全程。传薪计划团队眼见着宝贝和家属们的状态一年比一年好，少数当初因为亲人的猝然离世而陷入精神困惑的宝贝和家属全部从阴霾中走出。数位被迫休学的孩子全部重回校园，学习生活步入正轨。家属们的沉重感慢慢消失，甚至有一位英雄的爱人在3年后重新组建了家庭，得到了大家欣喜的祝福。

2024年的传薪计划夏令营，我们决定不再举办大团圆式的聚会，而是分年龄阶段做有针对性的不同安排：已经上了大学的20多位薪火宝贝，在阿里巴巴的湖畔创研中心举办为期一周的职业生涯规划培训；中学阶段的宝贝们，和国际知名培训机构卡耐基训练合作，到新加坡和马来西亚进行一周时间的国际游学；小学以及幼儿阶段的孩子，则到北京进行一周时间的游玩，其中10岁以下的孩子仍由家属陪同，10岁以上的孩子则鼓励他们独自来北京。孩子们终将长大，如同羽翼渐丰的雄鹰，是时候放他们独自到天空试着飞翔。这个安排方案出来后，征求家属们的意见，得到大家一致的欢迎。

这次夏令营和以往不同的是对志愿者的需求增加，单独出行的孩子，从离家开始，到车站，到机场，到营地，活动期间的陪伴，然后返程回家，全程需要有志愿者照护。但和以往一样，我们的志愿者需求一发出，很快就招募完成。

钟建坤是我的湖北大学本科师兄，在湖北经营着一家不大的企业，这些年陆续给恒晖基金会捐了20万元。这次建坤报名带着他的女儿一起来做志愿者。2024年8月2日，我在营地忙完到建坤房间看望他，他给我讲述了来时旅途中的故事。

建坤和女儿下午带着薪火宝贝从武汉起飞。在去机场的途中上车后给我打了一个电话，放下电话后出租车司机问他：你刚才打电话喊的甲哥是陈行甲吗？建坤说：是的，你认识他吗？司机说：我是他粉丝，我逢甲必赞。建坤随口答了一句缘分啊，然后这个对话到这里就差不多终止了。正值午睡时间，建坤他们在出租车上打盹，想着去机场个把小时的时间，正好在车上眯个午觉。

建坤醒来的时候看手机，导航显示离机场已不到10分钟的路程。他一侧脸，赫然发现司机在流泪，一只手擦眼泪，眼泪还是不停地漫出来。建坤马上关心地问："师傅怎么了，我们要不要在路边停一会儿？到机场已经不远，我们不急，你缓一缓。"司机说："没事没事，我只是想到陈行甲有些难受，他做的事那么有意义，但是……"这个但是后面，司机停了一会儿并没有往下说。建坤大为感动，说："我们待会儿就会见到陈行甲，师傅你要不要留一个手机号，待会儿我见到行甲，让他给你打个电话可好？"师傅流着眼泪说："谢谢你，不用了，我默默关注支持他就好。"

建坤讲到这里，眼眶有些湿润。建坤说："行甲，你知道吗？在一个你不知道的地方，有一个你不认识的人，在说到你的时候会为你流泪，你这一生，足矣！"

我心里五味杂陈，这个师傅已经消失在人海，我已经找不到他，但我还是想找到他，跟他说一句话，哪怕隔空给他一个拥抱。我有视频号和抖音账号，既然师傅说是我的粉丝，那我就通过视频跟他打个招呼吧。我坐在那里，让建坤拿着我的手机，我安安静静地跟这位师傅讲了一段话。我的最后一句话是："这位出租车司机朋友，谢谢你，你的温暖我已经感受到了。我虽然还不认识你，但是我心里，一生有你。"

这个司机让我想起了2023年十一假期我带着阿鱼回老家看爷爷的经历。那天我和阿鱼在宜昌街上买回兴山给爷爷带的礼物，忙完打了一辆出租车回家，到了小区门口，看到出租车上打表的费用是19元，我拿出手机正要扫码支付，年轻的出租车师傅按停了打表盘，用浓浓的宜昌乡音说："陈老师您一上车我就认出来了，我好高兴能够载您一程，今天这个车费就不收了，祝您节日快乐。"我说："那怎么行，谢谢你的情谊，这车费我是一定要付的。"我坚持要付，师傅坚决不肯出示收款码，后来他有点急了，甚至有些眼眶发红，说："陈老师我是秭归的，和您说得上是小老乡（兴山和秭归在古时曾经是一个县），今儿碰到您我要高兴一年，您成全一下我。"话说到这里，我只好再三道谢后下车。跟师傅挥手告别的时候，他特意又摇下前面的车窗侧过身子跟我大声说："您好人一生平安哈。"

挥别师傅，我扭头看见阿鱼双手提着东西站在身后一米外，眼眶湿润。阿鱼和我不一样，是一个泪点很高的人，这点随他妈妈，让他流泪是一件门槛很高的事情。我默默地接过他一只手上的东西，往小区里走。我跟阿鱼说，刚才这位师傅的确让人感动。阿鱼说："爸爸，我除了感动以外，还有些难受，他最后那句'好人一生平安'听着好难受，底层人之间卑微的互相体恤固然让人感动，可为什么连彼此之间的祝福都这么卑微呢，为什么好人就只配一生平安？什么时候我们的文化可以大大方方地祝福好人一生富足、一生幸福呢？"

阿鱼的问题让我一时语塞。我沉吟了一会儿，对他说："是的，这就是我们全社会要做的事情，也是我们公益慈善要做的事，我们要让好人、弱势的人先平安，让他们有身体的健康，然后再走出心里的阴影，最后才能和其他的人一样追求富足幸福的生活。我们社会的发展需要这样一个长期的过程，可能需要好几代人的努力，但这是方向，是希望之光，值得我们坚持下去。"

　　写到这里，我的第八记就准备放笔了。这两位出租车师傅的眼泪，还有儿子阿鱼的眼泪，留在我的心底。

原版后记

50岁，密涅瓦的猫头鹰
在黄昏前起飞

2021年1月8日我迎来50岁生日，也是我的银婚纪念日。我的新书《在峡江的转弯处：陈行甲人生笔记》在此之际由人民日报出版社出版发行了。这是一份特别的纪念，给爱人，给自己。

关于为什么写这本书，我在书的前言中有说明。前言的题目是"我们那一代人都是草根"，我试着写出一代人的酸甜苦辣。我想起了《西游日记》里唐僧的那句话："我终将归来，带回我在路上看到的一切。我愿做你们的眼睛，去看这个世界。我要忠实地记录下我的见闻，不论那是美好或丑恶。我要告诉你们世界的真相，不论你们爱不爱听。我不会带回永生之道，只会带回众

生的哭、笑还有呐喊。" ①

  写书的过程是一个不断和自己对话的过程。我们每一个凡夫俗子的人生大部分都是在自发而不是自觉的状态下度过，我们是在对自己的重新审视、重新叙述当中理解自己的。很多东西，如果不写，就会慢慢忘记。某种意义上，当你忘了你经历的东西，那个东西就不是你的了。就像《寻梦环游记》提醒过我们的，人的真正死去，是最后一个记得他的人死去。这句话深刻地说出了遗忘与死亡的关系，当我们不再试图去记得自己的过去的时候，我们曾经的自我也就不存在了。

  在这个意义上，写书不是为了让别人记得你，而是你要为自己留住自己。就是通过整理自己最自我的东西，最不被异化的东西，找到我之为我的理由。当你不再和自己对话，不再不断地理解自己，不断地和自己周旋的时候，你就变成了一个被时间流驱使的人，真正意义上的你就没有了。

  所以，我们要试图去理解我们行走的轨迹，我们为什么会走到这里。虽然这种理解并不会改变什么，并不会让我们成为命运的主人，但它至少能让我们知道是不是无愧于心，有没有忠于自己，有没有对自己诚实。

---

① 今何在：《西游日记》，湖南文艺出版社，第221页。

写书的意义还在于这是一个思考的过程。回顾过去并不是为了纠结于过去的是非曲直，而是为了更好地展望未来。一个人可以将思考作为梯子，登上更高的地方，让自己不被困在直接经验构成的世界里。认清世界的真相但仍然热爱它，永远是一个望向未来的乐观者的信条。

先哲黑格尔说，密涅瓦的猫头鹰在黄昏时起飞，可以看见整个白天所发生的一切，可以追寻其他鸟儿在白天自由翱翔的足迹。青春的我们如同鸟儿在旭日东升或艳阳当空的蓝天中翱翔，对人生的反思就如同在薄暮降临时悄然起飞，去找寻自己的翅膀飞过的痕迹，去找到自己存在的根源，并试着去享受自己。

有意思的是黄昏其实是猫头鹰一天的真正开始。这正如我对自己下半场的期望：当我在一个不同的天空再次展开翅膀时，这是一个全新的开始。我希望我能飞得更远，看得更明，更笃定，也更从容。

我刚满50岁，如果我足够幸运的话，未来还会有很多事情等着我去做。所以这一次在写书过程中对自己的反观，与自己的周旋，只是为了黄昏前的再次起飞。

我与我周旋久，宁做我。

原版跋

父亲的礼物

阿　鱼

父亲的这本书，我是第一个读者。他说写这本书的时候曾想象是他的儿孙在听他讲述他这半生的故事，我看完后就是这个感觉，读父亲笔下的文字，就好像有一个人在耳边平静地讲述。父亲说希望我为他这本书写一个序或者跋，我接受了他的邀请，或者说他的安排。

提起笔，脑子里掠过十几年前的一个场景。那年我刚上小学，刚跟随母亲从县里搬进城市不久。父亲仍在县里工作，和我们两地分隔，乐观的时候平均下来每两周能和我见一次面，每次在家待一个周末。我的爷爷奶奶，也就是父亲的父母，那时也都还在县里，每年过年一大家人会到县城团聚——寒假是少有的完整的亲子时光，能连续一起待上约半个月。

时隔多年我才渐渐知道，我们家庭的新年活动和别的家庭有些不同。

那一年春节大年三十，清晨，父亲带着我和表哥坐车从县城开往乡下，我和表哥的手上各自提着一些年货礼物，我想这是一次拜年的旅程。山间的早晨寒冷，呼吸可以在车窗上呵出雾气，车子在并不好走的盘山公路上开了许久。我们下车的地方是很典型的村子里的小房子，屋前一块没有种田的空地就算是院子。我和表哥看着这位我们拜年的"亲戚"从屋子里——不是"走"出来，而是"爬"出来——她腰部以下都不能动弹，用一块破旧的塑料布裹着，靠双手支撑上半身爬行。父亲介绍我们认识，我们叫她向妈妈。

　　向妈妈是父亲工作辖区的一位农民，她残疾多年，用手当脚，爬着去种地，爬着去收割，爬着去打水，爬着去做一切一个普通农民为了生存必须做的事。或许在我们看来她是励志甚至感人的，但在其他村民眼中她是一个"怪物"，这样的眼光让她原本就比别人艰难的生活更艰难。也是时隔多年之后我才明白，在向妈妈生存的环境里，父亲作为在基层有一官半职的人在春节去拜一次年，至少能让她在接下来很长一段时间里不被其他村民欺负。

　　如今十多年过去，童年的很多记忆都模糊了，但那个春节的拜年我始终历历在目。我不知道会有多少家长在春节时带着孩子一起去做这样一件事，但我很庆幸我的父亲这样做了。我在这里并不是想要推广某种教育理念，因为我知道当时的父亲不是为了对我进行教育而做的这件事，他做只是因为他曾承诺把向妈妈当自家亲戚，而自家亲戚在春节就是会去拜年的。

对于父亲之后的诸多经历，媒体与舆论不乏评论，批评者说他喜欢"作秀"，赞赏者常用"华丽转身"的说法。但在我的眼中，他所做的事业尽管身份不同，都只是那次拜年的自然延伸。

后来我外出求学，去到很多地方，但经历的事情再多，那个村子、那个院落在我的生命经验中依然牢牢占据着一个重要的位置——在这样的地方、以这样的方式努力生存的人始终是我父亲的家人，也是我的家人。

如果有人问我，父亲教给你最重要的东西是什么，我想我会这样回答他：

我们不该忘记自己走过的路，同情过的人，呼唤过的正义，渴求过的尊重，是这些东西构成了我们深植于生活世界的共通意义的根基。是这根基，让我们即便在日后形形色色的世界里体会了失落，品尝了诱惑，经历了幻灭，领受了嘲讽，也不会轻易洗去自己那层名叫"共情"的底色。

谨以此为父亲的这本新书作跋，并祝福一切"又热烈又恬静，又深刻又朴素，又温柔又高傲，又微妙又率直"的人们。

附录一

遇见好书，遇见陈行甲

陶斯亮

很久没有看过一本让我心仪的书了。记得上一本看的是金一南写的《苦难辉煌》。

书的封面太不起眼，若不是有人强力推荐，在书店的书架上，我是不会注意到这么普通的一本书的。

但是一旦打开，就被深深吸引住。首先，这是一本非常干净的书，一点金钱权力的腐败味和文人的酸臭味都没有。和了毛主席对白求恩的评价。这是一本真实生动，让普通人物也人性高扬的书，非常能打动人。

这还是一部文风朴实、又富有文学才华的纪实作品。

我一边看书，一边拿陈行甲与我熟悉的那些市长和官员比较。

沈阳的慕绥新等，都是毕业于名校的明星市长。他们帅气有魅力又有背景，但德不配位，最后落得个"尔曹身与名俱灭，不废江河万古流"的下场。张百发、黎子流，被誉为"平民市长"，深受百姓喜爱，政绩也非常突出，但他们都是工农出身的大老粗，写不出像行甲这样行云流水的一本书来。沈阳市原市长武迪生，有着与行甲一样的情怀，廉洁自律，两袖清风，一心向民，也是一个理想主义者，但命运不济，因空难死在以色列。还有位是公认的能干又懂经济的市长，他能写洋洋洒洒的经济学著作，却写不出行甲这种从土壤里长出的真情实感的作品。唯一让我觉得与行甲相似的是成都市市长葛红林，他们年龄相仿，同样的优秀，都有着高学历，都在美国深造过，都不齿于权钱官位，都有非常好的政绩。但葛红林是工学博士，他专业知识突出，而行甲虽学的是数学，但人文素养和文学功底更深厚，更全面些。我之所以写这些，是为了说明陈行甲是一个不可多得的全才，这样的干部在我们的官员队伍中凤毛麟角。

行甲这本书，我最喜欢的是写母亲，写妻子，写巴东的这三部分。

行甲笔下的母亲，是中国传统母亲的经典形象。那种无私的付出，那种贫困中的高尚，令我数度落泪。我真羡慕他有这么好的母亲。我的母亲虽然伟大，但她不属于我个人，我是三十多岁以后才感受到母爱的。而行甲的母亲只属于儿子，这样的爱感天动地。

霞也是一个不同凡响的女人。她有超人的智慧和悟性，蕙质兰心，纯洁善良，不贪慕虚荣，又能坚忍不拔，吃苦耐劳，还是行甲的高参。行甲能娶到这样的女人，真是祖上烧高香了。

巴东那一节，写得惊心动魄，把他的勇于担当、一身正气、无私无惧、威武不屈、富贵不淫……写得有血有肉。特别是他把百姓的疾苦装在心里，乃天地一真汉子！

行甲有一个让我佩服的地方，他每一次的选择都是往低处去，但最后总能低开高走，这一半靠智慧，一半靠运气。

另一个让我佩服的是，他无论干什么都能干到极致，而这一切都不是企图心所致，而是出于最单纯的责任感。

现在他从事公益，又搞得风生水起。他有很多很新的理念、创新的手段，我要好好向他学习。

成功三要素——天分，勤奋，运气！行甲三者皆备，焉有不成功之理！

最后我说点题外话，我更喜欢行甲白描的语言风格，如写他母亲，那些清澈流畅的语言完全是从心里流出来的，如清水芙蓉，质朴感人。

他后来有几节文字，主要是写景的，有点过于华丽，与前面的风格不太一致。我知道这与写日记有关。我也是写日记的，凡是我从日记里挖掘出来的资料，写出的文章就不如从记忆里流淌出来的，过脑和过眼就是不一样啊！

拉拉杂杂谈点读后感，有感而发，不成系统，更谈不上是什么评论。

（陶斯亮，中国市长协会顾问、北京爱尔公益基金会创会会长。）

附录二

陈行甲，你是这样的人吗？

詹国枢

在中国，陈行甲是一个知名度颇高的人物。他为人们熟知，主要原因有二。

其一，2016年，刚被评为"全国优秀县委书记"的他，在任届期满即将提拔之际，却毅然辞职，从事公益事业。其二，2018年，作为公益人士的他，参加《我是演说家》演讲比赛，虽然赛场上高手如云，但他过关斩将，获得全国总冠军。

2021年春节前夕，陈行甲出了本自传体随笔《在峡江的转弯处：陈行甲人生笔记》。作为行甲的朋友，老詹先睹为快，认真读完此书。我掩卷沉思，不禁有些激动！说实话，这是一本好书，近年来难得一见的好书！我想，我得写篇读后感，让更多的人知道这本书。

我想到一个主意：给行甲写信，以书信的方式，表达自己的看法，对此书作出评价。

坐在电脑前,我想到一个题目:陈行甲,你是这样的人吗?

行甲:

你好!

谢谢你的好书!

谢谢你让我过了一个充实而有意义的春节!

你的这本《在峡江的转弯处:陈行甲人生笔记》,我正好在春节前夕收到。假日无事,清茶一杯,手持一本好书,细细品读,真是人生难得的享受!

读完这本18万字的自传体随笔,掩卷沉思,我问自己:老詹,你虽然是行甲的朋友,但是,你真的了解他吗?你知道他是一个什么样的人吗?

或许是因为当了一辈子媒体人,碰到感兴趣的事情,我总喜欢刨根问底,追寻现象背后的本质,进而找出一些有意思的答案。

对于你,行甲,大家非常不解也非常感兴趣的问题是,作为县委书记,你原本干得非常出色,刚被评为"全国优秀县委书记",即将届满被提拔,前途一片光明,为什么突然来了个人生"转弯",毅然辞职,离开行政机关了呢?

这背后的原因，到底是什么？

甭管当时客观环境如何，我认为，最主要也最本质的原因，还是你的性格！

那么，行甲，你，到底是一个怎样的人？你的性格特征是什么呢？

弄清这个问题，其实并非易事！

阅读此书的那几个夜晚，我常常难以入睡，晚上十一二点，还在沉思。有时夜半醒来，脑子异常清醒，不由自主地，又继续思索、琢磨。

最终，我将你的性格概括为十二个字：激情如火，纯真似婴，疾恶如仇。

《在峡江的转弯处：陈行甲人生笔记》，一共七记，按时间顺序，从童年写起：

· 我和我的母亲。

· 我和我的爱情。

· 我的基层生涯。

· 我的清华读研。

· 我的美国学习。

· 我的巴东岁月。

· 我的转场公益。

读完以上七记，我脑子里首先跳出的是四个字：

激情如火

是的，行甲，你是一个农村孩子，从小在农村长大。然而，你的成长经历，你的所作所为，时时带着强烈的"要进取""不服输""不止歇"的特点！无论是念小学、读中学、上大学，还是在清华攻读硕士，去芝加哥大学进修；无论是在基层当干事、科长、局长，还是在县、市里担任县委书记、管委会主任、副书记，你总是那么生机勃勃，激情满怀，浑身总有使不完的劲儿，常常为达到某一目标而通宵达旦，不眠不休！

我看到，2001年，当你还是全县最年轻的乡镇长时，为了实现自己理想，你决定考取清华大学开设的全日制公共管理硕士脱产班，于是你将考研的书全都带到乡里，在忙忙碌碌一天之后，挑灯夜战，刻苦研读，总要复习到凌晨一两点，甚至，直到窗外现出鱼肚白……

我看到，2012年，你任巴东县委书记后，为了密切联系群众，了解百姓疾苦，你把原本一月一次的县领导信访接待日制度，改为每周一次，并亲自坐镇，一批一批地接待来访。一个上午，从未休息，看到门外黑压压的队伍，你匆匆吃过午饭，往下碗筷，接着又谈……

我看到，2020年夏，因为"新冠疫情"，你们公益计划中原本要外出观海的黔东南孩子们，不能前往深圳，你便约上人民日报社会版主编李智勇，千里迢迢，来到深山老林，幕天席地，给孩子们开讲"梦想课堂"，你们俩眉飞色舞，滔滔不绝……

激情，像一把火，总在你的胸中熊熊燃烧。

纯真似婴

一个人，难得的是，虽然远行归来，仍有一颗童心。

行甲，在你身上，我分明看到了永远保持着的那种对平民百姓的赤子之心！

我看到，担任水月寺镇镇长时，你要求自己必须同最穷困的村民交朋友。而和你保持了多年联系的那户人家，女主人向琼是重度残疾，下半身瘫痪，腰部以下裹着一块厚塑料布，双手分别套着一只拖鞋，在地上爬行着劳动、生活！男主人老乔是智障人，衣衫破烂，见人只知道傻笑！当你带着村支部书记来到向琼家时，向琼爬着要给你们烧水泡茶，你拒绝了；她给你的椅子，你没有坐，为了和她同一高度，你一直蹲在地上，和她聊了很久……你主动负担起了向琼女儿读小学、中学的学费和生活费。自那以后，不管是在清华读书还是后来辗转到各地工作，每年，你都至少要到她家看望一次，有时还带上爱人孩子，以至你的儿子在为你的书作跋时，颇为动情地记述父亲做此事给他的心灵带来的震撼……

我看到，巴东是湖北全省艾滋病重灾区，担任巴东县委书记后，你首先来到病情最严重的三坪村，让镇政府出钱杀了一头猪，把全村患者聚到一起，请大家吃饭。你坐的那一桌，除了你以外全是艾滋病患者，你和他们相互夹菜，一起喝酒，用这种方式告诉全县老百姓，艾滋病患者一般接触并不传染，这些人已经够苦了，他们不应该再受歧视……

我看到，在巴东县委书记任上，为了让更多人认识到长江巫峡口大山大水孕育着的大美，你自己出镜录制MV，用你那并不完美的噪音，演唱用于巴东旅游推广的县歌《美丽的神农溪》，放至网上，一夜之间点击量就达到了惊人的15多万次！为了宣传巴东的奇山异水，你还和清华校友策划了翼装飞行世界杯巴东分站赛，并网络直播3000米高空跳伞。你手执"秘境巴东"小旗，满面兴奋，从高空一跃而下……

赤子者，初生婴儿也。行甲，难得你永远保持这颗赤子之心！

疾恶如仇

行甲，我以为，在你性格中，最为突出也最带个人色彩的是疾恶如仇！

我看到，你刚到巴东时便了解到，此地腐败现象相当严重，尤其在工程建设中，不少干部插手招投标，从中攫取巨大利益，肆意中饱私囊。此一问题，不但令国家利益大大受损，引起群众强烈不满，而且严重腐蚀干部队伍！于是，你不顾有人甚至有领导劝阻，不顾个人及家庭安危，不管一次次死亡威胁，坚决向腐败恶习开刀！最终，你顶住压力，拒绝旁人说情，先后拿下"中标大王""中标二王"和"中标三王"，在巴东成功打响了反腐第一枪……

我看到，为了带头顶住干部过节收礼受贿的歪风，你在宿舍外安装了摄像头，明确宣布，非工作时间，不在家接待干部！你到巴东的第一年大年初二，宜昌家中，一乡镇党委书记打来电话，说已经到了楼下，就想来拜拜年，你说不必了，电话拜年即可！来人又发短信说，只带了两只腊蹄子，大老远来了，表示个心意就走，希望你体谅。你当时就回短信"心意收到，东西就不用了"！硬是让那人扫兴而归……

我看到，为了将反腐进行到底，你和巴东50万人民一道，不信邪，不妥协，敢拍板，硬碰硬。按规定，副科级以上干部双规、抓捕，或者要动一些社会影响大的商人，都需要县委书记签字。前前后后，你签字双规或抓捕的官员和不法商人达到87人！直接牵连出5名县领导，还牵出了2名州领导……

行甲，当我简述以上我对你性格特征的分析后，我想，如果我这分析大体靠谱的话，我就能明白，你是一个什么样的人，为什么不再继续担任县委书记而辞去公职，去从事公益事业了！

没错，你曾谈到，离开巴东时，客观上确实有一些未能尽如人意的人事羁绊，但从主观愿望讲，由于受到悲悯善良的母亲影响，从事公益事业这颗种子，很早就在你的心中萌芽并慢慢伸枝展叶。2015年7月，在省委书记和省长到巴东考察，并意味深长地对州委书记说："如果我们要用，你可要舍得啊！"之后，你意识到自己有可能被提拔离开巴东时，便连夜给省委书记写信，明确表示自己"真的对仕途前景心中有止。我宁愿我的行政生涯顶点就是县委书记"之意。而在2016年底你任期届满，在省委主要领导三次找你谈话，真诚地提出挽留之意后，你还是毅然决然辞去公职，去从事公益事业。

我要说，行甲，你的决定是完全正确的！

因为，直率地讲，你的性格，其实并不完全适合从政，尤其是长期为官。那样，你会付出极大努力而效果并不尽如人意，你会非常矛盾，相当纠结，正如你曾经由此而抑郁那样，你的内心并不满足，人生也不幸福！

我的以上分析，作为读后感，似乎有些跑题，但是，作为一个朋友，对另一个朋友推心置腹，摆谈交心，我以为还是合适的。

最后，行甲，看到此信以后，我想提几个问题，不知你是否方便回答？

其一，你认为你是怎样一个人，老詹分析你性格特征的12个字，你认同吗？

其二，你为什么要辞去公职从事公益事业，最主要的主客观原因是什么？

其三，你所从事的公益事业，既要对公益对象慷慨施与，又必须有所获取方能生存发展，如何处理好二者的关系？

其四，你在深圳从事公益事业已经四年，有些什么收获和体会，与大家分享？

纸短话长，就此打住。行甲，衷心祝你事业不断进步，家庭永远幸福！

你的朋友　老詹

2021年2月23日于北京

（詹国枢，人民日报海外版原总编辑。）

天真是道德的最高境界

曾 冰

天真是道德的最高境界。听到这句话我立马想到了陈行甲。在我所认识的人中，我觉得这句话几乎是为他量身定做的。2016年，陈行甲离开巴东时，我当然惋惜，但关于他未来的人生，我却毫不怀疑。

1

五年前，我是他的部下。他在巴东工作的后两年，我是他身边的工作人员，也是冬日清晨中送他上车离开巴东的人。记得跟他道别后，我有意体味了一会儿他的背影，虽然天还黑着，但是感觉他的背影清新而明亮。所谓的悲哀、失败、可惜，不过是一些人在推己及人罢了。

我曾经和他调侃过，万一从善失败就写书，或者开一个"人性诊所"，谋个生活没问题，毕竟瘦死的骆驼比马大。

我是正儿八经地认为陈行甲是可以写书的，他的才情和学识姑且不论，他的人生故事本身就是一本耐读的书。他有过底层人的挣扎和彷徨，有过"草根"的自卑和无助，他被人抢劫过，与人进行过生死搏杀，领略过人性的卑鄙和丑陋，也体会过人性的高尚与美好。他经历过羞辱，也被众人景仰过，他见识过世界的发达之地，也见到过最穷苦的人。他身上有着一种人之初的天真。他内心脆弱而敏感，却又强大而无畏。他有"文青"的根底，文风朴素感性，对文字的拿捏准确精微。他的文字，专家教授不会觉得浅薄无味，普通百姓不会觉得晦涩难懂。他敏捷的思维能力曾经让我觉得人与人相比较，本身就不公平。他看个材料一目十行，连标点符号也别想打马虎眼。他的英语水平可以达到能以此谋生的程度。他知识面广，一应问题在他那儿似乎都能得到答案。他的阅历使他对人世间有着全面而深刻的理解。

总之，凭我对他的了解，如果他想一心一意当个作家，并为之努力，不需要刻意地去体验生活，就会是一个不错的作家。

不出所料，五年时间，《在峡江的转弯处：陈行甲人生笔记》已是我看到的他的第二本书稿。先于读者看到这本书稿时，我的第一感觉是，写书就是写生活以及生活赋予的体验感。这种写作可以使他丰富的想象力处于闲置状态，他只需把自己的故事记录下来即可，无需过多脑力消耗。这种写作可能才是最享受的写作，能够让人真正享受写作过程的作品，读者读起来才是一种享受。这本书稿也把我带到了五年前的岁月。

2

陈行甲在巴东时，曾经细致而精当地向我描述过他母亲的美丽：长相的美丽、性格的美丽、道德的美丽、智慧的美丽，母亲简直就是他心中的"女神"。我甚至觉得他今生都不会有失恋的体验，母亲的爱和他对母亲的爱完全可以免疫人间一切的无情无义。我想，这可能是他在这本书稿中把"我和我的母亲"作为"第一记"的原因之一。

他在巴东工作期间，办公室最醒目的是放在书柜中的母亲的遗像，宿舍里最显眼的是母亲的洁白雕像。离开巴东时，一应行李中他唯一看重的就是母亲的雕像，当我和司机在他走之前帮他打包物品时，只有母亲的雕像他坚持亲力亲为。至于其他物品，他说："你们觉得有用就帮我打包后带走，没用的就扔掉。"他还曾详细向我讲述过他父亲当年是如何追求他母亲的，他父亲对他母亲的爱也是那个年代少有的。我曾试图做过一些想象：这是一个怎样的女性？一个怎样的母亲？一个怎样的妻子？并把他的母亲和我的母亲比较着想。我认为我也是深爱着我的母亲的，但没达到他那种程度。

我甚至觉得，陈行甲身上的一些特质，比如善良、自尊、干净、涵容、聪慧等，与后天的修为和造化根本就没什么关系，完全是遗传所致、天性使然。

书稿中关于陈行甲母亲的记述里，还有很多情节我是第一次知道。比如，离开巴东前夕，他一个人在晚上反抱着母亲的遗像回到宿舍。读到这里我心里突然一阵酸楚，后悔当时没有陪同他。在母亲面前，陈行甲就是一个"圣徒"。他描述的关于他被困在"毛玻璃屋子"里的那部分，我清楚记得他当时向我讲述的是：他梦见自己"困在一个毛玻璃似的只有棺材大小的房子里"，最后才被母亲唤了出来。当时他把这个梦一讲出来，就对我的心灵造成了极大的冲击，以至于我现在想起来还觉得我的心在那一刻被震碎了！这个梦其实不必违心地去解读。他做这个梦的根本原因是他对母亲深切的思念，这种思念已经成为他永生无法治愈的痛。他与母亲生死相连，却又不能生死相依。在他感到绝望的时候，母亲把他拉回来，无异于再一次将他分娩于人世。

3

陈行甲身上的许多东西因为太真，反而容易让人觉得是假的，但读这本文稿似乎完全可以拭去这种感觉。

关于他为人处世的率真，刚开始我也持怀疑态度。我曾暗中检视陈行甲善良的真伪。比如，他对底层人的同情到底是不是场面上的作秀？

在他身边工作的近两年时间，我得到了答案。

有一个耄耋老人，身体很好，但他有被迫害妄想症。有段时间，他隔三岔五就找陈行甲上访，有时是我从楼下带他去陈行甲办公室的。记得有一次，那位老人刚见到陈行甲就大声"求救"，说有人要抓他。陈行甲立即扶他坐下来，说："别怕，在我办公室，没人敢抓您，我保护您。"接下来，他们就像儿子和父亲一样开始交谈。其实跟这位老人的正常交流根本无法进行，他语无伦次，一会儿天上，一会儿地下，不知所云。但陈行甲还是一脸微笑，顺着老人的胡言乱语往下交流。一说就是一个多小时，直到老人心情平和，自愿离开。离开时，陈行甲还把他送下电梯，直到党政大楼门口。

就这样一而再，再而三。有时定好了时间下乡，陪同调研的人员都在党政大楼门口等着，他还被那个老人缠着，陈行甲也不急，耐心地安抚他。后来，我都不耐烦了，对陈行甲说："这个人只能上医院，找您没得用，您何必花费这么多的时间？"他说："你错了，他这个病无药可治，只能心理安抚，让他有安全感，我作为一个县委书记，是最能给他带来安全感的。"

还有一次，我陪他下乡刚回到县委机关宿舍门口，时间是晚上9点左右，一个大约七十岁的老太太还在宿舍门前的街道边卖菜。陈行甲走到老太太面前，问了老太太的来路和菜的价格，毫不犹豫地掏出一百块钱把几捆没卖完的菜全买下了。搞得老太太莫名其妙，她似乎不敢相信这是真的，边走边回望，一副世界仿佛变了模样的样子。陈行甲平时吃食堂，没开伙，就把这些菜都送给了我，后来我拿去送给开农家乐的亲戚了。

类似这样的事，只有我和陈行甲在场，我想，要是表演，完全没必要给我一个人开个专场吧！还有一个细节也让我印象深刻，每次我给他送文件、信件之类的东西，他总是先看信访件。

虽然我是陈行甲的下属，但我喜欢反对他。比如，他有辞职想法的时候，我就明确而坚决地表示反对，我和他的争论几乎成了争吵。我说："您想做慈善，当县委书记就最好做，有权有资源，一呼百应，慈善的对象是几十万人，做一个一心为民的好官，就是最好的慈善家。您搞的'干部结穷亲'不就是慈善吗？"我甚至大声地跟他说，"现在习近平总书记才是全人类最大的慈善家。"说到这里，他不再和我争论，而是陷入了深深的沉默。其实，这个道理他如何不懂，只是他的苦衷和无奈那时我还不懂。他遭遇的一些情况，他没跟我们身边人说过，我们也是后来才陆陆续续知道一些。

再如，他要高空跳伞，我也强烈反对，主要是我认为太危险。他当时的原话是："那有什么，风险很小的，再说如果能让巴东的旅游火一把，万一死了也值。"并再三强调让我不能告诉弟妹（陈行甲在巴东时要我这么称呼他的妻子）。他想做他认为正确的事时不太好劝，他的固执甚至让我有点儿反感，以至于他跳伞的那天，我故意没去参加活动。活动结束后，他平安落地，我心里的一块石头才落地。当他绘声绘色向我讲述那云端一跃的体验时，我却又不由自主地身临其境一般配合他的激情澎湃。

在他反腐后期的一次经济工作方面的会议上，他让在座的干部发言，那时我还没有到他身边工作，也就不知天高地厚地发了言。我说："现在巴东一些干部好像感觉随时都有可能坐牢，哪还有心思抓发展？"听得在座的干部们朝我一愣，潜台词是：你真是吃了豹子胆！坐在我旁边的人还偷偷用脚踢我。其实事后我也后悔了，觉得自己太莽撞，并认为我一定把他得罪了。但又一想，我当时已经是正科级实职干部，已无所求，便无过多纠结。后来他却重用了我，把我调到他身边工作。我敢反对他，是因为和他接触不觉得压抑，能体会到平等与共鸣。我说错了话做错了事，他总是以一种平等而尊重的方式予以提点和批评，绝不以批评的名义羞辱人，以显示他的高高在上。

作为下属，我觉得在他身边工作很有意思。他给你交办个工作，分分钟说得清清楚楚，不需要你多作揣摩，执行起来很明确。

陈行甲其实是一个非常亲和的人，身上有一种柔软的力量，这种力量放射出来，就有一种感染力。我比他大一岁，他个子比我高，当他站着和我说事时，总是会欠下身子。据我观察，欠着身子面带微笑与人交流是他与人交往的常态。什么趾高气扬、耀武扬威、不可一世根本就不在他的词典里。离开巴东前，他在整理照片时看见了自己在那次纪委会上愤怒讲话时的照片，我当时心里认为那张很帅，他却说那张不好，看起来太凶了。

我当然也喜欢拍陈行甲的"马屁"，主要是针对他的文风、话风。我拍陈行甲的"马屁"是发自肺腑的，是真心真意地喜欢他的文风和话风。给他写材料不觉得难受，他把提纲一讲，我就能很快生发出灵感来，有一种想写的冲动，而且材料写出来他总是先表扬，然后才给你提修改意见。听他讲话，总有一种强烈的代入感。比如，他说"对老百姓要有爱"，我一点都不觉得是官腔，而是真诚可信且有所触动，不像有些人口头禅式的干调子，听起来像调侃。

　　读"关于我们的事，他们统统猜错"这一部分的时候，我家正在搞整修，师傅们的电钻就在我门口咆哮，我却异常沉静，有一种泰山崩于前而无动于衷的感觉，因为当时我正沉浸在陈行甲的故事里。我与陈行甲相反，是个泪点极高的人，我觉得人世间的事情有时候应该用来一笑，来人世间走一遭，知道人世间到底是怎么回事就行了。但读到他的爱情故事时，我却几次忍不住流下了眼泪。以前我也读过一些言情小说，都没有这么被打动过。小说有些是诌出来的，陈行甲的爱情是真实的，但又真得像是诌出来的。人说艺术高于生活，怎么就没人说最好的艺术就是生活呢？也许有人说了，我没见到，见到了估计我也不会相信。陈行甲却让我信了，原来人世间真的有爱情。

4

　　妻子应该是陈行甲的"女神"之二，这么说弟妹也许有些不高兴，但我是按两个"女神"在陈行甲的生命中出现的先后次序排列的，要讲重要，母亲和妻子也许是并列的。我见过弟妹几次，如书中所写，比陈行甲理性，的确有一种"不是高傲的那种贵气"。初次见到她，我觉得她素洁而高冷，好像是冬春之交的那种冷。接触多了，我发现她对人有着一种不显山不露水的热情。如陈行甲所述，她让人自卑，如果你有所倨傲，在她面前自会瞬间坍塌。

记得第一次见到她时，我感觉慌了神，有些手足无措，这不完全因为她是领导夫人。她一开口说话，我就觉得自己的谈吐太低级，不敢随便搭话。在后来的接触中，我发现她写得一手好字，是书法家的那种好。我无法见证他们当初的那种爱，但我有幸目睹和体会了他们似乎和当初没有多大区别的那种爱。都四十多岁的人了，仿佛还处在热恋之中。

有一次，弟妹到巴东看他，星期天我约他们到我老家绿葱坡镇肖家坪村，本意是想让他看一下那一带乡村是否适合搞民宿旅游。老家旁边有个沙坝——一个天然的小盆地，是我童年放牛玩耍的地方，我把他们带到了那里。陈行甲完全变成了一个小男孩，欢喜地跳跃，浑身都散发着童真。虽然我就在他们附近，他们却把我当作了空气。他一会儿拉着弟妹的手要弟妹看那里的山，一会儿要弟妹看草地上的花儿，一会儿要弟妹喝一口那里的泉水，那种亲密无间真叫我这个壮年人"不忍直视"。

最好玩的是他总是拉着弟妹的手请我为他们照相，照了很多张他都不满意，要求说："不能拍成摆拍啊，要生动自然。"我也使出了当记者时练出的全部功夫。有那么两次，弟妹松开了他的手，他似乎还不高兴。后来，凡是与弟妹手分开了的照片几乎都被他删了。他们的加入，让我感觉沙坝好像有了一种仙境的味道。我这个人，虽然有些粗鄙，但还算个比较有审美的人，我当时真的觉得那就是美，一种纯真无瑕的情爱之美。

在他老婆面前，我敢肯定，陈行甲现在都还有点自卑。有一次，他当着不只我一个人的面（而且都是他的下属）冲着弟妹半开玩笑地说："当年可是她先追的我哦。"弟妹微笑着不置可否，但脸上似乎有一句潜台词若隐若现：自卑你就努力啊！

所以，陈行甲才一直那么努力。真爱的力量有时可以决定生死，陈行甲重度抑郁又起死回生，继而豁然开朗、勇敢无畏，如果母亲是那根救命稻草，妻子就是那个握着稻草的人。

5

关于陈行甲在巴东从政那些是是非非，我觉得有些不好言说，一方面内心里还是有所忌惮，如果我不是他曾经的部下，自然会放得很开，而且文本风格上也会有所不同。另一方面也觉得自己没有资格做过多评论。

记得有一次，我和一个跟陈行甲一次面都没有见过的朋友喝酒的时候，他说他认为陈行甲辞职是一种背叛，我当场跟他翻了脸。当然，这种情况并不多见，因为这位朋友和我关系非常好，经得起我的反驳，并不会影响我们的友谊，我才那样。

有的时候，有人主动跟我谈论陈行甲，完全是一些毫无根据的臆测，我只是淡淡一笑，不做辩解。只有跟关系很好的人我才做一些客观的讨论。但书中所写，我是一字一句地认真读了，有时读着读着就停下来，掩卷而思。我只能圆滑一点地说，情况就是那么一些情况，事情就是那么一些事情，个中况味与真相只有陈行甲自己最清楚。我想说的是，人活到最后，要对天下人说一声谢谢。曾经那么为难他的人，作为一个人类的个体，不管怎样，都丰富了他对人类的认知，一切过往都是财富。

网络上有人曾经不无惋惜地说，如果中国的干部都像陈行甲一样将会怎样怎样，我觉得这是一个伪命题，如果那样，人类的进化将变得更加不可思议。你一身正气也好，你疾恶如仇也好，你善政良治也好，纵然你使出万般手段，总会有破绽，有些人有些事注定只能尽人事，听天命。

与陈行甲相处的日子，我时常希望自己在人品和人格上多少能得他一点真传。真诚、善良、积极、阳光、激情、清醒而独立、勇敢而无畏、天然不做作的率真、根植于内心的道德，以及唯美而精致的工作和人生态度。虽然我知道这些都是作为一个人本该有的品质，但是，现实生活中，无论如何，有些方面我是做不到的。

陈行甲有个下湾村，我有个肖家坪村。那是我们曾经得意过的、最后的、低到尘埃的理想去处。随着他慈善之路的顺风顺水，下湾村对于他来说也许只能是精神的乌托邦。而肖家坪村对于我来说，却是现实归宿。我们曾经在那里畅想过老年生活。我说，要喂一头驴，要用竹筒盛酒，我辈就是蓬蒿人，哪怕空庖煮咸菜，哪怕破灶烧湿苇。他说，要种很多的花，让花儿开得像人们的笑脸一样，把最好的人间搬到这里。

陈行甲骨子里有高贵的一面，也有野逸的一面。高贵，可能是因为他受过国内外顶级的高等教育，见过大世面。野逸，是因为他的草根出身。这两种对立的属性在他身上得到耦合，决定了他立志高远，努力追求社会价值，为更多的人而活着的高贵品质。不像我，一心只想龟缩。陈行甲离开巴东后，我不止一次坐在老家的门前想起他，同时也想起了一首诗："山中何所有，岭上多白云。只可自怡悦，不堪持赠君。"

陈行甲在写离开巴东送他的人员时，隐去了我，其实送他的人是我和司机两个人。我想陈行甲是担心我被卷入一些纷扰之中，被人"另眼相看"。他离开巴东后，坊间有传闻我是陈行甲的人，对此，我不置可否。我明明是组织的人嘛，组织安排我干啥我就干啥。其实，陈行甲离开巴东时有太多的人想送他，并向我打探，但他都要我封锁消息，没人知道他离开的准确时间。

巴东这块土地上不只陈行甲一个好官。千年以前，寇准就在这里任过知县。我相信，今后还会有不少陈行甲式的官员留在老百姓的心中。

至于我和陈行甲的这段生命中的交集，我已珍藏。我想对陈行甲说一声："过好您自己的慈善人生，不要辜负我和千千万万像我一样怀念您的人对您的祝福。"

请原谅我用了"怀念"这个词，虽然我安心地知道您并没有消失，知道您在世间某处过着自己想要的生活，但是我还是想用这个词。我也会做好自己的工作，过好自己的生活，我还会在肖家坪种很多的花，等待您和弟妹有时间来小住几天。

（曾冰，巴东县政协文史资料委员会主任，湖北省作家协会会员，诗人。）